KEITAI
SHOUSETSU
BUNKO
SINCE 2009

新装版 粉雪

ユウチャン

スターツ出版株式会社

あたしたちはお互いに愛し、そして、愛された。

犯罪者でも、殺人犯でもいいよ。
誰からも祝福なんてされなくていい。

幸せな家庭も、かわいい赤ちゃんもいらない。
ただ、隼人と、なにもない町でだっていい。
一生変わることなく、愛し合いたかった。

あなたのそばにいることだけが、あたしの喜びだったんだ。
あなただけが、あたしを必要としてくれた。

ねぇ、隼人。
あなたはなんで、いなくなってしまったの……？

contents。

第1章

雨の日	8
部屋	11
仕事	30
クリスマス	53
理由	75
帰る場所	89

第2章

決別	102
不安	115
妊娠	133
指輪	149
消息	162
過去	177
友達	191
復讐	202
こんぺいとう	218

第3章

旅行	224
事情聴取	246
孤独	263
疑惑	275
崩壊	294
真実	304
死	312
うたかた	319
手紙	329
海の見える町	337
粉雪	357

単行本あとがき	362
文庫あとがき	364
新装版あとがき	366

第1章

雨の日

　それは、高校３年生の冬の出来事だった。
　バイトが終わると、外は大雨。傘なんか持ってないあたしは、ずぶ濡れになっても構わずに、いつもどおりに歩いて帰っていた。
　途中にコンビニがあるけど、今さら傘を買ったって、どうなるわけでもない。
　コートを着ていても染みこんでくる雨水が気持ち悪い。ときどき横を通る車のヘッドライトが、むなしくあたしを照らしていく。
　そのとき、１台の車があたしの横に止まって、その窓が開いた。
「あんた、なにやってんの？」
「歩いてるの。見てわかんない？」
　怪訝な表情で聞いてきた男に、あたしは足を止めることなく、それだけ言った。
「ずぶ濡れじゃん」
「……だから？」
　いい加減ウザくなり、足を止めて男に顔を向ける。だけど、彼はあたしの表情なんて関係なしに言葉を続ける。
「乗れば？」
「はぁ？　あんた、頭おかしいんじゃない？　っていうか、怪しすぎだし！」

黒のセダンは車高を下げて、窓にはスモークを貼っていた。その分、余計に重厚感が増していて、かなり怖い。
　ありえない。っていうか、冗談じゃない。
「べつに、なんかしようなんて考えてねぇよ。今年のカゼは治りにくいって聞いたし。だから、乗れば？」
「意味わかんないし。あたしがカゼひこうが、野たれ死のうが、あんたには関係ないじゃん」
　それだけ言って、あたしはまた足を進める。なのに、それでも男は、なぜか食いさがってきた。
「乗れよ！　べつに、なんもしねぇから」
「カンベンしてよ！」
　このオトコ、意味わかんないし。
　にらみをきかせたあたしだったけど、男の真剣な顔を見たら、なにも言えなくなった。
「……わかったよ。乗ればいいんでしょ？」
　どうせ、ヤリ逃げされたところで、あたしは痛くもかゆくもない。
　ため息をついて、車に乗った。
　ドアが閉まった瞬間、暖房の熱気とともに、香水の香りに包まれる。スカルプチャーだ。
「とりあえず、乾かさないとカゼひくよ？　俺んち近いし、それでいい？」
「勝手にしてよ」
　ヤられるのに、場所なんて関係ない。
　そう思い、バッグの中からタバコを取りだした。だけど、

染みこんだ雨水のせいで濡れたタバコは、ただのゴミと化していて、火がつかない。
　カチカチと、ライターの音だけがむなしく響く。
「火つかないや。タバコ、持ってない？」
　仕方なく、湿ったタバコとライターをバッグに戻した。
「セブンスターでいい？」
「どうも」
　男の差しだしたタバコとライターを受け取り、あたしは、窓の外を眺めて火をつけた。

　　　　　　　　＊　＊　＊

　あたしたちが出会ったのは、雨の日だったね。雪にさえなれず、まるで誰かの涙のように世界を濡らす、雨の降る日。
　あの頃のあたしは、毎日をただ、生きてるだけだった。
　知らない人の車に簡単に乗ったのだって、人生がどうなったって構わないって思ってたから。
　これがなにかの運命のめぐり合わせだったんだとしたら、皮肉だね……。

部屋

「ここ、俺のマンション」
「あっそ」
　着いたのは、1階がまるまる駐車場になっている、ごく普通のマンションだった。
　そこに車を停め、男は車から降りた。そのうしろを、無言のあたしが続く。
　──コツコツ。
　ろう下に響くヒールの音は、雨音に簡単にかき消される。相変わらず雨はやまず、道路には人影のひとつもない。
　悪いことをしていても、誰にも見られなければ、罪悪感も少しだけうすれる気がした。
　ふたりでエレベーターに乗りこむ。あたしは、視線を落とした。顔を見る必要なんてないから。
「なぁ、名前は？」
「あたし、千里」
「そっか、俺は隼人」
　ふうん。べつに、興味もないけど。
　行きずりのオトコの名前なんか聞いたって、明日になれば忘れてるんだから。
　密閉された空間は息苦しく、背につく壁が冷たかった。
　エレベーターは4階で止まり、男が降りたので、あたしもあとに続く。

整然と並ぶ部屋のドアは、まるでラブホテルみたい。

奥から２番目の部屋の前で足を止めた男は、ポケットからキーケースを取りだし、部屋のカギを開けた。

「入れよ」

男のうしろに続いて、あたしは相変わらず無言で足を進めた。

つけられた電気がまぶしくて、入口で立ちつくしてしまう。

「そこで待ってろよ！　今、タオル持ってきてやるから」

あたりを見渡すと、部屋の中はガランとしていた。

パソコンの明かりだけがぼんやりとあたりを照らし、開け放ったままの寝室に、ダブルベッドがあるだけ。

ほんとに怪しい。

とても人が普通に生活するような空間ではなかった。

「はい、これ」

「……どうも」

いきなりバスタオルを渡されても、なんとなく困ってしまう。

「今、風呂の湯ためてるから。つーか、服脱げよ」

言われたとおり、コートを脱いでポカンと立ちつくすあたし。

「あ、服ないんだよな。ちょっと待ってろよ！」

思い出したようにそう言うと、男はちがう部屋に行ってしまった。あたしは、動くこともできないまま。

なにもない部屋で、窓ガラスに雨が当たる音だけが聞こ

え続けていた。
「俺のTシャツとかでよかった？　脱衣所で着替えてこいよ。濡れたのは洗濯機に入れとけば、勝手に乾燥までしてくれるし」

　まさか、ほんとに雨宿りをさせてくれるだけなの？

　男のさりげない優しさは、そんな風にさえ思わせる。

　あたしはコクリとうなずいて、手渡されたTシャツを持って脱衣所に向かった。

「はぁ……」

　扉が閉まった瞬間、大きなため息をつく。

　なんとか下着は濡れずに済んだことだけはよかったけど、今になって寒さを感じ、身ぶるいした。

　服を脱ぎ捨てて下着姿になったあたしは、大きすぎる男物のTシャツを頭からかぶる。その瞬間、冷えきっていた体にぬくもりを感じた。

　柔軟剤の香りが優しくて、これから待ち受けているであろうことも、受け入れられる気がしてくる。

　あたしは、ゆっくりと扉を開き、男の待つ部屋へと戻った。

「ねぇ、あんた、なにやってんの？」

　男はくわえタバコのまま、少し目を細めてキッチンでなにか作っていた。
「んー？　チャーハン作ってんだよ。お前も食うだろ？」
「いらない」

チャーハンの中にヘンなクスリでも入れられた日には、ほんとにヤバイことになってしまう。
「もう、なんか食った？」
「べつに」
　ほんとはバイトが終わって速攻で帰ったから、お昼からなにも食べてなかった。だから、フライパンの上で踊るご飯の音と香りに、食欲がそそられる。
「座っとけよ」
　そう言って、男がチラッとこっちを見た。
「どこに？」
　この部屋には、テーブルも椅子もない。
「あはっ！　だな！　まぁ、適当に？」
　優しく笑うオトコだと思った。
　それが多分、第一印象だろう。襟足が長く、立てられた髪は、イマドキの遊んでいるオトコっぽい。だけど、少し色白だからか、不健康そうにも見えた。
　仕方なく、言われたとおり適当に、床に座る。
「できた！」
　男がお皿に大量のチャーハンを盛り、あたしのところに持ってきた。
「取り皿ないけど、適当に食えよ！」
　床にお皿を置くと、男はあたしにスプーンを差しだして向かいに座る。
「……あたし、いらないって言わなかった？」
「ヘンなモン入ってないから、食えって！　チャーハン食っ

たらカゼ治るって、聞いたことない？」
　なんだそれ。コイツ、バカ？
「意味わかんない。っていうか、あたしカゼなんてひいてないし」
　にらむあたしにも、男は笑顔を向けてきた。
「でも、これからひくかもじゃん？」
　そう言って、男が先にチャーハンをひと口食べる。だから、あたしも仕方なく手を伸ばした。
「おいしいっしょ？」
「……まぁね」
　卵とベーコンしか入ってないチャーハンだけど、できたての温かさに、なぜか泣きそうになる。
　あたしはその顔がバレないように、うつむいた。
　こんな温かいもの、久しぶりに食べた。
　そんな些細なことに安心するのは、きっとこの男の屈託のない笑顔のせいかもしれない。

　チャーハンを食べ終わるのと同時に、お風呂場の方で呼びだし音が鳴った。
「おっ！　風呂たまったよ！　入ってこいよ！」
　男が、とたんに笑顔になる。
「……ごちそうさま」
　それだけ言って、食器を持って立ちあがると、
「俺が運んどくし。お前、風呂入れよ」
　と、男はあたしの持っていた食器を取りあげた。

「どうも」
　あたしはタバコをくわえた男を横目で見てから、お風呂場に足を進める。
　殺風景なこの部屋は、まるでカラッポのあたしみたい。
　そんなことを思ったら、少しだけ笑えた。
　お風呂場の鏡で、自分の姿を改めて眺める。化粧も崩れたこんな汚いオンナをわざわざ車に乗せるなんて、ほんとにヘンなオトコだとしか思えない。
　誰でもよかったとしても、あたしが男なら、もうちょっとマシなオンナを選ぶのに……。
　バッグの中に、念のために化粧落としを入れておいたのが、こんなときに役に立った。
　ゆっくり湯船につかって、足を伸ばす。気持ちよすぎて、このまま眠ってしまいそう。
　だけど、そのぬくもりに安堵を覚えると同時に、慣れない温かさに、不安も感じていた。

　さっきと同じ格好で、頭にバスタオルをのせただけの状態でドアを開ける。
「はぁ？　ハコが50万とか、絶対ムリ！　書類は？　ないの？　じゃあ、ダメだわ！」
　少しイラ立ったような声が聞こえて、男の方を見ると、誰かと電話をしているみたいだった。
　邪魔にならないよう静かに、キッチンに置いてあるセブンスターを無断でもらう。火をつけて吸いこむと、ただよ

う煙の先をただ、見つめていた。
「ああ、今日はナシね！　いや、ちがうって。え？　落とし物、拾ったんだよ！　はぁ？　あははっ！　そうそう！じゃあ、また連絡よろしく！」
　笑いながら電話を切った男が、あたしのそばに来た。
「……お風呂、ありがと。あと、タバコもらったから」
　セブンスターのケースを顔の前で少し揺らす。
「ああ、いいよ。っていうか、洗濯終わるまで、時間あるよなぁ。どうする？」
　あたしがお風呂に入っている間に、男はあたしの服を洗濯機で回してくれているようだった。
　まぁ、これで、あたしは完璧に帰れなくなったわけだけど。っていうか、これからなにをするかなんて、あたしに聞かれたって困るし。どうせ、することなんてひとつしかないんだから。
「さぁね」
　それだけ言い、男から視線を外した。逃げ帰るほどの気力だって、あたしは持ち合わせていないから。
「じゃあ、トランプでもする？」
　……トランプ？
「なにそれ？　意味わかんない。あるの？」
「いや、ないけど。やるなら買ってくるよ？」
　なんだそれ。
　思わずポカンとしてしまったあたしの顔は、多分、ひどく滑稽だっただろう。だけど、次の瞬間にはなぜか笑えて

きて。
　あたしはそれをこらえながら、
「ねぇ、さっきから気になってたんだけど、なんでこの部屋ってなにもないの？」
　と、あたりを見回し、なにげなく聞いてみた。
「必要なもの、そろってるだろ？　他になんかいる？」
　やっぱり、どこをどう見ても、人が普通に生活するような家ではない。
　キョトンと聞いてくる男に、ため息をつくあたし。
「せめて、机と椅子くらいは必要なんじゃない？」
「あははっ！　じゃあ、今度買っとくわ！」
　……"今度"なんて、あたしとこのオトコにはない。
　コイツが机と椅子を買ったところで、あたしにはなんの関係もないんだから。
「っていうか、今日、予定あったんじゃないの？」
「ああ、さっきの電話？　いいよ、あんなの。ただの飲み会みたいなもんだし」
「いいんなら、いいけど」
　煙を吐きだし、タバコを灰皿に押しあてる。
　どうせ、あたしには関係ないこと。
　すると、男はあたしの顔をまじまじと見つめてきた。
「さっきから思ってたんだけど、お前、眉毛ねぇな！　高校生みたい！」
「悪かったなっ！」
　言われて気付いた。男の前で化粧を落としたことなんて、

一度としてなかったのに……。
　急に熱を持った頰をあわてて手の甲で押さえたけど、男は指さしてケラケラ笑う。
　あたしは、あきらめてため息をついた。
「……ついでだから言うけど、あたし一応、高校生なんだよね」
「はぁ!?　マジ?」
　あたしの言葉に、目を丸くして驚く男。その顔を思いっきり、にらみつける。
「なんか問題でもあんの?」
「いやいや、女ってすげぇな!　化粧で変わるんだもんな!」
　男は感嘆したような声で言って、タバコをくわえた。
　わざと目の高さを合わせるように顔を傾け、目を合わせられたあたしは唇を嚙みしめる。
「あんた、バカにしてんの?」
「いや、ほめてます」
　どこら辺が?と、言おうと思ったけど、やめといた。
　なんだかこのオトコに振り回されてる気がする。
「え?　じゃあ、お前いくつ?」
「17だよ、高3。あんたこそ、いくつだよ」
　相変わらずにらみつけるあたしに、口角をあげる男。
「俺は23だよ」
「なんだ、オッサンじゃん」
「あははっ!　うるせぇよ!」

あたしのイヤミは、笑って流された。
「つーか、お前、名前なんだっけ？　千春？　千夏？　千秋？　千冬……は、ねぇな」
「どれでもないし！　千里だっつーの！」
「そう、それ！　じゃあ、"ちーちゃん"だ！」
　　……ちーちゃん？　って、あたしのことかよ！
「なにそれ！　勝手にヘンな名前、つけないでくれる？」
　　口もとが引きつるのがわかった。
　　馴れ馴れしすぎてイヤになってくる。
「なんで？　かわいいじゃん！　俺は"隼人"でいいから！」
　　……聞いてねぇよ。
"隼人"と名乗った男の言葉に、あたしは完璧にペースを乱されていた。
「っていうか、この雨の中、なにやってたの？」
「家に帰る途中だったんだよ」
「傘は？」
「あったら濡れてない」
「あははっ！　そりゃそうだ！」
　　どんな些細なことでも、自分のことを聞かれるのは苦手。こんな馴れ合いみたいなやりとりをしたいんじゃないのに。
「つーか、高校生がこんな夜中に、なにやってたの？」
「バイト」
「そっか、ご苦労さん」
　　隼人は最後の煙を吐きだしながら、タバコを灰皿に押し

あてた。だけど、いきなり、なにかを思いついたような顔になる。
「あっ！　そうだ！　お前、ケータイ教えとけよ！」
「……なんで？」
「雨降って、また傘持ってなかったら、それこそカゼひくだろ？　電話してくれれば、迎えに行ってやるから！」
　……このオトコは、やっぱりバカなの？
「あんた、あたしのアッシー志願者？」
　ここまでくると、もう本気でそんな風に思えてくる。
「あははっ！　なんで、そうなるかなぁ？　優しさとか思えない？」
　今度はお腹をかかえて笑ってる。このオトコは、いったいなにがしたいんだろう？
「悪いけど、タダより高いものはない、って言わない？　優しいヤツが一番怪しいんだよ」
　男が女に優しくするのは、絶対に見返りを求めてるから。あたしはそんな手には乗らない。
「あははっ！　眉毛ねぇのににらんでも、迫力ねぇから！」
「うっさい！」
　あたしは瞬間的におでこを押さえた。くやしすぎてイヤになる。
「いいから、教えとけって！」
　仕方なく、自分の番号を表示させたケータイを差しだした。
　帰ったら速攻、着信拒否にしよう。

その程度にしか、考えていなかった。番号を交換しているうちに、洗濯機の終了音が鳴る。
「乾燥まで終わってるから！　着替えてこいよ！　送ってやる！」
　言われるがままに、ケータイをバッグに投げいれて、再び脱衣所に向かった。
　ドアを閉め、壁に背中を預けて、ため息をつく。
　なにもしてこなかった男に拍子抜けするのと同時に、少しの安心感が生まれた。
　ほんとに、意味のわからないオトコ。
　リビングに戻り、コートを手に取る。ストーブの前に置いておいたから、すっかり乾いて元どおりだ。
　コートを羽織るあたしを確認すると、彼はキーケースを持ちあげて歩きだす。
　相変わらず、ろう下には整然とドアが立ち並んでいた。

「家どこ？　近く？」
「……うん」
　車に乗りこむと、エンジンがかかるのと同時に、通風孔から冷気が流れ出る。あたしは身を縮めて、コートの前をギュッと閉じた。
「カラオケのある通りをずっとまっすぐ行ったら、大きい交差点あるじゃん？　あの近くだから」
　男に家まで送ってもらうときの定番のセリフを言ってから、黒革のシートに身を預ける。

なぜか、安心した。
「オッケ！」
　そう短く答えた隼人はタバコをくわえ、シフトをドライブに入れて、車を発進させる。
　流れ続ける景色が、窓をつたう雨水によってゆがんでいく。あたしは、隼人から顔を背けるように、窓の外を見つめ続けていた。
　あたしがタバコに火をつけたのを横目で確認した隼人は、
「なぁ、学校どこよ？」
　と尋ねてくる。
「なんで、教えなきゃいけないの？　あたし、ストーカーされたくないんだよね」
　吐きだすふたり分の煙が、せまい車内を包む。
　あたしはとくに興味もなくそれだけ言うと、視線を窓へと戻した。
「あはっ！　ちーちゃん、ケチだな！　誰も眉毛ねぇオンナなんか、ストーカーしたりしねぇよ！」
「あんた、しつこいし！」
　唇を噛みしめ、声を荒げる。イタズラっぽく笑われて、顔が赤くなるのがわかった。
　眉毛がないのは、あたしのコンプレックスなのに……。
　だから、とっさに話を変える。
「あんたこそ、なんの仕事してんの？　どう見ても、普通のサラリーマンじゃないみたいだし」

身なりからして、サラリーマンとは到底思えない。
　持ってる物も身につけてる物も、ブランド物だということはすぐにわかるし。そんなオトコは、怪しい香りしかしない。
「あー、自営業？」
　そう言うと隼人は、少し困ったようにあたしの顔を見た。
「ふうん、商売してんだ」
　関わりたくなかったあたしは、それ以上なにも聞かず、また窓の外を眺める。
　いつまでたってもやむ気配(けはい)のない雨に、あたしの気分も憂鬱(ゆううつ)になっていく。
　なのに、彼は言い訳めいた感じで、
「……や、つーか、個人事業者？　まぁ、たしかに商売はしてるけど」
　と、付け加えてきた。
「あっそ」
"個人事業者"とか言ってる時点で、怪しさは増した。だけど、やっぱり興味はない。
「……あんた、ヤクザなの？」
「お前、恐ろしい言葉使うなよ！　ヤクザに見える？」
　見えないから、余計に正体不明なんだよ。
「まぁ、なんでもいいけどさ」
「……俺、危ないヤツに見える？」
　キョトンとして聞いてきた隼人に、
「怪しいヤツには見える」

と、あたしは言い返した。それでも、めげずに隼人は、
「あははっ！　そっか、俺、怪しいんだ！」
　と、こちらに笑顔を向けてくる。だけど、そんな顔にも、あたしの口もとは引きつるばかりだ。
「っていうか、この辺でいいわ」
「いやいや、家まで送ってくから！　また濡れたら意味ねぇじゃん！」
「ご心配どうも。けど、あたし、"怪しい男"に家を教えるほどバカじゃないから」
　イヤミのつもりでそう言ってにらみつけるあたしに、隼人はため息をつく。
「わかりました。"怪しい男"はこの辺で退散します」
　……あたし、悪いこと言ったかな？
　さっきまでは強引だったのに、今度は簡単に引きさがった隼人に、なぜか少しだけ胸が痛む。
　泳ぐ目を伏せるようにして、あたしはドアに手をかけた。
「……今日、ありがと」
　罪悪感から、こんな言葉まで口をついて出た。
「おー！　今度から、ちゃんと傘持っとけよ？」
　コクリとうなずいて車から降り、家に急いだ。交差点からすぐのアパートが、あたしの家。
　うちに入ってドアを閉め、少し速くなった鼓動を落ちつかせる。
「……ただいま」
　返事はない。

母ひとり子ひとりの生活にも、もう慣れてしまった。
　母親はスナックをしているため、夜中はいない。だから、たとえ真夜中に帰ったとしても、誰もあたしの心配なんかしてくれない。
　ため息をつき、テレビをつけようとした矢先に、あたしのケータイが鳴った。
　相手の見当なんてつかない。放り投げたバッグの中をあさり、ケータイを手にとる。
　画面に"隼人"と表示されていることに、驚いた。
　まだ、着信拒否してないのに……。
　普段なら完璧シカトのはずなのに、気まぐれで通話ボタンを押してみる。
　あのまま着信拒否にしたら、なんとなく罪悪感が残るし。
「……なに？」
「ちーちゃん、ちゃんと帰った？」
「うん。っていうか、なに？」
　……あたしの心配？
「いや、帰り道ヒマだったし」
「あっそ」
　だけど、それはあたしを送ってくれたせい。
「なぁ、日曜とかヒマ？」
　コイツ……誘ってんの？
「日曜バイト。っていうか、水曜以外はバイト掛け持ちで入れてるから」
「はぁ!?　ちーちゃんって苦学生？」

その言葉に、さすがのあたしも口もとが引きつった。電話口の向こうにも聞こえるように、大げさにため息をつく。
「あんた、なんでそんなに失礼なの？　……苦学生ってわけでもないけど、学校、3年生は今ほとんど自由登校だし、お金貯めたいの」

自分のテリトリーでもある家の中にいると、少しだけ安心して自分のことを話すことができる。べつにウソをついたってよかったのに、あたしはそんな簡単なことも思いつかなかった。
「ほしいモンがあるとか？」
「そんなんじゃないよ。お金貯めて、家出たいの」

少しの時間でも、母親と顔を突きあわせて話をしたくないから。

母親の忘れていった口紅が目に入り、自然とほんとのことを話していた。
「すげえな！　掛け持ちって、なにやってんの？」
「なんで、そこまで言わなきゃいけないの？」

バイトを掛け持ちしてるって言うと、だいたいの人は驚く。だけど、根掘り葉掘り聞かれることは嫌い。
「じゃあ、俺が"怪しい男"から昇格したら教えてな？」
「一生しないだろうね」

だって、もう会うこともないんだから。
「そんなこと言うなって！　水曜空けといてな？」
「……なんで？」
「ドライブ付き合ってよ！」

「やだ」
　今度こそ、どこかにラチられる。いくらあたしだって、さっき会ったばかりの男を信用するほどバカじゃない。
「じゃあ、"今日のお礼"とかで付き合って？」
　だけど、それを盾にされると、なにも言えなくなってしまった。
「……わかったよ」
　あきらめてため息をつき、部屋に置いてあった自分のタバコをくわえる。
「昼くらいはどう？」
「午前中だけ学校あるから、それが終わったあとならいいよ」
　火をつけて吸いこむと、自分のタバコが軽く感じた。
　セブンスターのせいだ。そんなことだけで、電話の相手に腹が立つ。
　電話を切って、タバコを灰皿に押しつけ、ベッドに大の字に寝転がった。低い天井が、あたしを安心させる。
　疲労感から睡魔が襲ってきて、噛み殺すことのできないあくびに、自然と目をつぶってしまう。
　今日も朝から晩までずっとバイトだった。ついでに言うと、明日もバイトがつまっている。
　土曜だし、残業覚悟だな。
　疲れるからイヤな気持ちと、お金が稼げてうれしい気持ちの半々。
「はぁ……」

あたしは、いつになったらこの生活から抜けだせるんだろう？

ケータイを開くと、着信履歴には"隼人"の文字が残されたまま。

このまま着信拒否にすれば、二度と会うこともない。だけど、メニューを開いても、そこからあたしの指は動かなかった。

怪しい男なんて、母親の店の手伝いをしていれば必ずひとりふたりいたから、今さら怖くはない。

ただ、隼人は下心がまったく感じられない顔で笑うから、そんな人たちよりも、よっぽど怪しく思えてしまうのだ。

結局、またため息をついて、ケータイを放り投げた。

明日考えよう。

次第に重くなる瞼に勝てず、流されるように目をつぶる。いつのまにか、あがった雨にも気付かずに。

* * *

あたしがあのとき、傘を持っていれば。

5分だけ、バイト先を遅く出ていれば。

隼人の車になんか、乗りこまなければ。

……あたしは、人並みに幸せな人生を歩んでいたんだろうか。

そして、その"幸せ"で、あたしの孤独は埋められた？

仕事

　約束の水曜日。
　長かった授業が終わり、やっと学校を出た頃、まるで見計らったようにあたしのケータイが鳴った。
　ディスプレイを確認するまでもなく、相手の見当はつく。
「はーいー」
　ため息とともに、電話に出た。
「学校終わった？」
「……うん」
　結局、あれから着信拒否に設定できないまま、約束の日を迎えてしまった。しかも、ろくに用もないクセに、隼人からは毎日電話がかかってきてたし。
　隼人がうるさく言ったから、仕方なく折りたたみ傘まで買ったあたしは、きっとバカなんだと思う。
　ついでに言えば、毎度毎度、この着信を無視しないあたしは、とことん甘いのかもしれない。
「今、どの辺？」
「学校の近くの寿司屋の前、歩いてる」
　しつこく聞いてくる隼人に根負けし、昨日、学校まで教えてしまったあたし。
「マジ？　近くいるわ！　その裏の通りに、コンビニあるのわかる？　そこにいるから！」
「あたしが行くの？」

「迎えに行ってやってもいいけど、学校のヤツらに見られたくねぇだろ？」
　なんだ、ちゃんと考えてんのね。
　もっと適当なオトコなのかと思っていただけに、少し拍子抜けする。
「わかったよ、今から向かうわ」
　あたしは、コンビニの方に向かった。

　コンビニの駐車場には、この前会ったときと同じ、イカつい黒のセダンが停まっていた。
　改めて陽の下で見ても怪しさは変わらなくて、ちょっと引いてしまう。あたしは、ため息をひとつつくと、ゆっくりと足を進めた。
「おー！　お疲れ！　つーか、マジで高校生だな！」
　あたしを見つけた隼人は、笑いながら車から降りてきた。
　サングラスを外しながら近付いてこられると、車と同じく、どう見ても危ない男にしか見えない。
「だって、高校生だし」
　あたしはそれしか言えなかった。
　周りから見たら、あたしたちはいったいどんな風に見えているんだろう？
　髪の毛をかきあげながら、自分が隼人と不つりあいな制服姿であることに気付き、気まずくなって目線を落とす。
「おっ、今日は眉毛あるじゃん！　っていうか、化粧もうすいし！」

ニヤついた目で見られ、腹が立ってきた。
「悪かったね、学校用で！」
　相変わらず、隼人の中でのあたしは、"眉毛のないオンナ"らしい。
「ちーちゃん、絶対そっちの方がかわいいから！」
　うすい化粧をほめられても、喜んでいいのかわからない。
　今まで素顔を隠すように生きてきたから、まるでそんな人生を否定されているような気分になった。
　っていうか、濃いメイクはスナックやってる母親の影響だし。
「ちーちゃん、乗って！　一旦、着替えに帰れよ！」
「なんで？」
「制服のまま、連れ回せないだろ？　それに、一応、仕事相手と会うし」
　……普通のオトコなら、制服なんて言ったら喜ぶはずなのに。
　コイツ、"女子高生ブランド"に興味ないの？
　今までそれを売りにしてきたあたしは、また拍子抜けした。それに、"仕事相手"って……。
「そんなとこに、あたしを連れてってもいいわけ？」
「いいよ。ちょっと遠いし、ヒマだから。まぁ、話してる間は、車乗っててもらうことになるけど」
　ふうん。……まぁ、あたしには関係ないか。
　そんな気持ちで車に乗りこむ。
「この前の交差点から見えるアパートだから」

前回と同じく、隼人のタバコを抜きとり、当たり前のように火をつけた。吐きだす煙に目を細めながら、少しだけ窓を開ける。
「自分の吸えよ！　まぁ、いいけど。っていうか、なんで家教えてくれたの？」
「歩くと寒いから」
　ほんとに、それくらいしか理由が見つからなかった。
「あははっ！　オッケ！」
　隼人はなにも言わず、暖房の設定温度を最高にして、温風をあたしの方に向けてくれた。それに気付かないフリをしながら、窓の外を見つめる。
　冬晴れの空が、抜けるように青かった。

「遅いと思ったら、化粧が濃くなってんじゃん！」
「悪い？」
　コートを着て、やる気なく隼人の車に戻る。
　コイツの趣味に合わせる必要はない。あたしはあたしだ。
「さっきのが、かわいかったのにぃー！」
　そう言うと、隼人は子供みたいに口を尖らせた。だけど、すぐにあたしに笑いかけてくる。
「まぁ、いいよ。"怪しい男"から昇格したから、家教えてくれたわけだし」
「あたし、そんなこと、ひと言でも言った？」
「ちがうの？　残念ー！」
　全然残念そうじゃない顔で言われて、腹が立つ。

「よしっ、とりあえず腹ごしらえだな！　ちょっと遠出するし、なにも食べてないだろ？」
「どこまで行く気？」
「県境だよ！」
「はぁ!?　遠すぎだし！」

　隼人の言葉に、あたしは口もとを引きつらせた。

　そんなに遠いと、万が一、逃げることになったら、帰ってこられるか微妙だ。財布の中に入れてある１万円札を思い出し、いざとなったらこれで帰るしかないと、大きなため息をつく。
「まぁ、いいじゃん！　楽しいふたり旅の出発ってことで！」

　全然よくない。こんな男と往復５、６時間も一緒だと思うだけで、憂鬱になる。

　だけど、仕方ない。あの雨の日、あたしがこんなヤツの車に乗りこんでしまったから……すべては自業自得なんだ。

　それから、地元では有名なカニ料理の店に連れていかれた。
「好きなの頼めよ」なんて言う隼人に、さすがのあたしも戸惑う。

　並べられた料理は、どれから手をつければいいかわからないほど、豪勢で……。あたしがいつも食べてるコンビニ弁当なんか、比じゃなかった。

「お腹いっぱいなんですけどー！」
　車に戻り、息をつく。
　豪華すぎるうえに、もともとたくさん食べる方ではないあたしは、イヤミっぽく言ってみた。
「だって、食いたかったし！」
「……あんた、お金持ちなの？」
　怪しさを倍増させているセカンドバッグもサングラスも、すべてがブランド物で統一されていて、さらに昼ご飯にカニなんか食べるヤツは、あたしの中では金持ち以外の何者でもない。
「あははっ！　そんなんじゃねぇから！」
　そう言いながら、隼人は取りだしたＣＤケースから、１枚のＣＤを抜きとる。
　あたしは、「どこがだよ」なんてあきれながら、見るともなしにその動きを追っていた。
「あっ、GLAYじゃん！　しかも、デビュー前のアルバム！」
　隼人の手にあるＣＤを見て、あたしは驚きの声をあげた。
「知ってるの？」
　隼人の表情が一瞬にして笑顔に代わり、目を輝かせて聞いてくる。
「あんた、ファンなの？」
「ちーちゃんもだ！　うれしいねぇ！」
　ファンでもない限り知らないようなアルバムを持っていた隼人に、なんとなく親近感が生まれた。
「俺、JIROに似てるって言われるんだけどー！」

「どこが？　目ぇ腐ってんじゃないの？　目と鼻と口がついてる以外、同じところはないね」
　お世辞にも、似てるなんて思わない。なのに、隼人はそんなイヤミさえも笑い飛ばした。
「あははっ！　ヒドすぎだし！　まぁ、その辺ウソだけど」
「みえみえのウソつくな」
　またもや隼人のタバコを抜きとったあたしは、にらみをきかせてから火をつけた。
　隼人はうれしそうな顔のまま、ニコニコしている。
「高速乗る前に、コンビニで飲みもんとか買っていこ！」
　そう言うと、車は高速のインターの手前にあるコンビニに入った。
「ちーちゃんのせいで、タバコなくなるの早ぇよ！」
「いっぱい買っときなよ。あたしが吸うから」
　他人事のように言いながら、一緒に店内に入る。
　自分のタバコ代ほどもったいないものはない。それに、もう隼人のセブンスターに慣れて、自分のを軽く感じてしまっていた。
「はいはい。っていうか、お菓子いる？」
「チョコ買って」
　隼人はあたしの持っていたオレンジジュースをさりげなく取って、お菓子のコーナーに向かった。
　もし、好きなオトコにされたら、うれしくなるようなそんな行動にも、あたしの胸はときめかない。
　会計を済ませ、車に戻ると、

「はい、ちーちゃんの分な？」
　と、隼人は自分のジュースを抜きとって、コンビニの袋をあたしに渡してきた。中を見ると、リクエストのお菓子以外にもいろいろ入ってる。
「なんで、同じチョコがふたつもあるの？」
「行き用と帰り用だよ！　ちゃんと１箱ずつ食えよ？」
「遠足かよ」
　相変わらずこのオトコは、あたしに優しかった。いったい、なにが楽しくてそんなに笑うのかとすら思ってしまう。
「よっしゃー！　じゃあ、遠足出発！」
　ナビをセットした隼人は、うれしそうに声をあげた。
「はいはい、出発ねー」
　こうなったらもう、やる気のない声を出して、隼人に合わせる以外にない。年上のクセに、まるで子供みたい。
　そして、車は再び走りだす。
「あー！　高速、テンションあがるわ！」
　高速に乗ってすぐ、目を輝かせる隼人。
「カンベンしてよ。あんたと事故って死ぬなんて、絶対イヤだし！」
　どんどんあがっていくスピードに、シートベルトを握りしめるあたし。
　ヤられるのが先か、事故って死ぬのが先か……。
「そうだった！　今日はお客様乗せてるから、安全運転な？」
「っていうか、今、何キロ出してんの？」

あたしの座っている位置から100キロなんかとっくに越えているスピードメーターがチラッと見えたけど、怖くてそれ以上のぞきこめず、聞いてみた。
　　　……っていうか、前を見て運転してほしい。
「150キロくらい？」
「カンベンしてよ！」
　　　見まちがいじゃなかったんだ……。
　　　見えたままを答えられ、大きなため息をつくあたしに構うことなく、隼人はさらにテンションをあげる。
「ちょっとしたとこで車が一瞬浮いて、ハンドル取られるの！　楽しくない？」
「全っ然！」
　　　そんな恐ろしいことのどこが楽しいのか、理解に苦しむ。
　　　ひどい頭痛がしてきたのは、気のせいなんかじゃないはずだ。
「あんたがジェットコースター好きなのはわかったから。でも、頼むからそれ以上、スピード出さないで？」
　　　こめかみを押さえ、確認したのに……。
「えー？　リミットカットまでしてんのに？　っていうか俺、ジェットコースターは嫌いだよ。高いとこ怖いし！」
　　　聞いてねぇよ。
　　　きっとあたしは、この見ず知らずの男と事故って死ぬ運命にあるんだろう。
　　　だけど、不思議なもので、高速ではどんなにスピードを出しても、すぐに目が慣れてしまう。あたしは隼人が抜き

去っていく車を眺めていた。
「あー！　ちーちゃん！」
　突然、隼人が声をあげた。
「なに!?」
　驚いて、思わず聞き返す。
「オービスでピースし忘れた！」
　残念そうにそんなことを言う隼人にあきれてしまう。
「アホでしょ。捕まるよ？」
「あははっ！　そういうのが楽しいのに！」
　このオトコといると、ほんとに怖いものがないように思える。
　誰もいないと車線のまん中を走ってみたり、邪魔な車をパッシングしながらあおってみたり。
　初めはビビッて注意していたけど、だんだんどうでもよくなってきて、チョコの箱を開けた。
「大丈夫だよ、俺は捕まらないから」
　さっきから、何度となく聞いているセリフ。
　ヤバイ男は何人かスナックで相手をしてきたから、すぐにわかる。絶対の自信を持ってこんなことを言う隼人は、まちがいなくヤバイことをやっている。
「あんたが捕まろうと、あたしには関係ない。けど、事故だけはやめてね？　あたしまだ、死にたくないんだ」
「あははっ！　わかってるって！」
　ほんとにわかってるか、疑問だ。
　すると、隼人はチラッとこちらをうかがうように見てき

た。
「ちーちゃんって不思議だよね。俺の仕事とか、気にならないんだ？」
「興味ないだけだよ。それに、聞いたら後悔するようなことだって、世の中にはたくさんあるから」

　隼人のタバコを抜きとり、火をつける。見つめる窓の外は、相変わらず、変わりばえのしない景色。
「すげぇな！　そんなヤツ、初めて！」
「あたしのお母さん、スナックしてるから。手伝ってると、いろんな人見るし」

　人に言えば絶対に白い目で見られるから、普段は隠してたけど、隼人になら言っても大丈夫かなって思った。
「そうなんだ！　じゃあ、掛け持ちってそれ？」
「ちがうよ、スナックは人手不足のときだけ。洗い物したり雑用するだけだから、お金ももらえないし……。普段は、ガソリンスタンドとファミレス。夏休みは、朝だけコンビニもしてたけど」

　なんで、こんなオトコにベラベラと自分の身の上話をしているのかわからない。だけど、他になにも話すことなんてなかった。
「うわー！　超ハードじゃん！　じゃあ、なんで、水曜は休みなの？」
「あたしにだって、付き合いってものもあるし」
「あはははっ！　大変だな、高校生も！」
「バカにしてる？」

眉をしかめて聞いた。だけど、隼人は横目であたしに優しく笑いかけるだけ。
「してねぇよ？　むしろ、尊敬！　ちーちゃん、がんばりやさんだもんな？」
"がんばりやさん"……そんなことを言われたのは、初めてだった。
　自分がほめられると、ヘンな気分だ。必死で平静を装いながら煙を吸いこみ、吐きだす。
　——ブーッ、ブーッ。
　突然、隼人のケータイが鳴り、
「あ、ちょっとごめん！　静かにしててな？」
　と、彼は申し訳なさそうに言って、音楽のボリュームを下げて電話に出た。
「はい。今、向かってます。あはっ、質はいいっすよ？ 多分、気に入ると思います。はい、じゃあ、夕方前には着くんで、その頃、また連絡します」
　すぐに電話を切った隼人は、少し面倒くさそうな顔になる。
「……あたしを売る気？」
「あはっ！　なんでだよ！」
「そんな気がしただけ」
　あたしはタバコを灰皿に押しあてた。最後に吐きだした煙が、開けたサンルーフからすーっと外に抜けていく。
「そのわりには、落ちついてるな」
「売るって言ったら、ここから飛び降りようと思っただけ

だし。ちがうんならいいよ」
「ははっ！　頼むからやめてな？　ここ、高速だし」
「売られるよりはいいよ」

　今まで、さんざんどうしようもないことばかりやってきたけど、売られて一生飼い殺しにされるくらいなら、死んだ方がマシだ。

　いや、もともとこんな人生、いっそ死んだ方が楽なのかもしれないけれど。
「ちーちゃんってさぁ、女子高生っぽくねぇよな。落ちついてるし」
「素直に冷めてるって言えば？」
"ひねくれ者"……そんな言葉は聞きあきた。

　それに、あたしだってべつに好きで女子高生してるわけじゃない。
「……お父さんはオンナ作って出ていって以来、音信不通。お母さんは、お父さんが付けた名前が気に入らないからって、あたしのこと嫌ってるし。そりゃあ、人生に期待なんてして生きられないよ」

　なにも言わない隼人に、初めて自分の過去を話した。
「だから、家出資金、貯めてるの？」
「そんな感じ」
　自嘲気味に笑う。
「そっか。イヤなことあったら、絶対電話してこいよ？」
「……うん」

　同情なんてされたくないって、ずっとそんな風に生きて

きたあたし。
　……隼人はあたしに、"かわいそう"なんて言わなかった。
　だから、少し調子が狂ってしまったのかもしれない。
　外は雲ゆきが怪しくなりはじめ、車内に流れるバラードの曲が余計にあたしを切なくさせた。
「雨、降るかな？」
　初めて自分から話を振る。
「どうだろうな。嫌い？　雨」
「……好きじゃない」
　雨が降ると、余計にひとりだって思ってしまうから。

　車は高速を下りて、一般道に入った。町を抜けると、次第にあたりに民家もなくなっていく。
　街灯さえまばらにしかないせいで、まだ夕方だというのに、すぐに薄墨を塗りつぶしたような色に包まれた。それだけのことで、急に不安になる。
「山登ったら着くから」
「山の上で、なにやるの？」
「あー、ちょっとな！　人に見られても困るし」
　隼人は、確実にヤバイことをしている。それを確信したあたしは、なにも聞かなかった。
　だけど、なぜか、ヤられると思うことはなくなっていた。
「そんなことよりさぁ、このあと、なに食べるか考えといてね？」
「……うん」

「じゃあ、ちょっと待っててな？」

車は山の頂上にある展望台の駐車場に停まり、隼人はドアを開けて降りていく。周りを見渡すと、数台の車の中に1台だけ、隼人のと同じような黒塗りの怪しい車があった。

多分、あれが"取引"の相手だろう。

車のトランクからアタッシュケースを出した隼人が、その車のもとに向かっていく。

……やっぱり。

もう、それだけわかれば十分だった。なにも見ないようにシートを倒し、横になって目をつぶる。

繰り返されるバラードは眠気を誘い、それに身をゆだねるようにして、あたしは意識を手放した。

それから、どれくらい時間がたっただろう。

ガチャッというドアの音で目が覚めた。

「ごめんな？　起こした？」

あたしが寝ていたことに気付いた隼人が、申し訳なさそうに聞いてくる。

「いや、大丈夫だよ。終わったの？」

体を起こして髪の毛を直す。伸びをすると、体中がきしむように痛い。

「おー！　話長くてごめんな？」

「そうなの？　あれから、そんなにたったんだ」

時計を見ると、あたしが寝てから1時間近くたっていた。

黒塗りの車の姿も、すでにない。代わりに広がるのは、

まっ暗闇の景色だけ。
「外、寒かったんじゃない？」
「おー、マジで寒かった」
　まだ眠気が引かず、うつろな目で話しかけるあたしに、相変わらず隼人は笑顔を向けてくる。
「あんたがカゼひかないでね？」
「心配してくれてんの？」
「ちがうよ、あたしにうつされたら迷惑なだけ」
　あたしはシートを戻して、タバコをくわえた。
「あははっ！　じゃあ、あっためてよ！」
「やだよ」
　体中を駆けめぐるニコチンのおかげで、やっとあたしの頭は正常に動きだす。
「残念ー。よし、じゃあ、山下りてなんか食べよ？」
　うーんと伸びをして、隼人はそう言った。
「あたし、お寿司食べたい」
「おっ！　いいね！　おいしいとこ知ってるから、そこでいい？」
「どこでもいいよ」
　……家に帰ったら、今度こそ着信拒否にしよう。あたしとコイツは、住む世界がちがう。
「この町って、ほんとになにもないんだね」
　同じ県内でも、あたしの住む街とは景色がまったくちがっていた。ビルのひとつも見あたらない。
「初めて来た？」

「うん。隼人は来たことあるの？」
「取引のときだけだけどな。何度か来てるし、だいたいわかるよ」
「ふうん。この町って、なんかあるの？」

あたしの目に映っているのは、田んぼと点々と立ち並ぶ民家だけ。
「見てのとおり」
「ははっ、やっぱり？」
「ラブホもないとか、ありえねぇだろ？」
「あははっ！　若者なんかいないからじゃない？」
「まぁ、これだけとなりの家と離れてたら、ヘンなことしても声聞こえねぇよな！」

隼人はイタズラっぽく笑った。

大通りを走っていても、すれちがう車は数えるほど。

だけど、誰も知らない町にいると、日々の生活から少しだけ解放される気がした。

ふたりで他愛もない話をしていると、また鳴ったのは、隼人のケータイ。
「どっから鳴ってるの？」

隼人のポケットとはちがうところから聞こえてくる着信音に、不思議に思って問いかけた。
「ああ、うしろのバッグの中だよ。ごめん、取って？」

言われるがまま、うしろの席に置かれた黒革のセカンドバッグに手を伸ばす。

バッグを受け取った隼人は、光っているケータイを取り

だすと、通話ボタンを押した。
「はい。今は、県境ですよ。ははっ、ちょっと別件で。え？ そんなんじゃねぇっすよ！ みやげ？ ばーさん、ラチっときますか？ あははっ！ ウソっすよ！ わかりました。また連絡します」
　仕事の話だろうか、隼人は早めに切ると、ため息をつく。
「……なんで、ケータイそんなに持ってるの？」
　少しの好奇心があたしを刺激した。
　一瞬見ただけでも、バッグの中には３つのケータイがあった。隼人のポケットにあるのも合わせたら、４つになる。
　チラッと厚い札束も見えたけど、そっちはなにも見てないフリを装った。
「仕事用だよ。ちーちゃんに教えてるのは、俺のだから。それは絶対つながるようになってるし」
　そう言って隼人がポケットから取りだしたのは、あたしと番号交換したときの黒いケータイ。
　"自分の"以外のケータイは、誰のだって言うんだろう？
　だけど、それを聞く勇気はなかった。
「……仕事、大変？」
「どうだろうね。まぁ、神経は使うけど。不安定って意味では、大変かな？」
「だったら、貯金しなよ？」
　そんな言葉しか言えない。
「あははっ！　了解しました」

わかっているのかいないのか、隼人は相変わらず笑顔だ。
　こんなに優しい顔をして笑うクセに、その実態はきっと"普通"なんかじゃない。そんなことが、少しだけ悲しかった。

　しばらくして着いた場所は、のれんがかかった古風な店。どう見ても、あたしの知ってる寿司屋なんかではない。
　あたしはここで、初めて回らないお寿司を食べた。
「高いんじゃない？」
「値段なんか気にしなくていいよ」
　隼人はそう言ってくれたけど、自分からお寿司が食べたいと言ってしまった手前、罪悪感がつきまとう。

「貯金しろって、さっき言ったじゃん」
　車に戻り、あたしはタバコをくわえて言った。
　こんなセリフ、おごってもらったあたしが言っていいのかわからないけど。
「いいんだよ。ちーちゃんも、もうわかってるだろ？」
　そう言うと、隼人はあきらめたようにシートに身を預けた。
「俺が稼ぐ金は、真っ当な金じゃないから。ちょっとは社会に還元《かんげん》しないとな」
　そして、あたしと同じようにタバコをくわえ、少し困った顔で笑う。
　悲しそうな表情が、なぜかあたしの胸を締めつけた。

「お金に"キレイ"も"汚い"もないよ。それこそキレイ事だよ。あぶく銭でも、1万円は1万円なんだから」
 あたしだって、ときにはお金のために汚いことだってやってきた。だから、隼人のお金を"汚い"なんて思うことはできない。
 あたしの言葉に一瞬、隼人は目を見開いたけど、次の瞬間にはまたいつもの笑顔に戻り、優しく口を開いた。
「ありがとな、ちーちゃん」
 力なくつぶやいた隼人の顔から、目をそらすことができない。速くなる自分の心臓の音に戸惑いながら、煙を吐きだす。
「帰ろうよ、地元に」
「だな」
 結局、重たい色をしていた空から雨は降らず、そこにはまばゆいばかりの星空が広がっていた。
 窓から星空を見あげていると、自分の存在がいかにちっぽけなものか思い知らされる。
 あたしは自然とこみあげてきた涙をこらえた。
「星、すごいね」
「ああ、田舎だしな。サンルーフ開けてやるよ」
 同じように隼人は空を見あげて、サンルーフのスイッチを入れた。
 いったいどれだけの時間、ふたりで星を眺めていただろう。
 会話なんてなかったのに、不思議と安心している自分が

いた。
　こんなにもおだやかな時間を過ごしたのが、いつぶりなのかも思い出せない。

「ちーちゃん、今日ありがとな？」
　家の近くまで送ってくれた隼人が、唐突に言った。
「お礼言うのは、あたしの方だから」
　首を横に振って、少しだけ口もとをゆるませる。
　初めて食べたおいしい物も、初めて見たたくさんの星も、夢のようだった。
　だけど、シンデレラの魔法が解けるみたいに、あたしはもとの生活に戻らなくちゃいけない。
「今度さ、家具買うの付き合ってよ」
　車から降りようとしたあたしの背中ごしに、隼人の声が聞こえた。断ろうと思ったはずなのに、勝手に口から言葉が出る。
「……うん」
『ムリだよ』なんて、いつもなら簡単に言えるセリフなのに。
　今日は、そんなことさえ難しかった。
　関わってはいけない相手だとわかっていても、隼人にどうしようもなく惹かれる自分がいる。
　理由なんてわからない。だけど、もっと一緒にいたいという想いが顔を出すから。
　隼人は、なにかの言葉を飲みこむようにして顔をあげ、
「また連絡するから」

と言った。
　あたしの心臓が音を立てる。
　答えはもう出てたんだと思う。
「……あんたの電話、つながるようにしててね？」
　あたしは少しだけ迷ったけど、隼人の目を見つめて言った。
　ほんとは"危ない仕事なんてやめなよ"って言いたかった。これ以上、隼人に危ないことをしてほしくない。
　だけど、あたしにはそんなことを言う権利も、理由もない。
　……他人がどうであろうと、"あたしには関係ない"っていうスタンスが崩れた瞬間。いつのまにか、隼人を着信拒否にしようという気持ちは消えていた。
「ははっ、オッケ」
　と、隼人は一瞬、驚きの表情を浮かべたけど、すぐにうれしそうに笑った。
「おやすみ、ちーちゃん」
　その笑顔を振り払うように、あたしは車のドアに手をかける。
「……おやすみ」
　そう言うと、隼人の車に背を向けて、アパートの階段をあがった。

　　　　　　　　＊　＊　＊

あの日、一緒に見た星空は、あたしたちに、つかの間の安らぎを与えてくれたね。
　毎日あわただしく生きるあたしと、神経を研ぎすませて生きる隼人……。
　ほんとは、望みはいっぱいあったんだよ。
　だけど、すべて捨てていいと思えた。できることなら、隼人と一緒に、あんな風ななにもない町で、誰の目も気にすることなく生きたかった。

　ねぇ、隼人。
　あたしは、もうこのときには隼人のことが好きだったのかもしれない。だけど、そんなことにも気付かなかった。
　助手席で、スカルプチャーの香りに包まれて、ただ安心してたんだ。
　隼人を怖いなんて、出会ったときから思ったことがなかったよ。だって、隼人は最初からずっと、あたしに優しかったもん。
　隼人を愛してよかったよ。いっぱい傷つけ合ったけど、それでもよかった。
"バイバイ"は、今も絶対言ってはいけない言葉だよね？
あたしは一生、隼人からさよならすることはないから。

クリスマス

　あれから数日がたった。
　いまだに隼人は、毎日あたしに電話をかけてくる。
　夜の10時、今日もあたしのファミレスのバイトが終わるのを見計らったように、隼人からの着信音が鳴った。
　あたしのバイトが終わる頃、電話をしてくる理由は、『ちーちゃんが夜道をひとりで歩いて帰るのは危ないから』らしい。だけど、あたしには隼人がヒマだからだとしか思えなかった。
「明日の予定は？」
　これは、最近の隼人の口グセ。
「学校は終業式だから午前だけー。で、そのあとはファミレス。多分、夜はお母さんの店、手伝うことになると思う」
「学校最後だろ？　たまにはバイト休んで、友達と騒げばいいのに」
　隼人は、なにかとあたしを気にかけてくれる。
　だけど、悲しいことに、あたしはこの生活をやめることはできない。
「残念だけど、バイト休めないんだよね。クリスマスイブは、かき入れ時だし。それに、休む子も多いんだよ」
　なんて言ったけど、ほんとはあたしにはお金を稼ぐことの他に、優先させるものがないだけ。だから、天皇誕生日も、イブも、クリスマスも関係ない。

電話口の向こうで、隼人は少し黙った。それから、
「明日さぁ、1時間とかでもいいから、空けれない？」
と、ためらいがちに聞いてきた。
「あー、ファミレス終わったら、1時間くらいなら大丈夫だと思うけど……」
「じゃあ、1時間だけ俺にちょうだい？」
「……いい、けど……」
　帰り道沿いにある街路樹のイルミネーションが、クリスマスを意識させる。そのせいか、隼人の言葉に少しだけ動揺してしまった。
　ケータイを持つ左手は冷たいのに、不覚にも速くなる鼓動のせいでそんなことも気にならない。
「よっしゃ！　じゃあ、バイト終わったら迎えにいくわ！」
「……うん」
　隼人の考えていることは、相変わらず、あたしにはまったくわからない。だけど、毎日電話で話していると、いつのまにかあたしの中にあった壁が消えている気がしていた。

　翌朝、学校に行った。ホームルームだけ出たあと、体育館へ向かう人波に逆行して、保健室に向かう。
　学校は、あたしにとって寝る場所でしかない。
「あら、酒井さん。また貧血？」
　保健室の若い女の先生は、たびたび来るあたしを真剣に心配してくれていた。

第1章 >> 55

「うん。終業式、出れそうもないから」
　あたしは、わざとらしくこめかみを押さえる。
「そう、わかったわ。担任の先生には連絡しておくから。先生も式に出ないといけないんだけど、ひとりで大丈夫かしら……」
　貧血なんてウソなのに、先生は頭をかかえて悩んでいた。
「大丈夫だよ、寝てれば治るから」
　眠いだけなんだから、寝てればいいだけのこと。
「じゃあ、奥のベッド使ってね？」
　そう言うと、先生は静かに部屋を出た。
　今日はハードになる予定だし、体力温存しとかなきゃ。
　なんて考えていると、ポケットに入れてあるケータイがふるえた。画面を見ると、いつもの名前。
「はい？」
「うわっ！　出た！」
「あんた、殺されたいの？　自分からかけてきたんでしょ？」
　突然、化け物にでも会ったような声をあげられ、眉をひそめる。肌寒さに身を縮めながら、あたしはベッドに腰を下ろした。
「あははっ、ちがうって！　今、学校だし、着信残しとけば、かけ直してくると思ったのに、ちーちゃん出たからビビッた！」
「ああ、今、保健室だし」
　ベッドに横になろうとしていた体を、再び起きあがらせ

る。
　そして、すっかり置き場所を把握しているエアコンのリモコンを持ちあげ、設定温度をあげた。
「え？　どっか悪いの？　カゼ？」
　あたしの言葉に、まくし立てるように聞いてくる隼人。
「貧血ってことになってるから」
「なんだよ、ビビらすなって！　サボッてるだけじゃん！」
　そう言うと、隼人は安心したように息をついた。だけど、あたしは、いまだにその優しさに慣れることができていない。
「眠いんだよ。っていうか、なに？」
　ムダに話していると、それだけで体力が消耗しそうで、ぶっきらぼうにしか返せない。
「そうそう！　ちーちゃん、イチゴのケーキとモンブラン、どっちが好き？」
「チョコ。っていうか、ガトーショコラ。それ以外はムリ」
「ははっ！　選択肢にねぇじゃん！　まぁ、いいや！　それが聞きたかっただけだし！」
「なんで？」
　窓の外を見ると、いつもより生徒たちにも笑顔が目立っているような気がする。終業式は彼らにはうれしい行事らしい。
　……あたしにとっては、どうでもいいものだけど。
「クリスマスイブだから！　あっ、ごめん！　キャッチだ！　また夜電話するから！　がんばってな？」

早口で隼人はそう言って、すぐに電話を切ってしまった。多分、ケーキでも買ってくれるんだろう。
　どうやら、あたしにも今年はクリスマスがやってくるらしい。それだけわかれば十分。
　布団に入って目をつぶったあたしは、いつのまにか眠ってしまった。

「酒井、もうあがっていいよ！　悪いな、高校生なのに10時過ぎまで働かせて」
　マネージャーはあたしのお盆を受け取ると、両手を顔の前で合わせる。
　学校が終わって、まっすぐに向かったファミレスでのバイトがやっと終わった。
「気にしないでくださいよ。ジャーマネもがんばってくださいね！　お先です！」
　このマネージャーは、いつもあたしの心配をしてくれる。
　世話焼きなオッサンだけど、不思議とこの人のことは嫌いじゃなかった。だから、あたしはこの人を"ジャーマネ"なんて呼んでいた。
　ひと息ついて時計を見ると、約束の時間を20分も過ぎている。あわててロッカーに向かい、隼人に電話をかけた。
「はいよー！」
「ごめん、抜けられなくて遅くなった！」
　そう言いながら、あたしはケータイを耳に当てて、服を脱ぐ。

「ははっ。いいよ、仕事なんだし。外いるから」
「うん、今から出るわ！」

　電話を切って上着を羽織った。鏡に映ったセーターとジーンズ姿の自分に、ため息をつく。

　一応クリスマスイブだっていうのに、あたしはこんな格好。

　……といっても、いつもと同じ服だけど。今日は、なぜだかみすぼらしく見えた。

　コートとバッグを脇にかかえ、急いで裏口から外に出る。あたりを見回すと、路上に駐車されている隼人の車を発見し、急いで駆けよった。
「うわっ！　ちーちゃん、早いじゃん！　また、化粧直してくるのかと思ったのに！」

　あたしの姿を確認すると、隼人は驚きの声をあげた。こうやって車の外で待っていてくれるところも、その優しさを感じさせる。

　だけど、せっかく人が急いできてやったのに、その言い草はないでしょ。
「じゃあ、直しに戻るわ」
「ダメダメ！　時間ないだろ？　乗って！」

　あたしはふてくされながらも、車に乗りこんだ。
「で、あと40分だけど、どうすんの？」

　慣れた手つきで隼人のタバコを抜きとりながら聞く。さすがに、3回目ともなると、隼人はもうなにも言わない。
「せかすなよー。俺んちでケーキ食うだろ？　で、終わり」

……まぁ、40分じゃそんなもんだ。
「ほんとはイルミネーションとかも見たかったのにぃ！」
 隼人は口を尖らせる。
「あたし、毎日帰り道で見てるし」
「それはそれだろ？　まぁ、イルミネーションなんて、バレンタインデーまで飾りっぱなしだしな！」
 そこまで言うと、いきなり彼は思い出したように、
「そうだ！　ちーちゃん、通知表どうだった？」
 と聞いてきた。
「平均すると、5とか？」
 あたしの言葉に、隼人は目を見開く。
「はぁ!?　マジで？　実は秀才なの？」
「まっさかぁ！　うちの学校、10段階評価なんだよ」
「あはは、そんなことだろうと思ったわ！　まぁ、いいじゃん？　まん中だし！」
 授業に出ても、寝てるだけ。テストの点は悪いけど、課題は出す。そんなあたしは、昔からギリギリの点以外、もらえる数字はなかった。
 窓の外を寄りそって歩くカップルを横目に見ながら、わざと隼人の方に顔を向け、目いっぱいの笑顔を作る。
 あたしだって、好きでこんな日まで働いていたわけじゃない。

「入ってー！」
 2度目に訪れた隼人の部屋は、相変わらず、なにもない。

「って、あれ？　なんでツリーがあるの？」
　だけど、部屋のまん中に、手のひらサイズのクリスマスツリーがちょこんと置かれていた。
「さっき、そこで買ってきたの」
「アホだね」
　あたしは、皮肉っぽく笑ってやる。
「そ？　かわいいじゃん」
"だったら、床に置くなよ"って言いかけたけど、やめといた。だって、ここには机がなかったから。
「ちーちゃん、プレゼントな？」
　そう言って、隼人が奥の部屋から持ってきたのは、お菓子の詰まったブーツ。
「……ありが、と」
　プレゼントなんて久しくもらってなかったあたしは、なんとなく照れてしまう。だけど、隼人がどんな顔をしてこれを買ったのかを想像すると、少しだけおかしくなった。
「で、こっちがほんとのプレゼント！」
　隼人はもうひとつ、床に転がっていた黒の紙バッグを手渡してくる。
「なにが入ってるの？」
　不思議に思ってのぞきこむと、ジュエリーボックスがあった。ますますあたしは首をかしげる。
「開けてみ？」
　コクリとうなずいて、手を伸ばした。
　が、中身を見てあたしは驚きのあまり、言葉を失ってし

まった。
「受け取れないよ！」
　なのに、見あげた隼人の顔は、どこか満足そうで。
　箱の中に入っていたのは……ダイヤのネックレスだった。その小さな十字架は、とても安物には見えない。
　その輝きと隼人の顔を交互に見比べながら、固まってしまった。
「お菓子のついでにね！」
　絶対、順番まちがってるでしょ。
「……ごめん、ムリ」
　そう言って、隼人に突き返す。
　彼の考えていることが、まったくわからない。
「ちーちゃんに似合うと思ったから買っただけだし。気にすることねぇから。っていうか、男の好意は素直に受け取るのが礼儀だぞ？」
　まるで、それが当たり前のように言う隼人に戸惑いながらも、心臓が音を立てる。
　あたしに向けられた視線から逃げるように目をそらし、言葉を探した。
「……でも、高いんじゃないの？」
「だからさぁ、気にするなって！　それに、いいもの身につけてねぇと、どんなにいいオンナも輝かねぇぞ？」
　隼人はそう言って、箱からネックレスを取りだすと、勝手にあたしの首もとに合わせた。
　首すじに当たる金属の冷たさも、スカルプチャーの香り

も、そのすべてがあたしの鼓動を速くする。
「……あたし、"いいオンナ"じゃないから」
　首のうしろの金具を止める隼人の顔が近くて、あたしは思わず目を伏せた。
「自分の価値、下げんなよ！　いらねぇなら捨てとけばいいから」
　こんなもの、捨てられるわけがない。だけど、あたしにはこんな輝きなんて不似合いで……。
　余計、顔があげられなくなった。
「……ごめん、あたし、隼人にあげるもんない」
「あははっ！　いらねぇよ？　俺に金使う必要ねぇからな？　俺は、ちーちゃんの喜んだ顔だけで満足だし！　だから、ウソでもうれしい顔しといて？」
「……ありがと」
　そのとき、あたしの緊張を打ち破るように、ケータイが鳴った。
　……母親からだ。
「ごめん、そろそろ時間みたい」
「そっか、残念。送るよ。あと、ケーキ持って帰って？」
「……うん」
　今日は、隼人にもらってばっかりだ。
　この借りをどうやって返せばいいのか、全然わからないや。
「スナックだろ？　2時には終わる？」
「うん、多分ね」

「飲みにいこうかな？」
「ははっ、カンベンして」
　作り笑顔で必死で働く姿なんて、隼人には見せられないから。
「明日もクリスマス本番だってのに、バイトだろ？」
「うん。でも、明後日は水曜だし、やっと解放される」
「そっか。じゃあ、家具買う約束、付き合って！」
「……うん」
　右手にはお菓子のブーツ、左手にはケーキ。そのうえ、ダイヤのネックレスまでもらって、断ることはできなかった。

「じゃあ、ありがとね」
　家まで送ってもらい、車を降りる。外の冷気で、首もとの金属が冷たく存在感を増すのがわかった。
「おー！　気いつけろよ？　終わる頃、また電話するから。がんばってな！」
「ありがと。でも、あたしに合わせて起きてなくてもいいのに」
「や、俺は基本、夜型だから！　つーか、早く家入れよ。寒いから」
「……うん」
　隼人はいつもどおりに笑う。
　でもなぜか、チクチクと罪悪感にさいなまれた。それを振り払うように、あたしは歩きだす。

今日、冷静でいられなかったのは、クリスマスイブだったから？　……それとも、相手が隼人だったから？

「あっ！　木村(きむら)さん！　いらっしゃーい！」
　グラスを洗いながら、あたしは常連客に笑顔を向ける。
　恰幅(かっぷく)のいい木村さんの指定席は、一番奥。
「おっ！　千里ちゃんじゃねぇか！　かわいくなったなぁ！」
「やだぁ！　母親の私の遺伝子(いでんし)よっ！」
　あたしがなにか答えようとすると、母親にいつもさえぎられる。
「あははっ！　ちがいねぇ！　ママの子だもんな！」
　負けず嫌いの母親は、あたしがほめられると、笑顔を見せながらも必ず自分のことをしゃべりだす。
　そんな人が自分の親だということに、毎度のことながら嫌気がさした。
「ほら！　あんた、木村さんのボトル持ってきてよ！」
「はい」
　あたしの名前が嫌いな母親は、どんなときも名前を呼ぶことはない。にらみつける冷たい目からは、憎しみさえ感じる。
　だけど、あたしはもう、泣いてばかりの子供じゃないから、傷ついたりなんてしない。
　やっと終わった店の後片づけをしていたとき、ケータイが鳴った。もちろん、隼人だ。

「はーい」
　ケータイを耳と肩の間にはさみ、グラスを流しに運びながら通話ボタンを押す。
「終わった？」
「うん、今は片づけー」
「明日も朝からバイトだろ？」
「そうなの。さすがに、しんどい。明日も夜は店の手伝いだし」
　店内を見渡し、ため息をついた。まだ洗っていないグラスが山のようにある。
「ちーちゃん、マジで大丈夫？　さすがに心配になるわ」
「うん、でもまだ大丈夫。ありがとね」
　"大丈夫"……いつも自分自身に言い聞かせ続けている。
「やっぱ、水曜やめよ？　ちーちゃん寝てろよ。家具なんていつでも買えるし」
「大丈夫だよ、昼からなら。あたしも買い物したいし」
　ほんとは、買うものなんてなかった。だけど、やっぱりダイヤのネックレスをもらった手前、断るわけにはいかない。
「……じゃあ、いいけど」
「ごめん、今、片づけ中だし、長電話できないんだ！」
　戸惑いながら言う隼人に、あたしはわざとらしく声のトーンをあげた。
「そっか、悪ぃ！　また連絡するわ！」
　いつものようにそう言って、隼人は電話を切った。

体を動かしていないと、立ったまま寝てしまいそうになる。
　さんざん働いたあとの、立ち仕事のせいで、あたしの足は棒のようになっていた。

　家に帰ると、メイクだけ落として、そのままベッドに倒れこむ。
　冷蔵庫に入れたケーキが気になって仕方ない。だけど、起きあがる気力もなく、いつのまにか眠っていた。
　翌日も、朝からガソリンスタンド。それが3時に終わったと思ったら、今度は4時からファミレスだ。
　それから10時に帰り、そのあとは化粧を直して母親のスナックに向かう……。
　クリスマスにここまで働くヤツは珍しいと、自分でも思う。

　そして、約束の水曜日になった。
　死んでしまいそうなほど眠かったが、耳もとでうるさく鳴り響くケータイの通話ボタンを手探りで押す。
「んー」
「ちーちゃん、寝てた？」
「隼人かぁ」
　名前を確認せずに電話に出たあたしは、あくびを噛み殺した。だけど、聞き慣れたその声に、自然と安堵する。
「っていうか、今、何時？」

「1時過ぎてる」
「わっ、ごめっ！　急いで用意するから！」
　隼人の言葉に、やっと目が覚めた。無意識に見た時計の針は、とっくに真上を通過していた。
「ゆっくりでいいよ。準備できたら、電話ちょうだい？」
「うん」
　静かに電話を切って、タバコを持って冷蔵庫に向かう。冷蔵庫を開けると、一番奥に隼人からもらったケーキの箱。
　そういえば、まだ食べてなかったっけ。
　思わず、箱に手が伸びた。
　未開封だった箱のシールをはがし、中を開けてみると、ガトーショコラが入っていた。つい笑顔になるあたし。
　服を着替え、メイクをして髪の毛をセットする。そのまま電話をしようと思ったのに、気付くとケータイをバッグに戻し、ケーキをお皿に移し替えていた。
　糖分(とうぶん)は大事らしいし。
　口の中に広がるチョコの味が、自分へのご褒美(ほうび)のように感じて、なんだかうれしくなってしまう。

「遅いんですけどー！」
　アパートの下まで来てくれていた隼人は、待ちくたびれたのか、少しイラついているように見えた。
「ごめーん。ケーキ食べてた」
　だけど、そんな隼人に少しも悪びれもせず言ってやる。
「はぁ!?　寝起きで？」

「悪いー？　おいしかったよ、ガトーショコラ！」
「……ならいいけど。っていうか、昼飯まだなんだけど、ちーちゃん食えるの？」
「別腹って言葉、知らない？」

　あたしの言葉に、隼人は肩をすくめた。

　街は一夜のうちに、クリスマスモードから年越しモードに切り替わっていた。毎年のことながら、その早さには脱帽だ。

「疲れ、とれた？」
「ボチボチ？　31日までラストスパートじゃん？」
「相変わらず、すげぇ働くな。初詣、行けねぇじゃん」
「なんで？　大みそかは9時で仕事終わりだし、元旦は夕方からだから、それまではフリータイムだよ？　行こうと思えば、行けるじゃん」

　去年はがんばって仕事を調整して、友達と神社で年越しができた。さすがのあたしだって、年越しのことくらい、考えている。

「なにそれ！　年末年始、空いてるんだ？　聞いてないんですけど！」

　隼人は、眉をひそめた。

「言わなきゃダメだった？」
「うわっ！　毎日聞いてんのに、それはないわ！　一番肝心なとこなんだから、言おうよ！」

　そんなに大事なことだと思わなかった。だから、わざわざ言う必要なんてないと思ってたんだけど。

「好きなんだね、あたしのこと」
　隼人のタバコを抜きとり、上目遣いで言ってみる。
　一瞬キョトンとした顔をしてから、隼人は吹きだした。
「あはは! バレてた?」
「バレバレだよ」
　それからは、他愛もない話を意識的にしていた。隼人だって、おどけたように返してくるだけ。
「あ、電話だ。ちーちゃん、バッグ取って?」
「んー」
　隼人のバッグの中の電話が鳴るのは、仕事のとき。
　ケータイが鳴ると、いつも隼人のことが嫌いになりそうになる。イヤでも、現実を受け止めなくちゃいけないから。
「はい? はぁ!? 用意できなかった? てめぇ、ふざけんな! だったら死ね! 保険金の受取人、俺の名前書いとけ。あ? なら、臓器売るか?」
　突然、今まで見たこともないような怖い顔をして、声を荒げる隼人。あたしは思わず、ふるえそうになる唇を噛みしめた。
　こんなの、あたしの知っている隼人じゃない。だけど、きっと、こっちがほんとの姿なんだ。
「俺から逃げられると思うなよ? どんな手ぇ使っても、追いこむからな!」
　隼人は電話を切ると、イラついたようにタバコをくわえた。緊張が走り、車内が重苦しい空気に包まれる。
「隼人、信号青だよ?」

そんな言葉でしか話しかけられなかった。
　隼人はハッとした顔をして、次の瞬間にはあたしにもわかるほどの作り笑顔を浮かべる。
「あー、ごめん。ちょっと不手際あったわー」
　そう言って、バツが悪そうに笑う。
　なんで、こんなに苦しいんだろう？　なんで、こんなに悲しいんだろう？　もう、なにも聞きたくなかった。
「とりあえず、飯だったよな？　焼肉とかでいい？　ちーちゃん、スタミナ必要だしな！」
「……うん」
　こんなときまであたしの心配をする隼人に、戸惑ってしまう。
　隼人が真っ当な仕事をしていれば、あたしはなにも考えず、隼人のことを好きになっていたかもしれないのに。

　店に入るとすぐに、隼人はトイレに立った。仕事用のケータイを握りしめ、殺気立った目つきのまま。
　これからあたしの知らないところで、なにを話すのかはわからない。だけど、あたしにも、いい話じゃないことくらいはわかった。
　胸騒ぎがしたけど、あたしは"普通"を装い続けた。だって、あたしには「やめて」って言う理由も、その資格もないから。
「お！　肉、来てんじゃん！　俺なんか待ってないで、焼いてればよかったのに！」

トイレから戻ってきた隼人は、いつもの隼人だった。だから余計に戸惑ってしまう。
「うん。隼人、大丈夫だった？」
「ああ、仕事？　まぁね」
　隼人が言葉をにごすから、あたしはもうそれ以上、聞けなかった。
「それより、ちーちゃん、どっかいい家具屋、知らない？」
「あー、スポーツクラブの裏にあるのは知ってるけど。高いらしいよ？」
　ほんとはさっきの隼人の顔が頭から離れなかったけど、あたしはそのことから目を背け続けた。
　本心は、聞きたい。だけど、それ以上に、聞くことが怖くて。
「じゃあ、そこね！　高いってことは、いい物あるんでしょ？」
「知らないけど、あるんじゃない？」
　貯金しろって言ったのに。
　けど、結局、あたしのお金じゃないから、なにも言えない。

　それから、隼人は家具屋であたしが「かわいい」って言ったガラステーブルをほんとに買った。
　他にもパソコンのデスクや本棚を買い、それらをすべてキャッシュで支払っている。
　あたしはそれを見たくなくて、会計のとき、トイレに逃

げた。
　大金を当たり前のように持ち歩く隼人は、やっぱり"ただの高校生"のあたしとはちがう。関わってはいけない相手なんだ。
　それなら帰ればいいはずなのに、帰れない。……帰りたくない。
　いい加減、自分でも気付いていた。いつもあたしは、隼人からの電話を待ってる、って。
「お金、払い終わった？」
「おー！　明日には全部、家に運ばせることになったから！　そしたら、ちょっとは普通の部屋になるかな？」
「ははっ、なるんじゃない？」
　笑っていても、気持ちがついていけない。
「俺の用事、済んじゃった。ちーちゃんも買い物するんだったよね？　駅ビルとか？」
「……うん」
　正直、お金があったとしても、今は買い物をする気になれなかった。
　どこでなにを見たって一緒に見える気がして……。
「疲れてる？」
　隼人に聞かれて、視線の焦点を定める。
「……うん、ちょっと」
　気付かないうちに、顔に出ていたのかもしれない。急いであたしは、口角をあげた。
「ごめんな？　付き合わせて」

「そんなことないよ」
　だって、これは"ネックレスのお礼"なんだから。

　駅ビルを歩いても、お金のないあたしは見てるだけで、なにも買わなかった。
　そんなことより、さっきの隼人の顔が気になって仕方ない。目に映るすべての景色が色を失って見えるのは、きっと不安だから。
「ちーちゃん、なにも買わないの？　いいのないなら、他のとこ行く？」
「あー、高いからやめとく」
　ディスプレイされている服は、どれも高くて、軽く１ヵ月のケータイ代と同じくらいの値段だ。だけど、あたしが適当につけた理由に、隼人はあからさまにため息をついた。
「ちーちゃんってさぁ、なんで俺に買ってとか言わないの？」
　その言葉には、驚いた。あたしは目を伏せる。
「……あたし、嫌いなんだよ。うちのお母さんが、そんなんだから」
　母親は、いつも男に甘えてばかりいる。あたしはあんな風にはなりたくなかった。
「そっか。なら、俺がプレゼントしてやるよ！」
「いや、そこまでほしい服でもないからっ！」
　あわてて、そう答える。
　これ以上、隼人からなにかもらうわけにはいかない。

「じゃあ、出よう？　俺、タバコ吸いたくなったし！」
　あたしの気持ちに気付いているのかいないのか、隼人は笑いながら歩きはじめた。だけど、先ほどの焼肉屋でのことが脳裏をよぎり、また不安になって鼓動が速くなる。
「まだ晩飯まで時間あるし。どっか行きたいとこある？」
　隼人の質問に、首を横に振った。
「あっ！　そっか、ちーちゃん、疲れてんだもんな！　じゃ、俺んち行こう？　ゲームしたくね？」
　そう言って、隼人は有名なカートゲームの名前を挙げる。
「ははっ、意味わかんない。いいよ、あたし、なにげに自信あるし！」
　隼人の言葉に、ふたりして車に向かった。

理由

「そういえば、テレビないのに、どうやってゲームすんの?」
　隼人の家の前で、ふと思い出して聞いてみる。
「まぁ、見ればわかるって!」
　子供みたいな顔で笑う隼人は、家のカギを開けて、あたしを招き入れた。首をかしげながらも、あたしはそのうしろに続く。
「いつのまに、買ったの!?」
　そこにはデカいテレビが置かれていた。見ると、パソコンはベッドの脇に移動しており、寝室にも同じようなサイズのテレビがある。
「驚いた? 今朝、届いたの!」
　驚いたなんてもんじゃない。
　テレビをつけたとたんに映った、芸能人のドアップに、少し引いてしまう。
「っていうか、ただやっても意味ねぇよな? 負けたほうが罰ゲームってのは?」
「なにやるの?」
　あたしはキッチンに置かれていた、セブンスターを手に取りながら聞いた。
「じゃあ、負けた方が相手の言うこと聞くの!」
　そんな思いつきを、うれしそうに口にする隼人。
　だけど、あたしは煙を吐きだしながら、口を尖らせた。

「やだよ。っていうか、あたし、隼人にしてほしいことなんてないし。それに、隼人の言うことなんて聞きたくないもん」

あたしが勝ったところで、"仕事やめて"なんて言えないし。

「ダーメ！　これ、決定だし！　とりあえず、ちーちゃんが勝てば問題ないっしょ？」

まぁ、そりゃそうだけど。

ため息をついて、寝室のベッドに背中をつけて座る隼人の横に腰を下ろした。

「あたし、これー」

適当にキャラクターを選び、スタートした。

「はい、ちーちゃん、惨敗！」

うれしそうな隼人の顔に、くやしい気持ちがあふれる。

「もう1回やる！」

「やだし。っていうかそれ、3回目ー」

コントローラーを握りしめ、唇をへの字に曲げた。熱中していたせいで、いつのまにかテレビに近付いていたあたし。

「っていうか、卑怯だしー！　隼人、嫌い！」

半泣きのあたしを見て、隼人は笑っていた。にらみつけても、勝ちほこった隼人の顔が崩れることはない。

どうやら、あたしはもう、負けを認める以外にないらしい。

「で？　あんたの望みは？」
　覚悟して聞いたのに、隼人はあたしから目をそらした。
「あー、映画観ない？　その間に考えとくから」
　なんだそれ。言いだしっぺが、なにも考えてなかったの？
　拍子抜けしてしまったあたしをよそに、隼人はレンタルショップの袋を取りだす。
「ヒマだから観ようと思って借りたの！　『スターウォーズ』と『スパイダーマン』、どっちがいい？」
「……『スパイダーマン』」
「オッケ」
　言いながら、隼人はプレステにＤＶＤを入れた。
「ちーちゃん、こっちおいで」
　隼人がうしろに下がり、ベッドに背をつけて、あたしを呼んだ。言われた場所に座ると、肩と肩が当たりそうなほど近くて、急にドキドキしてくる。
　膝をかかえて顔をうずめると、隼人がベッドに腕をのせてきたから、肩でも組まれているような気分になってしまった。
「なぁ、ちーちゃん」
「え？　なに？」
　少し悲しげな表情で近付いてくる隼人の顔から、思わず目をそらす。だけど、伸びてきた手があたしの頬を捕らえ、イヤでもその瞳に吸いこまれてしまった。
　……その瞬間、あたしは目を見開いたまま言葉を失った。
　そっと重なった唇も、頬に当てられた手も、すべてが温

かい。
　きっとあたしは、呼吸さえもしてなかったと思う。
「ごめんな」
　言いながら、隼人はそのまま舌を絡めてきた。
　うしろにはベッド、目の前には隼人……。逃げることなんてできない。
　絡まる舌が温かくて、戸惑いと不安の狭間で、あたしの思考回路は停止していた。
　隼人の悲しそうな顔も、舌のぬくもりも、なにひとつ冷静にとらえることができない。
　そのとき、あたしたちを引き裂くように鳴ったのは、隼人の仕事用の電話。
　隼人はあたしから離れると、なにも言わずに立ちあがった。
「……なん、で……？」
　見あげた隼人の顔は、やっぱり悲しそう。
「ちーちゃん、さっきの罰ゲーム覚えてる？　……俺に、なにも聞かないで。あと、なにも言わないで。俺の言うこと聞いといて？」
　そんなの、卑怯すぎるよ。
　だけど、隼人は目をそらし、ケータイを取りだした。
「はい、見つかりました？　わかりました、ありがとうございます。あとのこと、お願いします」
　聞きたいことは山ほどあるのに、苦しくてなにも言葉が出ない。

好きなんだってことは、自分でもわかってた。……なのに、こんなのってない。

キスした理由を知りたいんじゃない。さっきの、『ごめんな』の意味が知りたい。なんで、なにも聞いちゃダメなのか、理由を知りたい。

「ちーちゃん、ごめん。ちょっと出てくるから。ここにいてよ。そのあと、どっか食べに行こう？」

「……うん」

あきらかに気を遣いながら言う隼人に、あたしは目を向けなかった。好きなのに、うれしいはずなのに、なぜか悲しくて。

バタンと閉まるドアの音が、そのまま心に響く。

隼人が静かに出ていき、あたしは無意味に流れ続けるＤＶＤを終了させた。

『なにも聞かないで。あと、なにも言わないで』

それって、キスのことも、仕事のことも？

考えだすとくやしくて、腹が立って、涙が頬をつたった。

あたしたちは、住む世界がちがいすぎる。

いつも、脳裏に浮かびながらも無視し続けていたことが、今頃になって、大きく頭の中に広がる。

ゆっくりと立ちあがり、あたしはそのまま部屋を出た。

このまま隼人を待ってたら、きっと"なんで？"って言ってしまう。

あたしはもう、なにもなかったようには装えないから。

隼人の考えてることなんて、なにひとつわかんない。な

んで、あたしがこんなに悲しいのかだって、全然わかんない。

ただ、胸が痛くて。スカルプチャーの残り香も、セブンスターの残り香も、全部全部、痛くて仕方なくて、涙が止まらなかった。

家に着くと、ガマンしていたものが一気にあふれでて、声をあげて泣いた。

服についた香りが、イヤでもさっきのことを思い起こさせる。隼人はいつも笑ってて、だけどどこか悲しげで、優しいのに、なにも教えてくれなくて。

それから2時間後。あたしのケータイが鳴った。

かすかな期待と、大きな不安に揺らぎながら通話ボタンを押す。怖くてなにも言えなかった。

しばらく、重苦しい沈黙が続く。

「……ちーちゃん、帰ったんだ？」

「……うん」

電話口の隼人の声に、それだけ言うのがやっとだった。

「……やっぱ俺のせい、だよな……？」

「ちがうから。あたし自身の問題だよ」

キスした隼人を責めるつもりなんてないんだよ。

ただ、これ以上隼人と顔を合わせられなかった。どんな顔すればいいか、わかんなかったんだ。

「それは……」

「隼人といたら、聞きたいことばっかり出てくるんだよ！ なにも聞かない、なにも言わない、なんてこと、できるはずがないよ！」
　涙を抑えようとすると、隼人を責めてしまいそうになる。だから唇を噛みしめたのに。
「ちーちゃん、俺のこと好き？」
　ためらいがちに聞いてくる隼人の声に、胸の奥が締めつけられる。せき止めることができなかった想いが、あふれだす。
「好きだよっ！」
　それは、どうしようもない気持ちをぶつけた瞬間だった。
　しぼりだすように吐きだした声。もう、涙は止められなかった。
「……そっか。じゃあ、ちゃんと話すから。とりあえず、会えない？」
　少しの沈黙のあと、隼人はあたしの気持ちには触れずに、それだけを言った。
　苦しくて、怖くて、ほんとは聞きたくなんてない。だけど、聞かなきゃいけないんだと思った。
「……わかった」
　聞いたらきっと、あたしはあと戻りできなくなる。
　今まで目を背(そむ)け続けていたことから、逃げられなくなる。そうわかっていたはずなのに……。

「待った？」

アパートの下まで迎えにきた車に乗りこみ、隼人の問いかけに静かに首を横に振る。
「なんか食べた？」
　なのに、まるであたしの機嫌をうかがうように、また聞いてくる隼人。その言葉を振り払うようににらみつけ、唇を噛みしめた。
「なにも食べてないし、なにもいらない！　あたしの心配なんかしないでよ！」
　いつもあたしに優しい隼人が、こんなときはすごくイヤになる。その悲しそうな顔が、あたしの胸を締めつけた。
「……ごめん。とりあえず、俺んちで話そう？　聞かれたらヤバイから」
「……うん」
　これから聞くのは、人に聞かれたら困る話なんだ。
　その言葉に、覚悟を決めてきたはずなのに、緊張してしまう。車はそのまま、隼人の家に向かった。

「どっから話せばいい？」
　ベッドに背中をつけて座った隼人の向かいに腰を下ろす。隼人が暖房のスイッチを入れてくれた。
　さっき隼人の家を出たときから２時間以上が経過した部屋は、すっかりもとの寒さに包まれていた。
　だけど、そんなことも気にならないくらい、空気が重い。
「……ちゃんと話してくれるんでしょ？」
　タバコを吸う隼人の目を見据えた。ただよう煙は天井に

向かいながら、まるであたしの心を表しているみたいに揺れている。

　隼人は少しの迷いを顔ににじませながら、黙ったまま。

　それは数十分だったのか、それとも数秒足らずだったのか……。やがて、隼人はゆっくりと口を開いた。

「俺の仕事は、平たく言えば、売人みたいなもんだよ」

　隼人の言葉に、背すじにイヤな汗が流れるのがわかった。血の気が引いたように、握りしめる手が冷たくなる。

「シャブも売ってるし、盗難車も売ってる。金貸しとか、あと他にもいろいろ。書類を偽造して、いろんな詐欺もしてるから。何個も偽名、持ってるし」

「……本名は？」

　ふるえる声で聞いた。

「小林隼人。ちーちゃんに教えただろ？」

　隼人は、あたしにウソをつくような男じゃない。今さら、そんなことに気付いた。隼人は、悲しそうに笑いながら続ける。

「俺は堅気だけど、うしろには獅龍会がついてる。だから俺は、調和を保ちながら商売させてもらってるんだ」

　獅龍会……このあたりでは、一番有名なヤクザだ。

「一緒に県境の展望台に行ったのは、シャブの取引をするためだった」

　あの日、見た光景がよみがえってくる。

「……うん、なんとなくわかってた」

　一般人のあたしでも、相手の車がヤバイことくらい、す

ぐにわかったから。
「でも、心配しないで？　このマンションには、なにもないから」
　……これで、すべて理解できた。いくつもケータイを持っていることも、常に大金を持ち歩いていることも。
　妙に冷静な自分がいた。
　今までの隼人を見てきたから、怖いとは思わない。
　だけど、まるで心にポッカリ穴が開いてしまったようだった。
　そんなことを聞かされたからって、どうすればいいのかなんてわからなくて。だから、あたしはまた目を伏せた。
「あの日、あたしを車に乗せた理由はなに？」
　短くなったタバコを灰皿に押しあてる隼人。
「雨の日のこと？」
　思い出すように視線を宙にさまよわせた隼人から、最後に吐きだされた煙がすじ状に伸びて、消えていく。
「女の子がずぶ濡れで歩いてて、なにやってんのか気になったから声をかけてみたんだ。にらんできても、どっか悲しそうな顔してたから、車に乗せてみた」
　隼人は天井を仰いだ。
「それって、気まぐれ？」
「そうかも。きっと、俺と同じでさびしいんだと思ったんだ。放っておけなかったから」
　まるで、捨て猫でも拾ったみたいな言い方だった。ぽつりとつぶやかれた言葉が、部屋の中の静寂に溶けていく。

「隼人も、さびしかったの？」

　隼人のさびしさが、あたしに流れこんでくるみたいに感じた。

「俺の仕事は、危ないから。オンナ作っても、言えないことの方が多いし。オンナにまでなんかあったら困るから、絶対に特定のオンナは作らないようにしてたんだよ」

　その悲しそうな顔がつらくて、あたしはうつむいた。

「じゃあ、あたしに話していいの？」

「……隠し続けるのって、結構つらいの知ってる？　ほんとは全部、聞いてほしかったんだよ」

　隼人は、新しいタバコに静かに火をつけた。カチッとライターの音が虚空に響く。

「俺も、ちーちゃんのこと好きだよ」

　優しく笑う隼人に、また、なにも言えなくなった。だけど、その瞳は、やっぱりどこか悲しげで。

「けど、付き合っちゃダメなんだよな。わかってたはずなのに、キスしちゃったから」

　隼人はくやしそうに唇を噛みしめる。

　だから、『ごめんな』なの？　隼人があたしのことを好きなことくらい、わかってたよ。

　あたしたちは、想い合っちゃダメなの？

「俺と付き合ったら、ちーちゃんは多分、普通の生活には戻れなくなる。いっぱい心配させるし、一生ビクビクしながら暮らすことになるかもしれない」

　突きつけられる現実が、ただ痛かった。隼人の仕事は"普

通"じゃなくて、でもあたしは、"ただの高校生"で。

　出会わなきゃよかった。そしたら、こんなに苦しくなかった。こんな気持ちにならずに済んだのに。
「……今さら、そんなこと言わないでよっ……！」
　だったら、ウソでもフッてほしかった。『遊びだよ』って言ってくれればよかったのに。そしたら、ちゃんと嫌いになれたのに。
　……もう、引き返せないじゃん。
「そうだね、ごめん」
　だけど、隼人は、そんな人じゃないから。いつもいつも、ムカつくくらい、あたしに優しいから。
「でもさ、好きだから。どうしようもなかったんだよ。自分の気持ち、止められなかった」
　そして、彼は窓の外を見つめる。
「ちーちゃん、それでも、俺と一緒にいたいと思える？」
　そんなの、イヤに決まってんじゃん。
　でも、好きだから……。
「っざけんな！　それでも好きだから付き合え、って言ってよ！　あたしに決めさせないでよ！」
　涙があふれた。隼人の顔がゆがんで見えなくなったけど、わかるんだ。きっと隼人は、悲しそうな顔をしてる。
「それは、できないよ。俺は"結婚しよう"とも、"幸せにする"とも言えないから。ちーちゃんの人生は、ちーちゃんが決めて？」
　そう言って、あたしの涙をぬぐってくれた。その指が熱

くて、また涙があふれてくる。
「……お願い、だから！　今さら、突き放さないでよ……！　あたしは、隼人が好きなんだよっ……！」
　そう吐きだしたけど、隼人の顔はやっぱり見れないまま。
「ありがとな、ちーちゃん」
　あたしがしぼりだすように言った告白に、隼人はおだやかに笑ってくれた。
　だけど、それは、あたしがもう"ただの高校生"に戻れなくなった瞬間でもあった。
　部屋の床には相変わらずクリスマスツリーが置かれ、1日遅れのクリスマスを演出してくれていて……。
　泣きだしてしまいそうな空より先に、泣きだしたあたし。
　隼人はそんなあたしを、ただ抱きしめてくれていた。
　苦しくて、だけど、スカルプチャーの香りに包まれて少し安心できる腕の中。あたしはそこで、声をあげて泣いたんだ。
　……普通のカップルは、付き合うと幸せになれるのにね。
　こんなに苦しい告白は、聞いたことがないよ。
"人並みに幸せになりたい"と子供の頃から思い描いていた、小さいけど大切な夢は、この日に捨てた。
　隼人のそばにいたい。あたしには、それだけしかなかった。

　そのまま隼人と抱き合い、ベッドで体を重ねた。
　不安な気持ちを忘れるように、隼人のことだけを考え続

ける。
　人のぬくもりを、こんなに愛おしいと感じたことはなかった。そんなことに、また涙があふれそうになる。
　隼人はあたたかくて、強くて、そして優しかった。つないだ手は大きくて、だけどほんとはすごく弱くて。
　でも、そのどれも愛してる。
　隼人にしがみつき、背中に爪を立てると、その動きは絶頂に向かった。
　あたしの中に吐きだし、崩れ落ちる隼人を、今度はあたしが抱きしめる。
　ただ、愛おしかったから。

＊　＊　＊

　きっとあの雨の日から、あたしの運命は決まってたんだろうね。
　あの雨の日、あたしが隼人の車に乗りこまなければ、毎日を不安に生きることも、さびしさに涙をこらえることもなかったのかもしれない。
"あたしがあのとき"、"隼人があのとき"って、そんなこと言いだしたらキリがないんだ。

帰る場所

「ちーちゃん、そのネックレス、付けてくれてたんだね」

あたしの首もとに付いたネックレスを指で触りながら、隼人は笑顔を向けた。

抱き合っていることが、ただ、はずかしい。

「うん、失くしたら困るし」

「ははっ、すげぇうれしい！」

隼人は、いつもみたいに優しく笑ってくれる。

悲しそうなんかじゃなかった。だから、それがうれしくて。

「なぁ、ちーちゃん。卒業したら、どうすんの？」

「フリーター予定。あと1年バイトがんばれば、ファミレスで正社員になれるから。それまでは今のまま、お金貯める」

なんだか少し、くすぐったいような感覚。

目を背けてることくらい、わかってるんだ。現実から逃げてることくらい、わかってる。

「家出するんなら、ここで暮らす？」

「……え？」

思ってもみなかった言葉に驚いた。

「ちーちゃんが心配だから。ここなら、お金いらないよ？」

「そんなの……」

「っていうか、せめてバイト減らして？　金の心配はしな

くていいから！」
　隼人の提案に、正直、揺らぎそうになってしまう。
「幸せにする自信はないけど、その分、人よりいい生活さ
せる自信はあるから」
　言葉が出ないあたしに、隼人は続けた。優しく、だけど、
今度はどこか悲しそうに。
「だから、俺の"帰る場所"になって？」
　そして、抱きしめる腕に力が込められた。
　あたしの肩に顔をうずめる隼人に、戸惑うことしかでき
ない。
　あたしが……隼人の"帰る場所"？
「ちーちゃんがいれば、安心できるんだよ。毎日、喰うか
喰われるかの中で生きてるから。家に帰って、ちーちゃん
が笑っててくれたら、それだけでいいんだよ」
　なんで、こんなに不安そうなんだろう。なんで、隼人は
苦しそうなんだろう。あたしは、どこにも行かないのに。
「……わかった、考えとく」
　だけど、そんなこと、今ここで簡単に決めることはでき
ない。
　あたしが生活できているのは、少なからず母親のおかげ
だから。それに、まだ卒業だってしてないし。
「っていうか、腹減ったな！」
　急に明るく言った隼人は、あたしから体を離すと聞いて
きた。
「ファミレスくらいしか開いてないし、ちーちゃんの働い

てるとこ行く？」
「カンベンしてよ！」
「あははっ！　ウソだよ！」

　結局、隼人の家の近くにあるファミレスに行って、あたしたちは向かい合って座った。
　さっきのことがあるからか、ちょっとだけ気はずかしい。
　なのに、隼人はご機嫌な様子で、あたしにフォークを向けて聞いた。
「あ、ちーちゃん、誕生日いつ？　聞き忘れてたし！」
「成人式がある日」
「そうなん？　もうすぐじゃん！　絶対バイト休んどけよ？」
「……うん」
　また、プレゼントくれるのかな？
　隼人のそういうとこは、あんまり好きじゃない。
　隼人は、あたしに愛することを教えてくれた。だから、それだけで十分だった。
「てか、俺んち来るんだし、1月いっぱいで仕事ひとつやめとけよ！　で、教習所、通えばいいじゃん！」
　ファミレスで、あたしのハンバーグを勝手に取った隼人は、思いつくままに口を開く。
「ちょっと待ってよ！　勝手に決めないでよ！」
　驚いたように声をあげるあたしに構わず、隼人は笑っている。

「金ないんなら出すし！　なんかあったときのためにも、ちーちゃんも免許いるっしょ？」
「……そりゃ、そうだけど……」
　なんかあったらなんて、縁起でもないこと言わないでほしい。
「俺んちに来る！　バイト減らす！　教習所に通う！　全部、決定な？」
「……わかったよ。全部、隼人の言うとおりにすればいいんでしょ！」
　あきらめ半分で、あたしはため息をつく。
「あははっ！　オッケ！」
　だけど、隼人はそんなあたしの答えに満足そうに、また笑った。
「その代わり、お金はいらないから。教習所代くらい、余裕であるし！」
「そっか、バイトがんばってたもんな。でも、マジで困ったら言ってな？　50万くらいなら、今すぐ出せるから！」
「いらないって！」
　あたしにとって、50万なんて大金だ。
　隼人のお金をバカにするつもりはないけど、そんな簡単に言われてしまうと、毎日、汗水垂らして働くことがバカバカしく思えてきてしまう。
「あ、合カギもいらない？」
「それは、います！」
　まっ赤になり、口を尖らせた。

結局、あたしは隼人に振り回されてる気がする。

　次の日、ファミレスでの仕事を終えると、隼人からの電話が鳴った。
「はーい！」
「お疲れー、ちーちゃん」
　テンションが高いまま、通話ボタンを押したあたしとは正反対に、電話口からはため息混じりの声が聞こえる。
「なんか声暗くない？　大丈夫？」
「んー、ちょっと前に起きた」
　今、夜の10時だけど……。
「……なにやってたの？」
「朝イチで家具屋が荷物持ってきて、そんで起こされたのー。それから、なんか模様替えとかいろいろやってたら、超熱中しちゃって！　夕方から、マジで爆睡してた！」
「あのガラステーブル来たんだ！」
　思い出して、うれしくなる。
「ついでに、絨毯とソファまで買っちゃった。見にくる？」
「行く！」
「じゃあ、そこで待ってて？　迎えにいくから！」
　電話を切って、部屋がどんな風に変わっているか想像してたら、バイト終わりで疲れてるはずなのに、さらにテンションがあがってしまった。口もとがゆるんでしまう。
「酒井、オトコだろ？」
　いきなり声をかけられて、驚いて振り返ると、そこには

ニヤついた目をしたマネージャーがいた。
「もう、ビビらせないでくださいよ！　ちがいますってー！」
「隠さなくていいだろー？　しかし、やっと酒井にも、オトコができたか！」

　ひとりで納得しているマネージャーは、腕を組んで「うんうん」とうなずく。
「ジャーマネ、ウザイ！　お先っす」
「あははっ！　お疲れー！」

　マネージャーは、いつもあたしに彼氏を作らせようと、他のバイトくんを紹介しまくってくれていた。

　まぁ、隼人のことはあまり聞かれたくはないけど、あたしは学校や仕事場での恋愛はしたくないから、これで紹介がなくなると思うと、喜ばしい。

「うわぁ！　普通の家みたいになってる！」

　隼人の部屋には、テレビの前にガラステーブル、本棚の横にはパソコンが置かれていた。おまけに、ソファまである。

　あたしは心底驚いた。とても昨日までと同じ部屋とは思えない。
「俺もそう思う！　超がんばったっぽくない？」
「あははっ！　ほんとだね！　じゃあ、いいこと教えてあげる！」
「え？　なに？」

タバコに火をつけようとしていた隼人は、手を止めた。
「来月末で、スタンドやめるって言ってきた。あと、明日、ファミレスなくなった！」
「マジ？　なんで？」
「クリスマスに働きすぎたからって、マネージャーの配慮。スタンド３時に終わるから、そしたらヒマ人になるよ！」
「そっか。じゃあ、買い物行こう！」

そう言うと、隼人はあたしをうしろから抱きしめた。

なにもかもが、うれしくてたまらない。
「うん！」
「じゃあ、俺からもプレゼント―！」

そう言ってポケットから出てきたのは、隼人の家のカギ。

顔の前でユラユラされると、ニンジンをぶらさげられた馬みたいになってしまう。ご丁寧にブランド物のキーケースにぶらさがっているのは、余計だけど。
「……ありがと。でも、カギだけでいいし」
「じゃあ、貸してやるよ、キーケース」

隼人はいつも口がうまい。こうやって、どうにかして理由をつけては、あたしにいろいろな物をくれるんだ。

背中から抱きしめられて、うしろに隼人の重みを感じながら、そのうれしそうな声にため息をつく。
「……失くしたら困るし」
「家のカギの方が、失くしたら困るだろ？」

隼人はあたしにキーケースごと手渡した。

なんだか納得いかないけど、仕方なく受け取って、バッ

グに入れた。

　次の日のバイトが終わったとき、隼人が迎えにきてくれて、ふたりで買い物に出かけた。
　隼人があたしの物を買いそろえてくれて、部屋は少しずつ、あたし色に染まっていく。
　出会った頃はなにもなかったのに、今ではペット代わりのスヌーピーのぬいぐるみまである。そんな些細なことに、どうしようもなく幸せを感じた。
　隼人のケータイが鳴るたびに、不安にならないと言ったらウソになる。
　だけど、隼人はあたしの前で、なにひとつ変わらないから。いっぱい愛してくれるから。それだけでいいんだ。

　そして、大みそか。
　新年を迎える前に眠ってしまったあたしを、翌朝、隼人は笑って起こしてくれた。
　結局、年越しそばは朝ご飯になってしまったけど、それでも隼人は「幸せだよ」って言ってくれて。
　あたしは初めて、他人から必要とされた。だから、あたしは隼人が愛してくれる以上に隼人を愛したんだ。
　そばにいるだけで、抱き合ってるだけでいい。それ以上は望んでないから。
　隼人のためにご飯を作って、一緒に白のソファでくだらないことを言い合いながら笑って、たまにチャンネルの奪

い合いなんかして……。
　ひとりじゃないと感じられる、幸せな日々が過ぎていく。

　こうして、新年を迎えてから2週間ばかりが過ぎた頃、あたしは誕生日を迎えた。朝からテレビは、どのチャンネルも、成人式の話題で持ちきり。
　夕方、仕事から戻ってきた隼人の手には、ケーキの箱があった。
「じゃーん！　これ、なんでしょう！」
　子供みたいな隼人に、あたしまで笑ってしまう。
「ケーキじゃないの？」
　そう言ったあたしに、隼人はしたり顔で、自分でその箱を開けた。のぞきこむと、そこにあったのは……。
「ガトーショコラじゃん！」
「ちーちゃん、好きでしょ、これ。大きいヤツ探すの苦労したんだから」
　にんまりしながら言う隼人の顔にうれしくなって、あたしの胸が高鳴る。
　隼人は、さらに口もとをゆるめて続けた。
「そんでね、実はこの部屋の中に、宝物が隠されてまーす！」
「え？」
　驚くあたしをよそに、
「探して！」
　と、隼人は笑顔を向けてきた。
　宝物ってなんだろう？

そもそも、どんな大きさかすらわからない。

あたしはキッチンの引き出しを探ったり、冷蔵庫の中を見たり、テレビの裏なんかもチェックした。だけど、それらしき物はない。

すると、隼人は視線をクローゼットへと向けた。ヒントを出しているつもりらしい。

早速、あたしはクローゼットの扉を開け、段ボールのうしろを探る。

「わぁ！　これって……」

それは、あたしの好きなブランドのバッグだった。

「残念。見つかっちゃったか」

隼人はそう笑いながら、わざとらしく肩をすくめる。

……ほんとは、隼人がいてくれれば、なにもいらないのに。

それでも、あたしが喜べば隼人も喜んでくれるから。だから、心の底から笑った。

「ありがとう、隼人」

「うん。誕生日おめでとう、ちーちゃん」

それから隼人は、わざわざ予約しておいてくれたらしい鍋料理のお店に連れていってくれた。

すごく人気があるってテレビでも言ってた、有名な力士がプロデュースしてるお店。

「おいしいね、これ！」

「だね。でも、あんまりムードないし、やっぱ、どっかのホテルとか予約した方がよかったかも」

「ううん。あたし、うれしい」
　誰かと一緒に鍋なんて食べたのは、初めてだった。
　一緒に同じ鍋をつつくだけで、こんなに温かい気持ちになれるなんて。
「隼人が祝ってくれるなら、どこだっていいよ」
　それは、本心だった。
　あたしにとって、今まで誕生日は全然特別な日じゃなかった。あたしは"いらない子"だったから。
　だけど、隼人はそうじゃないって教えてくれた。
「あのね、ちーちゃんは、俺と出会うために生まれてきたんだよ」
　隼人はそう言って、クスリと笑う。
「俺はちーちゃんが喜んでる顔を見てるだけで、幸せだと思えるの。そのためだったら、なんでもするよ。だから、俺のこと幸せにしてよ」
　鍋から出る湯気が、せまい個室を暖めていく。あたしは泣きそうになりながら、うなずいた。
　生きる意味なんてないと思ってたはずなのに……。
「ほら、泣いてちゃ食べれないでしょ」
　そんなあたしに、隼人はニッコリ笑った。

　　　　　　　　＊　　＊　　＊

　あたしの知ってる隼人は、いつも優しい顔をして笑う。
　だからこのときだって、不安は感じなかった。

だって、隼人の笑顔は、全然、悲しそうじゃなかったから。だから、安心してた。
　隼人のとなりで笑ってることが、一番幸せだって感じてて。
　自分の居場所ができたようで、それがたまらなくうれしかったんだ。
　……あたしの前だけでもいいから、ずっと変わらないでねって、そんな風に思ってたのに、いつのまに、溝が生まれたんだろう。
　ただ、お互いを守りたかっただけなのに。
　あたしたちは、いつも幸せなカップルなんかじゃなかった。だからこそ、幸せなフリをして笑い合ってた。
　だけど、愛し合ってて……。隼人がいれば、他になにもいらなかったんだよ。
　出会わなければ。付き合わなければ。別れてれば……。
　今は、そのすべてを後悔してるんだ。
　愛してるから、離れればよかった。だけど、愛し合ってるからこそ、離れられなかった……。

　今でも思い出すのは、隼人の笑顔ばかりだよ。
　隼人はあたしに、ウソなんてつかなかった。なにひとつ、なにひとつ、ウソなんてない。
　だけど、一番ついちゃいけないウソをついたんだ。
　でも、全部あたしのためだったこと、気付けなくてごめんね？

第2章

決別

「ちーちゃん、ごめんな？　誕生日なのに」
「いいよ、明日も朝から仕事でしょ？　あたしも仕事だし！」
「うん、また連絡するから」

　あたしは誕生日の晩、日付が変わる前に家に帰った。
「……あれ？」

　いつものように家のカギを差すと、カギが開いている。

　不審に思ってゆっくりドアを開けた瞬間、思わず目を見開いてしまった。
「あら、お早い帰宅ですこと」
「お母さん！　……いたんだ」

　玄関の前でタバコをくわえて、母親があたしをにらんでいた。鋭い眼差しから目を背けて、靴を脱ぐ。
「私が自分の家にいたらダメなの？」
「そういう意味じゃないよ。お店は？」
「ヒマだから、早めに閉めたのよ」

　お互い目も合わせることなく、別々の方に歩いた。

　さっきまで、楽しかったはずなのに。

　……あたしの居場所は、こんなところじゃない。
「あたしさぁ、卒業したら家出ようと思ってるんだ」
「あらそう」

　母親の言葉は、それだけだった。

わかっていたはずなのに、心に穴が開いてしまったような気持ちになる。
　だけど、そんなあたしにお構いなしで、母親は続けた。
「ちょうどいい機会だわ。ついでだし、卒業したら親子の縁、切らない?」
「……なに、言ってんの……?」
　平然と言う母親を、思わず振り返る。
　自分の顔がこわばっていくのがわかった。
「いいじゃない、あんたも18でしょ?　立派に育ててやったんだから。感謝の言葉のひとつも言えないわけ?」
　吐き捨てるように言われた。
　こういう母親だと割り切っていたはずなのに、心臓がドクンと音を立て、言葉なんてなにひとつ出なくなった。すっと体の中心から熱が引いていく。
「家出るとか言って、どうせ男のところでしょ?　まぁ、私の娘だもんね」
　なにも言い返すことができなくて、あたしは唇を噛みしめた。
「工藤さんと私の関係、知ってるでしょ?　実際、あんたがいると迷惑なのよ!」
　"工藤"っていうのは、母親の店のお客で、彼氏だ。
「じゃあ、お母さんは工藤さんと暮らすの?」
　ふるえた声がバレないように平静を装い続けるけど、手がふるえていた。背中ごしに浴びせられる言葉が痛い。
「まぁ、いずれはそうなるでしょうね」

母親は振り向いたあたしに向けて煙を吐きだすと、イラ立ったようにタバコの火を消した。
　まるで、あたしごと消してしまいたいかのように。
「そう。お幸せに」
　それだけ言って、部屋に戻る。
　強がっているつもりでも、体中から血の気が引くのがわかった。
　少しして、母親が家を出ていく音が聞こえた。行き先は多分、工藤のところ。
　一気に力が抜けて、抑えきれなくなったものが込みあげてきそうで、怖くて怖くて仕方がなかった。
　あたしはどうなってるの？　これからどうなるの？　あたしがいるから悪くて、あたしはいらない人間で……。
　無意識に取りだしたケータイの日付は、まだ、あたしの誕生日を示している。指が勝手に動いて、リダイヤルから隼人の名前を探しだした。
「はいよー。どした？」
　さっきまでと変わらない隼人の声が耳に入り、口を開けば弱音が漏れてしまいそうになる。
「隼人、家帰った？」
　あたしは精いっぱい普通の声で聞いた。
「あとちょっとしたら、着くよ？　っていうか、ちーちゃん明日も早いし、寝なくていいの？」
　まだ、車の中なのか、うしろから流行の音楽が聴こえている。さっきまで、あたしと聴いていた曲だ。

隼人の声を聞いてると、涙が出そうになる。必死で唇を噛みしめているせいで、言葉を発することができなかった。
　家を出ようとは思っていたけど、まさか、お母さんからあんな風に言われるなんて……。
　もう、なにを言えばいいかなんて、わからない。ただ、ひとりになるのが怖い。
「おーい、ちーちゃん？　どしたの？」
　なにも言わないあたしに、隼人が不思議そうに聞いてきた。
　もう、抑えきれない。
「……隼人、助けてっ……！」
　気付いたら、言葉が漏れだしていた。
「なにがあったの!?」
「……あたし、捨てられたから……」
　一度出た涙は止められなくて、嗚咽しながら言えたのは、たったそれだけ。それ以外はなにも言えなくて、ただ声を殺して泣いた。
「どういうこと？　っていうか今、家にいるんだろ!?　とりあえず、すぐに戻るから！」
　電話が切れ、あたしはケータイを握りしめたまま、泣き崩れた。
　もう、なにも考えられない。こんな場所から早く逃げだしてしまいたくて、アパートの外で隼人を待った。

　どのくらいたっただろうか。

近付くヘッドライトがあたしを照らす。
　涙とライトでぼやけた視界に、車から降りてくる隼人の姿を捉えた瞬間、あたしは声をあげた。
「隼人っ！」
「ちーちゃん！　なにやってんの!?　カゼひくから！」
　隼人に抱きしめられる。
　そこはただ温かくて、そのぬくもりにまた涙が込みあげてきた。
「助けてっ！　もうイヤだよっ！」
　あたしはそんな言葉ばかり、何度も繰り返した。まるで、パニックになった子供のように。
「ちーちゃん、落ちついて！　泣いてちゃ、わかんないから！」
　隼人はあたしの目を真剣に見据え、声をかけてくれる。
　泣きじゃくっていたあたしは、その言葉に自然と落ちつきを取り戻し、ゆっくりとすべてを話した。
　口にすると、さっきのことが現実なんだと改めて思い知らされて。たどたどしく紡いだ言葉は、伝わってなかったかもしれない。
　だけど、ふるえるあたしを隼人は抱きしめてくれた。
　……そこは、あたしの"居場所"だった。
　すごく怖かった。だけど、隼人がいてくれたから。
　隼人が抱きしめてくれたから、あたしはすべてを話すことができたんだ。
　今までこんなこと、誰にも言ったことがなかった。だけ

ど、隼人は、そんなあたしのすべてを受け止めてくれたから。
　最後までなにも言わずに聞いてくれた隼人は、少しの沈黙のあと、なにかを決意したように顔をあげた。
「ちーちゃん、荷物まとめて」
「……え？」
「おいで、俺んとこ」
　隼人はあたしに同情なんてしなかった。
　真剣な目であたしを見て、なにも言わずにすべてを背負いこんでくれたんだ。抱きしめて、"居場所"をくれた。

　急いでまとめたあたしの荷物は、ボストンバッグひとつ。
　こうして18になった日、あたしは母親に捨てられた。母親は、あたしの誕生日も覚えてなかった。
　だけど、これからは隼人が覚えててくれるから。隼人が祝ってくれるから、さびしくなんてないよ。
　昔、一度だけ、『産むんじゃなかった』って言われたことがある。母親も酔っ払って言った言葉だったから、聞こえないフリをしたけれど、今それをリアルに思い出した。
　だけど、隼人は、あたしのそんな孤独を埋めるように抱いてくれたんだ。
　カラッポになってしまったあたしには、隼人のぬくもり以外、もうなにもなかったから。
　隼人の部屋で、隼人の腕の中にいるときだけが、唯一あたしの心が安らぐ時間。

もう母親のことなんて、考えたくもない。
「ちーちゃんはひとりじゃないよ。俺がいるから」
　隼人はそう言って、あたしの涙をそっとぬぐいながら、キスをした。
　誰も信じなかったはずなのに。
　あたしは、隼人の言葉に救われた気がしたんだ。

「ちーちゃん、今日くらい、仕事休んだらいいのに」
　翌日、珍しくスーツを着た隼人は、出がけにあたしに声をかけた。
「いいよ、仕事だし。それに、働いてた方がいいから」
　力なく笑うあたしに、隼人も少し悲しそうな笑顔を向ける。
「なら、いいけど。じゃあ、がんばってな？」
「いってらっしゃい」
　コートを羽織り、セカンドバッグを持ってサングラスをかけた隼人は、まるでホストみたいだった。
　隼人を見送ったあと、あたしは仕事の準備を始めた。
　忙しく働いていれば、少しだけ気が紛れる。ウソの笑顔を作ることは体に染みついていたから、あたしにとっては苦じゃなかった。それに、クタクタになって帰れば、隼人が笑顔で迎えてくれて。
　あたしにはそれだけで十分だった。もともと母親なんて、いないものだと思って生きてきたんだから。

やがて、1月も終わりになり、ガソリンスタンドをやめる頃には、隼人のおかげで、家のことを全部吹っきることができていた。
まぁ、それからすぐに教習所に通いはじめたから、あたしの忙しさはあまり変わることはなかったけれど。
だけど、教習中はファミレスのバイトも減らしてもらったから、高校を卒業する前に免許を取ることができた。

「ちーちゃん、明日卒業式だね！」
「うん。やっとって感じ？」
卒業式を翌日に控えたその日の夜、隼人はフランス料理の店でお祝いしてくれた。
「ちーちゃんのお母さん、卒業式に来ると思う？」
思わず、唇を噛みしめる。襲ってきた少しの悲しさとむなしさを振り払い、あたしは笑顔を作った。
「いいよ、その話は。それに来る可能性は、100％ないし」
隼人はいつも、あたしと母親の関係を心配してくれた。だけど、あたしはそんな話、したくない。
「そっか。っていうかさぁ、卒業祝いあげる！」
そう言って渡されたのは、車のカギ。
「……なにこれ？」
「ちーちゃんの車！　安かったし、買っちゃった！」
「はぁ！？」
うれしそうに言う隼人に、開いた口がふさがらない。
隼人は、まるでコンビニでタバコでも買ってきたような

言い方をしてるけど……。
「だって、あったら便利だし。それに、初心者に俺の車なんか運転させて、事故ったら大変じゃん？」

　隼人の車は盗難車。正規品のように偽造はしているけど、事故でも起こして調べられたら大変なことになる。
「でも……」

　あたしは戸惑ってしまった。
「大丈夫だよ、普通の車だし！　それに俺の名義だから！」
「そういう意味じゃないって！　あたしが言いたいのは……」
「ちーちゃんは、なにも気にすることないって言ったろ？　それに、万が一のために、正規の車は必要だよ？」
"万が一"と隼人は当たり前のように言うけど、言われるあたしはいつも不安になってしまう。
「ちーちゃん、俺の言うこと聞いといて？」
「……うん」

　仕方なくカギを受け取り、キーケースに付けた。
「車はもう、マンションの駐車場に置いてあるから。まぁ、卒業式には乗っていけないけど」
「だね」

　デザートのアイスクリームを食べながら、あたしは力なく返事をすることしかできなかった。

　店を出てすぐ、隼人の仕事用のケータイが鳴る。
「はい。ああ、この前聞いた。え？　明日？　急すぎじゃ

ない？　わかったよ。なら、10万もらうけどいい？　オッケ、朝イチでそっち行くわ！」
　こうやって目つきが変わる仕事モードの隼人からは、いまだに目を背けてしまう。
　電話を切ると、隼人は小さくため息をついた。
「明日、なんかあるの？」
「ちーちゃん、マジごめん！　S県まで行くことになった。明日中に帰れるかわかんない」
「そっか。仕事だし、仕方ないよ」
　せっかくの卒業式だけど、隼人の仕事に口は出せない。
「ハコ取りに行かなきゃいけないんだよ。だから、ずっと運転だし。まぁ、中間マージン10万だから、がんばるしかないわ」
　そして、タバコをくわえながら、困ったように笑った。
"ハコ"っていうのは、盗難車の通称。１台にふたり乗り合わせ、帰りは２台に分かれて車を運ぶらしい。
「その車、大丈夫なの？」
「大丈夫だよ！　プレートも変えてるし、書類もあるから！」
"書類"とは、車検証などの通称だ。プレートや車体番号をすべて変えて、正規品のように見せかけている車。書類のない車に価値はない。
「事故は起こさないでね？」
「おう！　任せとけって！」
"がんばって"とは言えなかった。

あたしは黙って、隼人の帰りを待つことしかできない。

卒業式当日。
校長の長い話を眠らずに聞くだけで精いっぱいだった。在校生の送辞なんて、虫唾(むしず)が走る。
だって、あたしには輝かしい未来なんて存在していないんだから。胸もとにつけられた安っぽい花が、ひどく滑稽に思えて仕方ない。
案の定、母親は来なかったし、連絡さえなかった。期待なんてしてなかったから、悲しくもないけれど。
どうやら、あたしはほんとに捨てられたらしい。
だけど、大丈夫。あたしには隼人がいるんだから。
今日は、"あたしの"卒業式。学校だけじゃない。母親からだって、これでやっと卒業できるんだ。
不安じゃないと言ったら、ウソになる。
隼人の仕事のことだって、不安で仕方ない。だけど、それでも、隼人のとなりにいることが幸せだから。

「千里ー！ お別れだよー！ 卒業ってイヤだよねー！」
通い慣れた教室から校庭を眺めるあたしに、友人が声をかけてくる。
そうなの？ あたしは最後まで、学校になじむことができなかったのに。
だけど、さすがにそうは言えない。
「だね」

適当に相づちを打った。
　卒業資格をもらうためだけに高校に通っていたあたしにとっては、卒業はうれしくてたまらない。
　これでやっと、勉強からも集団生活からも解放される。
　こんな場所に立っていても居心地が悪いだけ。ここはあたしのいるべき場所じゃなかったんだから。
「佐々木なんか、彼女が後輩だからって、卒業式の間中、泣いてたし！」
　そう言って、友人は思い出したように笑った。
「マジー？　それ、かなり引く！」
「だよねぇ！　ついでに、フラれればいいのに！」
　でも、こんなくだらない会話も今日で最後。
　そんな風に思うと、学校って場所も、少しは意味があったように思えてくるから不思議だ。
　あたしが唯一、なにも考えずに過ごしていた場所。
「千里、卒業しても、ずっと友達だよ？」
「ははっ、当たり前じゃん！」
　こんなときにウソをつくことに、胸が痛んだ。
　だけど、あたしはなにもかも捨てなきゃいけない。
　誰に言われたわけでもないけど、勝手にそんな風に思っていた。
「あたし、もう行くね？」
　耐えきれず、友人に笑顔のまま、背を向ける。
「ちょっと！　千里！」
　呼び止める声にも、あたしが振り返ることはない。

"隼人のオンナ"に甘っちょろい友情なんて必要ない。そんなもの、足かせになるだけだから。

　　　　　　＊　＊　＊

　ねぇ、隼人。
　隼人はあたしに、居場所と幸せを与えてくれた。そして、愛することを教えてくれたんだ。
　あたしの考え方も、人生も変えた隼人。
　そんな隼人に、あたしはなにかできたかな？　……隼人の孤独を埋めることができてた？

不安

次の日の夕方、隼人が帰ってきた。

ほとんど寝ずに運転していたらしく、家に帰るなりベッドに倒れこむ。

こんなになってまで稼ぐ10万に、意味があるのかわからない。だけど、あたしは隼人のおかげで生活できているから、なにも言えない。

「お疲れ、隼人」

「うん、ありがと」

あたしのいれたホットココアを受け取った隼人は、力なく笑った。

「ごめんな、おみやげ買えなかった。それに、せっかく卒業式だったのに」

「いいよ、そんなの。事故に遭わないで帰ってきてくれただけで」

隼人のキスに、少しだけ安心する。

ほんとに、隼人が無事ならそれだけでいい。他になにも望んでないよ。

「だな。とりあえず寝るわ。ケータイ鳴ったら起こして？」

「わかった」

フラフラでも気にするのは、いつも、あたしのことと仕事のこと。いろんなことを考えだすと、不安で胸が苦しくなる。

だけど、"なにも聞かない、なにも言わない"……知らず知らずのうちに、あたしはこの約束を守り続けていた。
　ほんとは"なにも聞けないし、なにも言えない"。……きっと、こっちの方が正しいんだと思うけど。
　あたしが今もファミレスのバイトをやめないのは、普通の生活を送ることができる、最後の砦だと思っているからだ。
　普通にお金を稼ぐこと。
　普通に社会生活を送ること……。
　ファミレスは、隼人といるとマヒしてしまいそうになる感覚が取り戻せる、唯一の場所だと感じる。
　それまで失ったら、あたしは二度と普通の生活に戻れなくなってしまう気がしたから。

「ちーちゃん、今日は飲みにいこう！」
「なんで？」
　多分、仕事が成功したのだろう。
「金が入ったんだよ！　クレジット会社の審査が通った」
　聞いて喜べるようなことではない。だけど、あたしは精いっぱいの笑顔を向けた。
「そっか、よかったね」
　身分証を偽造し、消費者金融で限度額いっぱいまで借りて、踏み倒す。隼人の仕事は、いつもこんな感じ。
　正直、あたしはそんなお金で騒ぎたいなんて思えなかった。

そのとき、また仕事用の電話が鳴る。
「はい。えー？　マジっすか？　ポンプあるんすか？　了解っす！　グラム５万で買います！」
　今度はきっと、覚醒剤の話だろう。"ポンプ"は、注射器のことで、ポンプがあれば高く売れるらしい。
「ごめん、ちーちゃん。出なきゃいけなくなった。シャブ取りにいくから」
　電話を切るなり、隼人は両手を合わせてこちらを向いた。
「そっか、残念だね」
　飲みにいく話がなくなったのはいいとしても、隼人が仕事に行くことを喜ぶことはできなかった。
　だけど、あたしはなにも言えないから。
「気をつけてね」
「おう！　なるべく早く帰るから！」
　隼人の背中を見送りながら、笑顔を作る。
　ひとり取り残された部屋で、あたしは膝をかかえた。
　こんな仕事、続けてほしいわけない。隼人のことが好きだから、説得したい。なのに、好きだからこそ、なにも言えなかった。
　こんな風に過ぎていく毎日は、不安なことから目をそらしていれば、幸せだった。
　バイトが終わって帰ってくれば、隼人が笑顔で出迎えてくれたし、いつも隼人がいてくれて、抱き合って眠ってくれたから。

だけど、梅雨に入った頃、事件は起きた。
その日も、あたしの仕事が終わるのを見計らったようにケータイが鳴った。
きっと、隼人も仕事が終わったんだろうって思いながら、通話ボタンを押す。
「ちーちゃん！　クッ、助けっ……！」
……え？
「隼人!?　なにがあったの!?　今どこ!?」
ただならぬ気配に、背すじが凍りついた。まくし立てるように聞いたあたしに、くぐもった声が聞こえる。
「……M港の、工場跡地……！」
「わかった！　すぐ行くから！」
気付いたら、カギをつかんで飛びだしていた。
今なにが起こっているか、まったくわからない。怖くて仕方なかった。
いつも隼人が、『もしも』とか『万が一』とか言ってることが今、現実に起こってしまったのかもしれない。
運転している間も、気が気じゃなかった。信号待ちがいやに長く感じ、悪い想像ばかりが頭をめぐる。
ハンドルを握りしめる手は汗ばみ、鼓動がヘンに速くなる。
隼人、頼むから無事でいて。
願うことは、そればかり。

工場跡地に着くと、入口に隼人の車があった。

急いで車を降り、駆けよったけど、そこに隼人の姿はない。イヤな予感とともに、全身が心臓になったような気がして、膝がふるえる。
「隼人！　どこにいるのー!?」
　あたり一帯を走り回りながら、叫び続けた。だけど、響くのは、あたしの声ばかり。
　しばらく探して、たくさん積みあげられたコンテナの横を見たとき。
「隼人！」
　そこに倒れこんでいた隼人を発見した。
　急いで駆けよると、隼人が上体を起こす。
「……ちーちゃん、だぁ……」
　青白い顔をした隼人は脇腹を押さえながら、力なく笑った。その体を支えようとした瞬間、上着の下に見えたものに目を見開く。
「……なに、これ……！」
　上着で隠してもわかるほどの出血に、ヒッと喉の奥が閉まる。鮮血が、まっ白なシャツを赤く染めていた。
「……ちょっと、ヘマ……しちゃった。……大丈夫だから、ね……」
　隼人は途切れ途切れに言いながら、肩で息をしている。その姿に胸が締めつけられそうで。
「大丈夫じゃないじゃん！　病院行こうよ！」
　急いで自分の着ていたシャツを脱ぎ、隼人のお腹に巻きつけた。

「うっ」と低くうめく隼人に、あたしは唇を噛みしめる。
　ほんとは直視することができないくらい怖かった。だけど、死なないでって、そればかり考えてしまう。
「……病院には、行けない。大丈夫、かすっただけ。深くないから……！」
　精いっぱい普通の声を出そうとする隼人に、涙が込みあげてくる。支えるあたしの手がふるえていた。
「でもっ！」
「ちーちゃん、聞いて？　……刺された傷だってわかったら、警察に、通報される。こんなことで泣いちゃ……ダメだよ？」
　声をあげるあたしに、隼人はさとすように言う。その言葉に、もうなにも言えなくなった。
「……わかった。車持ってくるから、ちょっと待ってて？」
　涙をふき、立ちあがる。
　あたしは"隼人のオンナ"だから。

　なんとか隼人を車に乗せ、アクセルを踏みこむ。
　助手席に座った隼人は車の少しの振動にも顔をゆがめていて、横目で見るだけで胸が苦しくなった。
「隼人、大丈夫!?」
「……大丈夫、だから……」
　そんな会話ばかりが繰り返される。ほんとは、今すぐにでも病院に連れていきたかった。
　だけど、そしたら隼人が捕まるから、そんなことはでき

ない。
　なにがあったのかはわからないけど、いいことをしてきたわけじゃないのは知ってるから。
　車内の空気は重くて、息苦しい。
　帰る道のりがこんなに長く感じたのは初めてだったし、怖くて仕方なかった。
　隼人、死なないで、と、そればかりをただ願い続けていた。

　マンションに着き、隼人に肩を貸しながら部屋に向かう。誰かに見られやしないかと、気が気じゃなかった。
　隼人をソファに座らせ、救急箱から傷薬や脱脂綿、ガーゼなど、あらゆる物を取りだす。
　服を脱がせ、傷薬を含ませた脱脂綿を患部に当てた。
「しみるけど、ガマンしてね？」
　あたしの体に抱きつくようして、隼人は痛みに耐えている。だけど、力強くつかまれ、握りしめられた肩の痛みにも気付かないほど、あたしはガチガチとふるえていた。
「ってぇよ！」
　苦痛にゆがむ隼人の顔を直視できない。
「ごめんね。でも、ガマンして？」
　言いながら、ふるえる手を動かし続けた。
　脱脂綿はみるみるうちに赤くなり、鮮血はあたしの手まで染めていく。
「……マジで痛ぇ……！　俺、すげぇカッコ悪いな……」

「そんなことないよ。頼むから、しゃべらないで？」
　隼人はあたしを引きよせる。
　重なる唇から押し入ってきた隼人の舌は、血の味がした。荒い呼吸のまま、むさぼるように絡め合う。
　やがてゆっくりと唇を離して、隼人はふっと顔を崩した。
「シャブ打ったら、痛み、消えると思う？」
　その言葉に、あたしの全身から血の気が引く。
「……なに、言ってんの……？」
　言葉の意味を、理解したくなかった。思わず顔をゆがめ、隼人を見つめる。
「ははっ、ウソだし。怒るなって」
「わかってるよ！　でも、冗談でもそんなこと言わないで！」
　隼人は絶対、覚醒剤なんてしないのに。
　ウソだってわかってても、そんなセリフ、聞きたくないよ。
　それから、市販の痛み止めを大量に飲ませたけど、隼人は額に脂汗をにじませたままだった。
　白のソファが血の色で汚れていく。包帯を巻いた腹部が、ただただ痛々しい。
「ちーちゃん、悪い。"飛ばし"取って？」
　あたしは黙ってコクリとうなずき、セカンドバッグからケータイを取りだした。
　"飛ばし"とは、仕事用のケータイのことだ。偽造した身分証でケータイを作り、お金を払わずに飛ばす。

第2章 >> 123

　2ヵ月滞納すると、ケータイは止められるから、隼人の仕事用のケータイはいつも2ヵ月ごとに変わっていく。
　ふるえる手でそれを渡しながらチラッと隼人を見ると、殺気立っていた。
　普段、あたしの前では絶対に見せないような顔。それが余計あたしの不安を駆りたてる。
「あ、俺っす。ちょっと殺してほしいヤツいるんすよ……。はい、そうです」
　隼人は、相手の名前や年齢、住所などを話しだした。
　隼人、今、なんて言った？
　あたしは凍りついたように動けなかった。
「……隼人、殺すって……」
　電話を切った隼人の顔色をうかがいながらも、あたしの顔はこわばったまま。
「そう、殺すよ」
　だけど、隼人はそんなあたしに、そう低く吐き捨てただけ。
「かすり傷でも、俺を刺したらどうなるか教えとかなきゃ。俺の借金、踏み倒すなんて、死んでもさせねぇ！」
　隼人の目つきに、これが現実なんだと思い知らされる。
「隼人、もうやめてよ！　これじゃ、殺人犯になっちゃう！」
　隼人の気を静めるように抱きしめたあたしから、隼人はゆっくり体を離した。そして、あたしの瞳をまっすぐに見て、強く言った。
「ちーちゃん、俺がやったっていう証拠(しょうこ)はない。大丈夫。

絶対、捕まらないって言ったろ？」

　もうなにも言えない。ただ悲しくて、込みあげてくるものを抑えるのに必死だった。
「仕事、やめようよっ！」

　あたしが初めて口にした言葉。

　一瞬、驚いたように隼人は目を見開いたけど、すぐに目をそらした。
「ごめんな。それは、できないから」

　わかってたはずなのに、改めて言われると、涙が出そうになる。うつむくことしかできなかったけど、あたしはそのまま精いっぱいの声をあげた。
「殺されそうになったんだよ!?　そこまでして、なんで、この仕事続けるの!?」

　頬に当てられた隼人の冷たい手が、愛おしいものに触るように、ゆっくりとあたしの頬をなでている。
「俺な、高校行ってねぇんだよ。まぁ、もともと不良だったし、行くような頭もなかったけど」

　そして、悲しそうに口もとに笑みを作ると、ゆっくり隼人は"過去"を話しはじめた。
「17で、闇金業者の仕事をしだした。それから金貯めて、ハタチで自分で闇金、始めた。獅龍会にうかがい立てるようになってからは、今みたいにシャブや盗難車を流すような"売人"の仕事も始めたんだ」

　隼人は取りだしたタバコをくわえ、天井を仰いで煙を大きく吸う。

そんな彼の姿を、あたしはただ見つめ続けた。ただよう煙は天井に消えていく。
なにもかもがその煙と同じように、消えてくれればいいのにね。
「俺は、こんな仕事しか知らねぇから。今さら、真っ当な堅気になんかなれねぇんだよ」
初めて聞く隼人の過去に、言葉を失った。ただ、悲しくて、苦しい。
「ちーちゃん。イヤになったんだったら、俺のこといつでも捨てて？　恨んだりしねぇから」
悲しそうに笑うその顔に、あたしは唇を噛みしめた。
捨てられるわけないじゃん。こんなに愛してるのに。
隼人だって、あたしなしじゃ生きられないじゃん。
……あたしだって、隼人なしじゃ生きられないんだよ。
「なんで、そんなこと言うの！　好きだから心配してんじゃん！　そんなの、今さらだよ！」
爪が食いこむほどに拳を握ったけど、痛いのは心だった。
だけど、そんなあたしを見た隼人は悲しそうに口角をあげ、
「ありがとな、ちーちゃん。俺も愛してるから」
と言った。
隼人のキスは、やっぱり血の味がして……。だけど、絡まる舌が生温かくて、それで隼人が生きていることを実感できた。
翌日、あたしは初めて仕事を休んだ。今までどんなにカ

ゼをひいても休んだことはなかったけど、隼人が心配だったから。

だけど、熱にうなされる隼人のそばで、あたしは手を握ることしかできなかった。

それから３日後。突然、チャイムが鳴った。

この家に客が来たことはない。不審に思いながらも、玄関を開ける。
「どちら様……」

ドアの前に立っていた男は、ゴツ過ぎる体にスーツをまとい、体中にゴールドのアクセサリーを付けていた。

ひと目見てヤクザとわかる。持ってきたフルーツのバスケットが、ひどく不似合いだった。
「お嬢ちゃん、誰だ？　本田賢治、いるんだろ？」
"本田賢治"は隼人の偽名。この名前を知っているのは、仕事相手か、借金の借主くらいしかいない。

男はなにも言えないで固まっているあたしに、うす気味悪い笑みを浮かべた。
「アイツ、まだ生きてるんだろ？　勝手にあがらせてもらうぞ？」

そう言って、男は玄関にタバコの灰を落としながら入ってきた。
「ちょっと待ってください！」

あたしの制する声にも、構うことはない。
「よう、本田！　てめぇにメロン買ってきてやったぞ！

それとも、死に花がよかったか？」
　持っていたフルーツのバスケットを乱暴にガラステーブルに置き、煙を吐きだしながら、男は怪しく笑う。
　隼人の顔には、見たこともないほどの戸惑いの色が浮かんでいた。
「河本さん！　なんで……」
"河本"と呼ばれた男は、不敵に笑いながら隼人に近付いて、
「朗報だ！　てめぇを刺した男、今朝殺した」
　と言った。
　頭がまっ白になって、その場に立ちつくしてしまったあたし。
「ありがとうございます」
　……ほんとに、殺されたんだ。
　深々と頭をさげる隼人を見て、心臓が止まりそうで、正気を保つのもやっとだった。
「おいおい、話は最後まで聞けや！」
　河本はそう低い声で言うと、うす汚い顔をさらに隼人に近付ける。
「1000万だ、この仕事の報酬」
「……そん、な……！」
　瞬間、戸惑いの声を出す隼人。
「世の中、甘く見てんじゃねぇぞ？　1000万で殺してやったんだ！　安いもんだろ？　あぁ？」
　すごむ河本に、隼人は唇を噛みしめる。
　あたしは、このふたりがなにを言ってるのかなんて、理

解したくもなかった。こんな現実、受け止めきれない。
「文字どおり、出血大サービスの値段だろ？ ヤツの保険金の受取人は、俺にしてある。お前の1000万と合わせれば、3000万だ。まぁ、こんなもんだろ？」

河本は煙を吐きだして、はっと笑う。隼人は、なにかを振りきったように顔をあげた。
「……わかりました。でも俺、破産っすよ？」

ごまかすように笑う隼人の胸ぐらを、河本がいきなりつかみあげる。
「ああ？ ヘラヘラ笑ってりゃ通用すると思うなよ!? てめぇがいくら持ってるかなんて、こっちはわかってんだよ！ 詐欺師の本田賢治が、1000万で破産はねぇだろ！」
「はっ、河本さんには敵わねぇな。わかりました、1000万で手打ちにしましょうや」

顔をゆがめる河本に、隼人はあきらめたように肩をすくめた。
「てめぇは、相変わらず頭の回転速ぇな。俺ぁ、うれしいよ」

さっきの迫力がウソのように、河本はそうしみじみと言って、タバコを灰皿に押しつける。
「それはどうも。でも、金飛ばされて、そのうえ刺されて1000万も失くして。さんざんっすよ」
「そりゃあ、イモ引いた、てめぇがマヌケなんだよ！ まぁ、てめぇには、これからもしっかり働いてもらわなきゃいけねぇしな！」

河本はうすら笑いを浮かべた。

「よろしくお願いします」
　言葉とは裏腹に、隼人の声は低い。
「ところでよ。このお嬢ちゃんは、本田のオンナか？」
　突然、あたしの方を向いて話を振ってきた河本に、あたしは再び固まった。
「ちがいますよ。俺にオンナはいません。知ってるでしょ？」
「はっ！　オンナはいません、ねぇ」
　ベッドの脇に置かれたスヌーピーに目をやり、小バカにするように言ってくる。
「まぁ、そういうことにしといてやるよ。お嬢ちゃん、せいぜい本田の看病して、早く完治させてくれよ？　仕事は山のようにあるんだ」
　最後までうすら笑いを浮かべたまま、河本は家を出ていった。
　バタンと扉が閉まった瞬間、あたしは気が抜けたようにその場に崩れ落ちる。
　目の前で、いったい、なにが起こったの？　隼人の生きる世界は、こんなに恐ろしいものなの？
「ごめんな、ちーちゃん」
　隼人はゆっくりと、あたしに声をかける。あたしは、ハッとして顔をあげた。
「大丈夫」
　ひと呼吸置き、あたしはなにもなかったように顔を作った。もう口グセみたいになっているこの言葉と一緒に。
「あれ、獅龍会の若頭（わかがしら）。河本って男だよ。ヤツにとって、

俺は都合(つごう)のいいシノギだから」

　机の上に置かれたメロンを見て、隼人はあきらめたように笑う。
"シノギ"とはヤクザの収入源のことで、"若頭"というのは、実質、組のナンバー２。

　そんな人と隼人は仕事をしているの？
「どういう意味？」
「組員にもさせられないような仕事は、俺に回すんだ。……俺がこの仕事してられるのも、ヤツが見て見ぬフリしてるからなんだよ。持ちつ持たれつ、なんて言うけど、わかるでしょ？　上下関係」

　隼人は、皮肉っぽく笑った。
"本田賢治"としての隼人を、この日初めて見た。あたしなんて、ふたりがかもし出す重い空気に、立っているだけでもやっとだったのに。

　こんな隼人、好きじゃない。こんな顔する隼人なんて、好きじゃないよ。

　ほんとは怖くて、泣きだしてしまいそうだった。
　だけど、あたしは、"隼人のオンナ"だから。
「これ、冷蔵庫に入れるね」

　フルーツのバスケットを持って、隼人に背を向ける。そのとき一瞬、隼人の悲しそうな顔が見えた気がした。

　だけど、あたしは振り返らずに、冷蔵庫へと歩みを進める。

　今、口を開けば、"もうやめて"と言ってしまいそうだっ

た。あたしは、そんなオンナにはなりたくないから。
　部屋を包む空気は、恐ろしく重かった。
　なんだか怖くなったあたしは、まるでなんでもないことみたいに、わざとらしく口もとに笑みを作る。
　あたしの中での隼人は、なにも変わらないからって言い聞かせながら。

　夕方、隼人を刺した男が首を吊ったと、ローカルニュースで数秒間放送された。
　テロップには、隼人が電話で河本に伝えたのと同じ名前が表示されている。あたしはテレビから目が離せなかった。
「首吊りなんて、早く保険金ほしいの、みえみえじゃん」
　言葉が出ない。
　まるで、流れ作業のように、ニュースは次の話題へ変わっていく。
　幸か不幸か、事件は"借金苦による自殺"として片づけられていた。隼人が無言でテレビを消す。
「……ちーちゃん、ごめんな？　なにも心配しなくていいから」
　あたしの心を見透かしたように、抱きしめる腕に力が入ったのがわかった。
　隼人の腕を握りしめながら、首を横に振ることしかできない。スカルプチャーの香りに、胸が締めつけられた。
「ケガ、早く治るといいね」
「だな！　エッチできねぇし！」

「バカ！」
　ほんとはこのケガが一生治ってほしくなかった。そしたら、隼人は、この仕事から足を洗うことができるかもしれない。
　だけど、あたしは隼人の仕事のことには口をはさめないから。
"本田賢治"の顔を知ってしまった今、もう引き返すことなんてできない。
　ひとりになっても泣くこともできなくて、張り裂けそうな胸のうちを、誰にも話すことができなかった。

　このことがあってから、あたしが泣くことはなくなった。正確には、"泣けなくなった"と言った方がいいのかもしれない。
「大丈夫。あたしは大丈夫」……そう言い聞かせることしかできなかった。
　今までずっと、あたしは隼人の仕事のこととか現実から目を背け続けていて、心のどこかではそんな隼人を拒んでいたままだったんだと思う。
　いい側面しか見ないようにしていた。他愛もないことを言い合いながら、一緒に笑い合って。そうすることで、考えないようにしていたんだろう。
　だけど、これが現実。ほんとはいつも危険がつきまとってるんだ。

妊娠

　あたしたちは、引き返す道も見つからないまま、進み続ける。
　あたしたちのいる場所は、いつまでたってもまっ暗闇で、出口さえも見えていない。
　そんな状態のまま、数ヵ月が過ぎていった。
　やがて12月に入り、街はイルミネーションに彩られた。
　相変わらず、隼人は仕事を続けている。体には、今も刺された傷が残っているというのに……。
　その傷を見るたび、胸が詰まる。
　隼人がこの部屋で笑ってくれるから、あたしもかろうじて笑っていた。
　そうやって、毎日がただ、過ぎていく。だけど、気持ちはやっぱり、不安なまま。
　そんな中、あたしは道ゆく人の楽しそうな顔にも笑うことができないでいた。
　……生理が半月も遅れている。
　もちろん、隼人にはなにも言ってない。検査することが、なによりも怖かった。
　もし、赤ちゃんができていたら、もちろん産みたい。……でも、あたしは隼人の足かせになんかなりたくないから。
　だから、真実を知るのがすごく怖い。

「ちーちゃん、明日遅くなる。シャブ運ばなきゃだし」

　朝、あたしが仕事に行くより少し前に、身支度を整えた隼人が玄関先でそう言って、こちらに向き直った。

　その声に、ハッとして笑顔を作る。

「そうなんだ。山の方は寒いらしいし、雪降らないといいね」
「だな。安全運転しなきゃ」

　隼人の言う"安全運転"が、一番心配だった。

　だけど、そんなあたしの心配をよそに、隼人は、
「明日、夜までには戻れるから、どっか食いに行こう？ 最近忙しかったしな」

　なんて笑顔で言ってくる。
「うん、楽しみ」

　引きつった笑顔が、隼人にバレないことだけを祈り続けた。

　最近のあたしは、いつもこんな感じで上の空。

　……今もまた、言いだすことができなかったな。

　だけど、ずっと不安の中で過ごすわけにもいかない。いい加減、はっきりさせなきゃならないから。

　隼人を見送って、あたしも仕事に向かった。

　夕方の５時に仕事が終わった瞬間、その足で薬局に行く。妊娠検査薬を買うために。

　ほんとは、こんなことが自分の身に現実に起きているなんて、考えたくもなかった。家に帰るまでの間も悪い想像ばかりしてしまい、足取りが重くなる。

だけど、早く真実を知らなくちゃいけない。もしかしたら、できてないかもしれないんだから。そこに一縷の望みを託して……。
　家に着くと、ふるえる手で箱を開け、トイレにこもった。
　ブルーのラインが出れば、妊娠だ。
　1分とたたないうちに、妊娠検査薬の小窓にくっきりとラインが浮かびあがる。
　……何度見ても、それは変わらなかった。
　まちがいなく、あたしは妊娠している。
　……その事実を受け止めきれず、呆然とした。
　隼人になんて言えばいいの？
　頭の中はそればかり。
　時計の秒針の音とリンクした、不安で早鐘を打つ自分の鼓動しか聞こえない部屋の中で、膝をかかえてソファにうずくまる。
　子供ができたって言えば、隼人は仕事をやめてくれる？　だけど、もし、やめないって言われたとき、あたしはどんな顔をすればいい？
　それに、なにより隼人は、喜んでくれるの？　……もしも、堕ろせって言われたら、あたしはどうすればいい？　子供と隼人、どっちを取ればいいの？
　もしかしたら、もう一緒にはいられないかもしれない。
　そんなの耐えられないよ。
　答えの出ない思考は、ループするように渦を作りながら、あたしをどんどん追いこんでいった。

「ただいまー！」
「えっ！」
　その声に、弾かれたように顔をあげる。
「いやぁ、仕事がキャンセルになったんだ！」
　予定より一日も早い隼人の帰宅に、あわてて妊娠検査薬をクッションの下に隠し、笑顔を作った。
　不安で速くなっている鼓動も作り笑いも、隼人にバレませんようにと、そんなことばかり願ってしまう。
　目の前でなにも知らず笑っている隼人に、胸が締めつけられるようだった。
「ちーちゃん、なんか食った？　超急いで帰ってきたんだけど！」
「お、おかえり！」
　あわてて立ちあがり、隼人のもとに駆けよった。
　その瞬間、カサッとなにか落ちる音。
　まさかと思いながら恐る恐る振り返ると、妊娠検査薬が足もとに転がっていた。立ちあがった拍子に落ちたんだろう。
　とっさのことに、言い訳すら出てこない。
「……なに、それ……」
　目を見開いたまま、声を詰まらせる隼人に、ゆっくりと顔を向けた。視点をどこに定めればいいかわからないまま、隼人の顔色ばかりうかがってしまう。
「ちがうの！　そうじゃなくてっ！」
　あわてて並べた言葉がむなしく響く。体がふるえた。

「ちーちゃん、ストップ。それって、妊娠検査薬だろ？」
　隼人はそれを指さして、まるで確認するように聞いてくる。
「……生理、来てないの……？」
　認めることが怖かった。隼人にバレることが、なにより怖かった。
「だから、これは……」
　言いながら、拾いあげたものを急いでうしろに隠す。なのに、
「ほんとのこと言えよ！」
　と、低く言ってにらむ隼人に、もう声さえも出せなくて。
　そのまま、隼人はあたしに近付いてきた。
「うしろにあるの、貸して！」
「お願い！　やめて！」
　首を振って懇願しても、隼人は納得しない。
　やすやすとあたしの腕ごとつかみ、妊娠検査薬の結果を確認する。
「……マジ、で……？」
　うつむいた顔があげられない。隼人はつかんでいた腕を放すと、あたしに背を向けた。
　ゆっくりソファに腰をおろした隼人は、なにかを考えるようにタバコを取りだし、煙を深く吸いこんだ。
　ついにバレてしまった。
　……なのに、なにも言わない隼人が怖い。次になにを言われるのかと、想像することすら怖くて。

張りつめる空気が、息遣いひとつで揺れる。
「どうすんの？」
　何度目かの煙を吐きだしたあと、隼人はゆっくりと問いかけてきた。
「……あたしは、産みたい……」
　答えた声がふるえてしまう。鼓動が速くなり、脂汗が背すじをつたった。
「そっか」
　だけど、顔をあげてあたしを見ることもなく、ぽつりとそれだけ言う隼人。
　そして、喜ぶわけでも悲しむわけでもなく、ひどく冷たい目をして、
「なら、もう別れよう」
　と続けた。
　なにを言われているのか、わからなかった。
「……なん、で……？」
　全身の血液が、逆流でもしているかのように感じてしまう。
　声がふるえて、胸が締めつけられて。……こんなことを言われたなんて、信じられなかった。信じたくなかった。
　なのに、隼人は……。まるで、とどめを刺すように言った。
「ガキは邪魔なんだよ。産みたいなら、勝手にしてくれればいい。金がほしいんだったら、好きなだけやるから」
　抑揚がなく、仕事のときと同じ顔で冷酷に話す隼人の言

葉が、あたしの心をえぐる。
　隼人はあたしに、こんなこと言わない。
　いつもあたしに優しくて、いつもあたしの前で笑ってくれるのに。
「……子供ができたら、あたしはもういらないの？」
　泣かないように、唇を嚙みしめる。
　ほんとはこんなこと、聞きたくないのに。
「いらないのは、ガキだけだ。産むにしても堕ろすにしても、ちーちゃんが決めて。それで別れることになっても、仕方ないと思ってる」
「……そん、なの……！」
　そんなの、あんまりだよ。苦しくて、悲しくて。
　なにか言えば泣きそうで、隼人を責めてしまいそうだった。
「……望まれない子供なんだね」
「そういうことだから」
　顔をあげて隼人の目を見たとき、全身から血の気が引いた。
　……いつもは"俺の言うこと聞いといて"って言うクセに。
　こんなときばかり、決めるのはあたし。そこに、隼人の意見はない。
「もう、終わりなの？」
　ふるえる声で聞いた。
「ちーちゃんが望むならな。堕ろしてでも、一緒にいたい

と思える?」
　そんなの、わかるわけない。
「わかんないよ!」
　ただひとつ言えることは、あたしには、隼人以外なにもないということだけ。
　隼人まで失ったら、あたしはきっと生きていけなくなる。
「迷ってんなら、堕ろした方がいいよ。俺が言えるのは、それだけだから」
　今、言葉を発しているのは、誰?
　あたしの知ってる隼人は、あたしにこんな顔しない。こんなひどいこと、言ったりしない。
「最初に言ったろ?　俺は、結婚しようとも、幸せにするとも言えないって」
　わかりきっていたことなのに、今さらその事実を突きつけられた。
　隼人が言ってたのは、こういうことだったんだ。
"絶望"という言葉を、これほどリアルに体感したことはなかった。母親に捨てられたときですら、こんな風にはならなかったのに……。
　ドクドクと脈打つ心臓の音だけが、耳もとで聞こえる。
「あたしは隼人を愛してる!　だから、産みたいんだよ!」
　声をあげたあたしに、隼人はなにも言ってくれなくて。
　……そんな顔、見たくないのに。
「なんで、ダメなの!?」
　しぼりだすように言った。だけど、あたしの言葉に隼人

の顔が変わることはない。
「わかってるだろ？」
　……ほんとは、少しだけ期待したんだ。
　子供ができたら、隼人は足を洗ってくれる。そしたら、子供と３人で、貧乏でも幸せに暮らすことができるかもしれないって。
　だけど、現実はそうじゃなかった。
　だから、あたしは頭で考えるより先に、
「あたしを捨てないで！　隼人がいなくなったら、誰もいなくなる！　お願いだから！　子供も堕ろすから！」
　って、気付けば隼人にすがりついていた。
　隼人はゆっくりと、短くなったタバコを灰皿にこすりつける。そして、最後の煙を吐きだしながら、吐き捨てるように言った。
「ちーちゃん、頭冷やせよ」
　隼人はあたしがつかんだ腕を外すと、それだけ言って立ちあがる。なにが起こっているのか、まるでわからなかった。思考が追いつかない。
　呆然とするあたしを残し、部屋のドアがバタンと閉まった。

　ひとり取り残された部屋で、あたしはまるでなにかの糸が切れたみたいに、声をあげて泣いた。
　長い間、ガマンしてたのに……。今まで蓄積された涙が、とめどなくあふれ続けた。

捨てられたくない。
　だけど、お腹にはたしかに"命"が存在している。隼人とあたしの……赤ちゃん。
『産むんじゃなかった』という母親の言葉が、また、あたしの脳裏によみがえってきた。
　あたしは、この子を産んだら後悔するの？
　愛した人との間にできた子供なのに、その存在があたしと隼人を引き離そうとする。
　あたしには、どちらも選べないよ。
　隼人を失わないために、子供を失う。……そんな残酷な現実があるの？
　"望まれない子供"……ああ、まるで、それはあたしみたいだね。
　じゃあ、子供を堕ろせば、また何事もなかったみたいに笑えるの？　隼人は、なにも思わないの？　なにも、思ってはくれないの？
　怖くて怖くて、仕方ない。苦しくて苦しくて、仕方なかった。
　こんな現実、ひとりじゃかかえきれないよ。
　なのに、隼人は手をさしのべてくれない。こんなこと、ひとりで決められるわけがないのに。
　……それでもまだ、あたしは隼人を愛してたから。
　もはやそれは、"執着"としか呼べないものなのかもしれないけれど。

夜中の3時を過ぎた頃、ドアを開ける音が聞こえた。

呆然としていたあたしの体に緊張が走る。

「隼人！　どこ行ってたの!?」

急いで隼人のもとに駆けよると、あまりの酒くささに吐きそうになる。うな垂れるように、隼人は壁に体を預けながら、フラフラと歩いていた。

こんな隼人、見たことない。支えようとしたあたしの体に重みがのしかかる。

「ちーちゃん、ごめんな。ほんとに、ごめん……」

一瞬、なにが起こったのかわからなかった。

ただ、気付いたら、隼人に抱きしめられていた。あたしの肩に顔をうずめているから、その表情はわからない。

「……隼、人……？」

だけど、わずかな期待に胸がふくらむ。だから、ゆっくりと顔をあげたのに。

「子供、堕ろして？　なにもなかったことにして、ずっと俺のそばにいて」

あたしの期待は、一瞬のうちに砕け散った。

隼人は顔をゆがめながら、声をムリヤリしぼりだす。

「ごめん、俺が全部悪いから。捨てられたくないのは、俺の方なんだよ！」

抱きしめる腕に力が込められ、同時にあたしの胸も締めつけられた。

隼人の手がふるえてる気がする。こんなセリフを言っている隼人の方が苦しそうに見える。

「……隼、人……」

あたしが顔をあげた瞬間、壁に押しあてられ、唇をふさがれた。

酒のにおいに吐きそうで、隼人がなにを考えているのかわからなくて。

ただ、あたしの体を這う舌の感触に、ぞわりと鳥肌が立った。こんなのイヤだ。

そのまま、ほとんど衝動的に、隼人はあたしを抱いた。まるで、一瞬だけでも子供のことを忘れようとするように。

抵抗できないようにあたしの両腕を捕らえ、だけど、あたしを見ようともしない隼人。

怖くて、気持ち悪くて、そして痛かった。

隼人じゃないみたい。隼人はこんなに乱暴じゃない。

「……やだっ、お願いっ……！」

だけど、隼人は、あたしの口をふさぐ。

込みあげてくる涙は、愛しさなんかじゃない。

隼人の苦しみは痛いほど伝わってくるのに、あたしはそれを受け止めきれなかった。

もうお互いを求め合うことでしか救いを求められなかったのかもしれない。

隼人は、なんでこんなに悲しそうな顔をしてるんだろう。なんでこんなに苦しそうなんだろう。

抱かれていると、隼人が言った言葉は本心じゃないように感じた。不必要なものを切り捨てていくように生きてる隼人が、まるで泣いてるような顔をしてるから。

優しさが隠しきれてないのに、必死でそれを押し殺すようにして、あたしを乱暴に扱うから。

密着した場所から、それが伝わってくるように感じるんだ。

隼人はこの世界でしか生きられないって、わかってるよ。

なのに、ごめんね、隼人。あたしが苦しめて、ごめん。

「……ごめんな、ちーちゃん……」

背を向けたあたしに、隼人はそれだけつぶやいた。あたしはなにも言えなくて、ただ唇を噛みしめる。

泣いてる顔なんて見られたくなかった。乱れた衣服が、さっきのことを思い起こさせ、すべてが現実だと教えている。

あたしはただ、"隼人のオンナ"でいたかっただけ。隼人だけは、失いたくない。

隼人はなにも悪くないよ。悪いのは、あたし。

……それは、隼人が望んだ答えを受け入れた瞬間だった。

次の日、病院に行った。隼人には、「来なくていい」って言って……。

隼人まで、この罪を背負うことはない。

あたしひとりで、全部背負いこめばいいだけのこと。ずっとそうやって来たから、今回だって大丈夫。

新年を目前に控えた頃、あたしは自分の赤ちゃんを殺した。

愛した人の子供なのに、産んであげられなくてごめん。

すべてが終わった病院のベッドで、あたしは枕に顔をうずめて泣いた。
　お腹が痛むたびにこれが現実だと教えられ、そのせいで余計、心が押しつぶされる。
　部屋の外から聞こえる、生まれたての赤ちゃんの泣き声も人々の喜びの声も、あたしの胸を締めつけた。
　だけど、涙はこの場所に置いて帰るんだ。
　隼人の前では何事もなかったようにしなくちゃいけない。隼人が苦しまずに済むなら、あたしはそれでいいから。
　点滴が終わって、すぐに家に帰る。
　ほんとは経過の観察のために一日入院が必要だったけど、あたしはあんな場所にいたくなかった。
　まるで、自分の罪をとがめられているようで、耐えられない。それに、なにより、早く隼人に会いたかった。会って抱きしめてほしかった。
「ただいま！」
　目が合った隼人は、悲しそうに視線を落とす。
　隼人は、今にも『ごめんな』って言いそうだった。
　でも、言わないで？　謝られたら、また、泣いてしまいそうだから。
　だから、あたしは早口で言った。
「今日ね、じゃがいもが安くてさぁ。肉じゃがにしようと思うんだ！」
「……ちーちゃん……」
　立ちあがった隼人は、ゆっくりとあたしを抱きしめた。

あたしは、込みあげてくるものを必死で押し殺す。
「ねぇ、隼人。お願いだから、なにも言わないで」
「…………」
「あたしは大丈夫だよ？」
「……うん」

隼人は、もうなにも言わなかった。

締めつける胸は苦しかった。だけど、隼人が傷つく方がもっとイヤだった。

愛してるから、大切だから、あたしだけが苦しめばいいんだよ。

* * *

今、考えると、このときのあたしは狂っていた。

あたしたちの道の先は、いつまでたっても、まっ暗闇で。きっと、光なんて求めちゃいけなかったんだ。

隼人と付き合うときに、そんなこと覚悟したはずだったのに。

いまだに、産んであげられなかった赤ちゃんへの後悔と罪悪感に襲われる。

だけど、あたしは"隼人のオンナ"である道を選んだから。

あのとき、なんで隼人はほんとのことを話してくれなかったんだろう。話してくれてれば、なにかが変わっていたかもしれないのに。

あたしがもっと早く、隼人の苦しみに、気付いてあげられてたら……。

　ねぇ、隼人。
　あのとき、赤ちゃん、産んでればよかったね。そしたら、あたしは今、ひとりぼっちじゃなかったのにね。

指輪

「ただいまー! ちーちゃん、手伝って!」
　玄関から、隼人の呼ぶ声が聞こえた。
「炒(いた)め物してんだよ? あとじゃダメなの?」
「ダメ! 早く来て!」
　仕方なく火を止め、玄関に向かう。
　隼人と付き合ってから2度目の新年を迎え、あたしの誕生日も過ぎた、2月の初め。
　毎日が忙しく過ぎていき、赤ちゃんを堕ろしたことを考える時間も少しずつ減っていた。
「げっ! なに、この大荷物!」
「その顔はないっしょ? せっかく金入ったから、プレゼント買ってきたのに!」
　あれから、隼人は前以上に優しくなった。だけど、それと比例するように、仕事の量も増えていた。
　リビングのガラステーブルの上に大きな紙袋を置き、隼人はあたしをソファに座らせる。
「ここに、3つの箱があります!」
　手品みたいなセリフと一緒に差しだされたのは、小さな正方形の箱と長細い箱、そして、20センチほどの箱。
「で?」
　あたしは眉をひそめた。
「選んで!」

「……意味わかんない」
「ひとつはクリスマスでしょ？　で、もうひとつが付き合いはじめて１周年記念！　そんで最後は、ちーちゃんの誕生日プレゼント！」

　そこまで言って、隼人はニヤリと笑う。
「どれをどれにするか、選んで！」

　最近ずっと仕事で忙しかった隼人は、あたしにそれらのプレゼントを買えなかったことを気にしていた。

　だけど、あたしは大きなため息をつく。
「どれがどれでもいいじゃん」
「うわっ！　ありえない反応！　マジ萎えるし！」

　あたしの言葉に、隼人は子供みたいに口を尖らせた。
「もう、勝手に決めてよ。あたし、炒め物が気になるんだけど」
「じゃあ、俺が勝手に決めてもいいの？」
「どうぞ、ご自由に」

　気になるのは、プレゼントより炒め物だった。どうせまた、増えるだけのブランド物だろうし。
「じゃあ、まずは12月だった１周年記念な？」

　そう言って渡されたのは、一番大きな箱。仕方なくそれを開ける。
「……ミキサーじゃん！」

　あたしの目は丸くなっていたにちがいない。
「すげぇ迷ったけど、ちーちゃんには、これからもおいしいご飯作ってほしいから！」

ちょっと前にほしがっていたミキサーのことを、隼人はずっと覚えていてくれたんだ。
　あたしの反応に満足したのか、彼は次の箱を手渡してきた。
「じゃあ、次はクリスマスな！」
「クリスマスより、付き合った日の方があとだったじゃん！　渡す順番ちがうんじゃない？」
　今度、渡されたのは、長細い箱。そこに記されているのは、ブランド物の時計のメーカーの刻印。
「うわっ、フランクミューラーじゃん！」
　箱を開けて驚いた。
　そこには、１本100万はする時計が、ペアで入っていたから。どちらも白の文字盤のカサブランカ。
「よくない？　おそろい。ちーちゃんが前、かわいいって言ってたから！」
「ありがと」
　その言葉にも、思わず泣きそうになる。驚きとうれしさで、自然とゆるむ口もと。
「待てって！　これで泣いてたら、最後の渡せないじゃん」
　隼人は困ったように、だけど、ニンマリした顔で言いながら、あたしから時計を取りあげた。
　その代わりに、一番小さな箱をあたしの手にのせる。
「最後は誕生日な？　開けてみ？」
　あたしはゆっくりとそれを開く。
「……ウソッ……！」

そこには、ダイヤの指輪が輝いていた。
　波打つような細身の土台に、大きなダイヤがひとつと、その左右に小さなダイヤがふたつずつ。
「ペアリングはできねぇけどな。ずっと俺のオンナでいろよ？」
　涙をこらえながら、何度もうなずいた。
「ありがとっ！」
　……あれから一切、子供の話はしていなかった。
　だけど、きっとあたしたちは、不安で仕方なかったんだと思う。
　あたしが喜べば、隼人も喜んでくれる。隼人の笑顔で、あたしもうれしくなる。
　あたしが笑っていれば……隼人があたしを笑わせていれば……。知らず知らずのうちに、あたしたちはお互いにそんな気を遣い合う関係になっていた。
「昔言ったの、覚えてる？『いいもの身につけてねぇと、どんなにいいオンナも輝かねぇぞ？』って。ちーちゃん、すげぇキレイになったよ？」
　そう言いながら、隼人はあたしの左の薬指に指輪をはめ、キスをしてくれた。
　まるで、結婚式みたい。
　こんな気持ちになれるのは、隼人のおかげなんだね。
「ちーちゃん、他のオトコに取られたら困るしね！」
「バカだね、隼人は」
　そんなこと、あるわけないじゃん。だって、これからも

ずっと、あたしは隼人の物なんだから。

抱きしめられ、重ねた唇から押し入ってくる舌に、息遣いが漏れた。覆いかぶさってくる隼人に、イヤでも鼓動が速くなる。
「ちーちゃん、大丈夫？」
「……うん」

ほんとはまだ、怖かった。だけど、隼人に嫌われたくなかったから。

あたしの言葉を合図に、スカートの中に隼人の手が入り、一番敏感な部分を刺激した。気持ちとは裏腹に、あたしの体を知りつくした隼人の指に感じてしまう。

こんな自分が、イヤでイヤで仕方なかった。

赤ちゃんのことを気にしてるのに、それでも抱かれることを拒めない。むしろ、拒みたくないって思ってしまう、"隼人のオンナ"でい続けたいだけのあたしのワガママな欲求。

……だけど、隼人はそれも含めてあたしを愛してくれてるから。

ほんとは弱い隼人を、あたしだって愛してるから。

もう、あたしたちは引き返せない。お互いなしじゃ生きていけない。だから、これでいい。これしかないんだ。

隼人は赤ちゃんを堕ろしたことを消し去るように優しく抱いてくれた。まるで、罪を償うように……。

薬指には指輪が輝き、首にはネックレス。そして、隼人と同じ香りをまとい、髪型も隼人の好みに変えた。

誰も、あたしが"隼人のオンナ"だってことを知らない。でも、隼人があたしのことを"自分のオンナ"だと思ってくれてるなら、それだけでよかった。
　親も、友達も、かわいい赤ちゃんも、幸せな家庭も、なにもいらない。ただ、隼人がそばにいてくれるだけでいい。
「ちーちゃん、ちょっといい？」
「なに？」
　行為が終わると、隼人はタバコの煙をふかしながら、険しい顔を見せた。その顔に、イヤな胸騒ぎがする。
　そんなあたしに、隼人はゆっくり聞いてきた。
「ちーちゃんのお母さん、今どこにいる？」
　……耳を疑った。今さら、もう聞くこともないと思っていた人のことを聞かれるなんて。
　なんで、隼人が突然こんなことを聞いてくるのかも、わからない。
「知らない。でも、なんで？」
　戸惑って視線を泳がせたあたしに、隼人は目を伏せるようにして１枚の紙切れを差しだした。
「これって、お母さんだよね？」
　手渡されたものを見て、今度は言葉を失う。
「借用書じゃん！」
　そこには、母親の名前の書かれた借用書があった。額面(がくめん)は、1000万。その瞬間、あたしの頭はまっ白になる。
　どういうことなのかわからない。
　そんなあたしに、隼人はさらに紙きれの下の方を指さし

た。
「ここ、見て？」
　ゆっくり目線を移し、また、あたしは言葉が出なくなる。
「連帯保証人が、あたし？」
　そこには、母親の字で、あたしの名前が記されていた。
　今、起こっていることが、理解できない。
「やっぱ、ちーちゃん知らなかった？」
「意味わかんないんだけど。これってどういうこと？」
　戸惑うあたしを横目に、隼人はくわえたタバコの煙を吸いこむ。そして、目を細めながらそれを吐きだして、
「元金は100万。だから、ここに書いてある金額は、書き直された物だ」
　……書き直されたってことは、普通の金融屋じゃない。
「お母さんが、借金？」
　目を見開くあたし。
「これは、債権回収不能になった借用書で、闇で流れてた。ちーちゃんの名前見つけて、あわてて俺が拾ったんだよ」
「……そん、な……！」
　頭がひどく混乱して、ちゃんと働かなかった。だけど、隼人はそんなあたしの瞳を真剣に見て、聞いてくる。
「どうすればいい？」
「……どういうこと？」
「今ここで、破り捨ててもいいよ。でも、ちーちゃんがいいなら、俺はお母さんを見つけだして、追いこむ。どうしたいかは、ちーちゃんに任せるから」

しっかりとあたしを見据える隼人の目に、迷いはなかった。
　追いこまれた人間がどうなるかくらい、あたしだってわかってる。
　持ち物のすべてが差し押さえられ、身ひとつで労働条件の悪い仕事場へと、売り飛ばされる。
　さらに、それにつけこむように同業者がグルになって、その人を甘い誘いでだまし、架空口座を作らせたりして、犯罪の片棒を担がせる……。
　最終的には、河本がしたように、保険金をかけられて殺されることだってあるんだ。
　だけど、あたしはもう"隼人のオンナ"だから……母親なんて、いらない。
　あたしは迷いながらも、ひと呼吸置いて続けた。
「……けど、お母さん、いなくなってるよ？」
「知ってたの？」
　今度は隼人が驚いた顔をする。
「前に一度、お店の前通ったら、スナックなくなってたし。アパートにも、今は別の人が住んでた」
　そして、顔をあげて、あたしはタバコを取りだした。
「……あたしだって、なにも知らないわけじゃないから」
　くわえたタバコに火をつけながら、皮肉っぽく笑う。
　吐きだされたふたり分の煙は、天井に吸いこまれるように消えていった。そんなことが、少しだけ悲しい。
「……そっか。俺も一応、ちーちゃんに言う前にいろいろ

調べてみたんだ。でも、ちーちゃん知ってたんだね」
　その顔は、あたしなんかより、ずっとつらそうに見えた。
「隼人、ありがとね。でも、あたしは大丈夫だよ。もうとっくの昔に捨てられたんだし」
「じゃあ、追いこんでいい？」
　隼人は確認するように、ゆっくりと聞いてくる。だけど、あたしは話を続けようとした隼人をさえぎった。
「待って」
　その瞬間、隼人が怪訝な顔になる。
「元金だけなら、あたしが払う」
　あたしの言葉に、隼人はすごく驚いたみたいだった。
「なに言ってんだよ！」
「今まで必死で働いて貯めたんだよ？　100万くらい、持ってるから。それにあたし、連帯保証人でしょ？」
　大丈夫、あたしは大丈夫。
「なんで、ちーちゃんがそこまでするんだよ！　勝手に連帯保証人にされて、逃げられてるんだぞ！」
　声を荒げる隼人の顔は、やっぱりつらそうで。
　そんな顔、見たくないよ。あたしのためにそんな悲しそうな顔しないで。
「そうだね。でも……」
　あたしはタバコを灰皿に押しあてた。ついでに、隼人の指からも短くなったそれを抜きとり、同じように火を消す。
「でもね、お母さんも、昔はこんなんじゃなかったんだよ？　お父さんがいた頃は、それなりに幸せなときもあった」

記憶の中の母親は、あたしに笑いかけてくれていた。顔も覚えていない父親と３人で、あたしたちは幸せだったんだ。
「ムリ言って高校まで行かせてもらったしさ。いいよ、100万くらい」
　言葉を詰まらせる隼人に、あたしは笑う。大丈夫だって自分に言い聞かせながら。
「150万くらいなら出せるから。隼人がこの借用書、いくらで買ったかは知らないけど、それ以上必要なら、あとはお母さんを探して？」
　あたしの言葉に、隼人はなにかを考えるように目を伏せる。
　沈黙は長かったけど、あたしは隼人の答えを待った。
「……わかった」
　それだけ言った隼人は、持っていた借用書を破り捨てた。借用書が、その瞬間にただのゴミと化す。
「なにやってんの!?」
　目を見開くあたしに、隼人は優しく笑った。
「俺が買ったのは、元金の100万でだ。言ったろ？　俺に金使うことはないって」
「ダメだよ、隼人！　これは、ビジネスの話だよ！」
　今している話は、"連帯保証人と貸主"との話だ。
　だけど、隼人の考えは変わってくれなくて。
「じゃあ、ちーちゃんは俺に100万払ったことにすればいいよ。で、俺は"かわいい彼女"に100万あげた。そういう

ことでいいでしょ？」
　あたしに、そんな優しくして、どうすんの？
　そんなんじゃ、なんの解決にもならない。
「それじゃ、なんにも変わんないじゃん！」
「ちーちゃん、言うこと聞いといて？」
「……でもっ……」
　隼人の顔は、"本田賢治"の顔じゃなかった。
「でも、これは今回だけの特別だよ。次は、お母さんを追いこむから。いいね？」
「……わかった」
　その顔に、もうなにも言えない。だから、あたしも覚悟を決め、隼人の目を見据えた。
「じゃあ、"工藤浩一郎"探しな？　多分、一緒にいるから」
「……"工藤浩一郎"？」
　名前を聞き、隼人はなにかを考えこんだ。その表情に、あたしの胸がザワつく。
「多分、チンピラだな。聞いたことある。たしか、そいつ、オンナに金作らせてシノギにしてるよ」
　シノギ、って……。工藤は、お母さんからお金をしぼり取ってるってこと？
「じゃあ、お母さん、だまされてるの？」
「さぁね。それは俺にもわからない」
　隼人はあたしの問いに肩をすくめるだけ。
「ほんとに、金が必要になっただけかもしれないし。工藤がお母さんに本気なのかは、わからないよ」

そう言ったあと、隼人は険しい顔に変わった。その瞬間、あたしは目をそらす。
「……まぁ、その辺はどうでもいいよ。借金があるって事実だけで。そして、それを、ちーちゃんに負わせた」
突きつけられた現実は、ひどく悲しいものだった。
だけど、あたしは泣きたくなんてない。あんな人のために、これ以上傷つきたくないんだ。
「ははっ、最低な親だね」
自嘲気味に笑う。
あたしは捨てられたうえに、借金まで負わされ、母親はどこかに逃げてしまった。
「もう寝ろよ。明日も仕事あるんだろ？」
「でもっ！」
隼人はさえぎるように言う。
「いいから！　ここからはもう、ちーちゃんには関係のない話だから。あとは、俺がやる！」
隼人がなにをするかなんて、わからなかった。
だけど、あたしはもう母親を捨てたんだ。捨てられたんじゃない。
「……わかった、おやすみ」
隼人の目つきが、変わっているのがわかった。

* * *

今にして思えば、あれほど母親を嫌っていたはずなのに、

あたしがお金を出すなんて言えたのは、そこにまだ"親子の情"があったからなんじゃないかと思う。

　結局、母親を憎みきれなかった。勝手に連帯保証人にされていたとしても、昔のあたしに向けられた笑顔を覚えているから。それでも18までは、育ててもらったから。

　父親の連絡先は、今も知らない。誰と浮気して、どこに逃げたのか……。

　離婚した頃、あたしはまだ、小さすぎた。父親がいたら、なにかが変わっていただろうか。

　もしかしたら、あたしは貧乏でも幸せに過ごしていて、そしたら隼人と出会うこともなかったかもしれないね。

　出会わなければ、愛し合わなければ……あんなことにはならなかった。

　この人生がよかったのか悪かったのか、いまだにわからないよ。

消息

　あれから隼人は、あたしの前で母親の話をしなくなった。
　だから、母親に他にも借金があるのかどうかも、どこにいて誰と暮らしてるのかも知らないまま。
　ただ、あたしは無事に過ごせていたから、もう大丈夫なんだって思ってた。
　だって、あたしのバイト先であるファミレスは、高校生の頃から変わってない。誰かが探そうと思えば、簡単に見つかるところだったから。
　なにもないっていうのはいいことだろうと勝手に解釈して、決めつけていた。

　それから1ヵ月ほどたったある日。いつものようにバイトを終え、ケータイを開いた。隼人からの不在着信がある。
　なんだろう？
　イヤな予感がして、急いでリダイヤルのボタンを押した。
「ちーちゃん、終わった？」
　電話越しに、隼人がゆっくり聞いてくる。
「うん、終わったよ」
「そっか、ご苦労さん。っていうか、今から言う場所に来れる？」
「え？　なにそれ？」
　こんなこと、今までなかったのに。

「ちょっと遠いけど、K市の山の上に廃ホテルあるの知ってるだろ？　なにも聞かないで、そこに来てほしい」
　なにが起こってるの？
　気付けば、不安で鼓動が速くなってた。
「K市の廃ホテルって、1時間以上かかるよ!?」
　だけど、そんなことしか言えない。
"なにも聞かない、なにも言わない"……あたしにとって、これほどつらいことはなかった。
　隼人は声色を変えることなく、続ける。
「うん、知ってる。できるだけ急いで？」
「……わかった」
　電話を切り、ため息をついた。隼人は無事みたいだから、それだけは安心だ。
　だけど、廃ホテルなんかに行く理由が思いあたらない。
　とりあえず、薄手の上着を急いで羽織り、バッグを持って足早に裏口を出た。
　これから迎える春を心待ちにするように、木々は緑で彩られている。だけど、あたしはそれを目にすることもなく、車に向かった。
　胸騒ぎがする。とにかく、真実が知りたい。呼ばれた理由なんてわからないけど、きっといいことじゃない気がするから。

　帰宅ラッシュのせいで、国道を走っているのにあまりスピードは出せなかった。

なんとなく不安になり、タバコの本数ばかり増えていく。手もちぶさたで、聴いてもいない音楽のボリュームをあげた。
　町を抜けると、次第にあたりは閑散としてくる。道が上り坂にさしかかると、すれちがう車もほとんどなくなった。
　一度も来たことがない山の中をグルグル回っていくと、オバケでも出てきそうな気がしてしまう。
　そのとき、山の上に廃ホテルが見えてきて、あたしはさらにアクセルを踏みこんだ。

　そこは、いつ廃業になったかもわからないほど、さびれていた。
　だだっ広い駐車場に1台だけ停められた隼人のセダンを発見し、その横に車を停める。だけど、肝心の隼人の姿が見えない。
「隼人！」
　車を降りて叫ぶと、山びこのように自分の声が返ってきた。
「おっ！　来た来た！　待ちくたびれたじゃん！」
　背中ごしに隼人の声がして、飛びあがる。
　あたしに笑顔を向けた隼人は、煙を吐きだしながら、吸っていたタバコを放り投げた。
「どこにいるのかと思ったよ」
「ヒマだったから、散策とかね」
　そう言って、イタズラっぽく笑う隼人。

「それより、いったいなんなの？　こんなところまで呼び出して！」
「ごめんごめん。つーか、マツも、もうすぐ来るから！」
"マツ"とは、隼人の舎弟みたいなものだ。
　隼人の下でいろいろ動いたりしているらしく、あたしも話だけは何度か聞いたことがあった。
　だけど、あたしが怒っても、隼人はそれ以上は教えてくれない。
「それじゃ、答えになってないじゃん！」
　あたしは口を尖らせた。
　それから少しして、1台の車が駐車場に入ってきた。隼人と車種はちがうけど、同じように黒塗りのセダン。あれがマツの車だろう。
　車が停まり、男がひとり降りてきた。緊張するあたしを横目で見て、隼人はその場所に近よる。
「遅ぇよ！　軽く寝るところだったじゃねぇか！」
「すんません。手間取りました」
　頭を下げながらこちらに向かって歩いてくる男は、チンピラみたいな格好をしていた。
　年は、あたしと大して変わらないように見える。だけど、目つきが悪く、近よりがたいオーラを放っていた。はっきり言って、見た目はかなり怖い。
　隼人はそんなあたしを見て小さく笑い、マツに向き直った。
「紹介するわ。前から話してた、俺のオンナだから」

「……あの、どうも……」
　一応、頭を下げてみた。
「どうも」
　男も同じように、あたしに軽く会釈する。だけど、その目つきのせいなのか、にらまれているような気がして、あまり好きにはなれなかった。
「で、捕まえた？」
「はい」
　隼人の目つきが変わり、マツは再び自分の車へと歩いていく。
　捕まえるって、誰を？　あたしがこんな場所に呼ばれた理由は、なに？
　包みこむ悪い予感に、ヘンな緊張が走る。
「おら、降りろよ！」
「イヤー！　殺さないで！」
　突然、マツの車の後部座席から、女の悲鳴にも似た叫び声が聞こえた。
「お母さん!?」
　車から引きずり降ろされたのは、まぎれもなく、あたしを捨てた母親……。
　だけど、その姿は昔の面影もない。別人かと思うほどにやつれ、まさにボロボロだった。
「……なん、で……」
　目を見開くあたしと同じように、母親もまた、言葉を失った様子でこちらを向いた。

「隼人！　なにこれ！　どういうことなの!?」
　あわてて隼人に詰めよる。だけど、隼人は顔色ひとつ変えない。
「ちーちゃんのお母さん、探しだした。ちーちゃんは、そこで見ててよ。口出さないでな？」
　それだけ言うと、隼人は母親の方に向かって歩いていく。
「どうも、はじめまして。本田ってモンです」
　不敵に笑ってから、うすいサングラスを外し、その顔を母親に近付ける。
「あんたの債権、俺が一括して引き受けたんで、よろしく」
　どういうこと？　債権って、他にもあったの？
　隼人の言葉に、あたしと母親にまた緊張が走った。
「……殺さないでっ……！」
　母親のおびえきった顔を見るのは、これが初めてだった。ふるえる声が、廃ホテルに響く。
「心配しなくても、殺しゃしねぇよ。あんたが借りた金は、闇金合わせて500万だよな？　だいぶふくれあがってるぞ？　どうすんだ？」
　500万もの借金を、闇金で？
　言葉を失っているあたしの方も見ず、隼人は口角をあげた。
「せっかく子供捨てて店まで畳んだのに、オトコに貢いで逃げられて。あんた、さんざんだな」
　隼人が小バカにするように、はっと笑うと、とたんに母親の顔が青ざめる。だけど、次に出てきた言葉はあたしの

期待した言葉じゃなかった。
「なんでも言うこと聞くから！　だから、お願い！　私だけは殺さないで！」
"私だけは"。
　……こういう母親だと、何度となく自分に言い聞かせてきたはずなのに。
　怒りより悲しみの方が大きかった。
　握りしめる拳は痛くて、だけど、傷ついた顔なんて見せたくない。あたしはまっすぐ、そのやりとりを見つめた。
「ふうん。じゃあ、言うとおりにしてもらうわ」
　そう言うと、隼人は母親と同じ位置まで目線を下げる。
「今後一切、借金はするな。ほしけりゃ、俺に言え！　まぁ、俺に借金したら、一生、地獄だろうけどな」
「わっ、わかりましたっ！」
　強い口調で答える母親に、隼人はニヤリと笑った。
「おいおい、話終わらせるなよ。まだ、あるぞ？」
　その言葉に、一瞬、安堵の表情を浮かべた母親の顔が、再びこわばるのがわかる。
「俺の指定したところで働け。逃げたら、そのときはわかってるだろ？」
「……はい……」
　もはや、その顔は絶望しているようにも見えた。あれほど強気だった母親と同じとはとても思えない。
「で、最後。このオンナは、俺がもらう。異存はねぇよなぁ？」
　あたしの方を向いた隼人は、さらに不敵に笑った。

あたしは、どうなるの？　あたしも、どこかに売られるの？
「……どうするつもりですか……？」
　まるで、あたしの言葉を代弁するように、母親がためらいがちに聞く。すると、隼人はその瞬間、母親の胸ぐらをつかみあげた。
「てめぇにゃ関係ねぇだろ！」
　そして、吐き捨てるように続ける。
「金輪際、このオンナと関わるな。……って言っても、もう縁切ったんだっけ？」
　怖くなったのか、体をふるわせながら隼人を見ている母親。
　そして、こちらに顔を向けたそのとき、信じられないセリフが聞こえてきた。
「千里！　助けて！」
　耳を疑った。
"助けて"って？
　数年ぶりに自分の名前を呼ばれたのに、あたしに対する謝罪の言葉は一切なかった。
　自分の保身のためだけに、あたしをまだ利用しようとする。
　その言葉に、あたしの中のなにかが音を立てて崩れていった。
「……関係、ないから……！」
　唇を噛みしめ、目を背けた。

あたしは、こんな人を助けようと思ってたの？　まだ、どこかで"母親"だと思ってたの？
「だとよ」
　ぽつりと言う隼人に、母親は憔悴しきった顔で言葉を失っていた。
　身なりもボロボロで、あれほど気を遣っていたはずの髪の毛には、いつのまにか白髪が混じっていた。
　捨てたと思っていた娘に、今度は逆に捨てられたのだ。ほんとに、哀れな末路。
「話はそれだけだ。マツ！　飯食いにいくぞ！」
　そんな母親を気にとめることもなく、隼人は声をあげる。いつもの仕事を終えるときと同じような感じなのだろう。
「はい」というマツの返事を聞くこともなく、隼人はあたしの車のカギを取り、あたしの車に向かって歩いた。
「隼人、車は!?」
　一気に現実に引き戻されつつも、混乱した頭はうまく働かない。
「いいよ、放置しとけば。こんなとこで、誰も取らないだろ？」
　そして、マツにやる気なく指示を出す。
「マツ！　明日の朝までに、俺の車、マンションまで運んどけ！」
「はい」
　二手に分かれ、それぞれの車に乗りこんだ。
　もう、母親の方を見ることはなかった。正直、あんな姿

は見たくない。
　母親を残し、あたしたちを乗せた車は走り去る。そのうしろをマツの車が続いた。
「……あたし、隼人に買われたの？」
　下りる山道の途中、あたしは聞いた。
「そんなんじゃねぇから。ちーちゃんは、べつに今までと変わんねぇよ」
　その顔は、いつもの隼人の顔だった。
「……あたしのこと、売らないの？」
「はぁ？　売るわけねぇじゃん！　なに言ってんの？」
　と、隼人は眉をしかめる。その顔がひどく滑稽で、なんだか笑いが込みあげてきて、少しだけ安心できた。
　だから、今なら聞けると思った。
「……お母さん、どうなるの……？」
「俺の知ってる店で働かせる。給料はすべて、俺に入る」
「……そう」
　だいたい予想はしていたから、大して驚きもしなかった。
　ほんとにもう、あの人とは血がつながっているというだけの関係で、そんなもの、あたしの中では意味をなさなかった。
「はっ！　しっかし、ちーちゃんが500万だって。安い買い物したよなぁ」
　隼人が横で、思い出したように笑う。だけど、その瞬間、あたしは胸がザワつくのを隠しきれなかった。
　だって、それはまるで、あたしの値段のように聞こえた

から。
「……あたし、これからどうすればいい？」
　あたしは今、ちゃんとしゃべれているのかな？
　さっきの光景が頭から離れない。
「さっきも言ったろ？　ちーちゃんは、べつに今までどおりでいいんだよ」
　そんなんじゃ、納得できないよ。
「でも……」
　隼人はあたしの戸惑いの言葉をさえぎる。
「ちーちゃんが俺のなのは、前からだろ？　俺なら１億でも売らねぇのになぁ。ちーちゃんが500万とか、安すぎ！」
　その言葉に、あたしは目を伏せた。
「……そんなこと、ないよ……」
　それだけ言うのが精いっぱいで。
　……昔、あたしの体は３万だった。
　そんな過去が、今さら胸を締めつける。
「じゃあ、俺が500万程度のオンナと付き合ってるって言いたいわけ？　ちーちゃんさぁ、自分のことわかってる？」
　買いかぶりすぎだよ、隼人。あたしはそんなにいいオンナじゃない。汚くて、弱くて、ほんとは隼人に愛される価値なんてないんだよ。
「まぁ、いいや。これで、完璧に俺のオンナだな！」
　この日、あたしは"酒井千里"の名前を捨てた。
　隼人の前では、ただの"ちーちゃん"。
　母親のことを思うと、胸が痛まないわけじゃない。

でも、うれしかった。一生"隼人のオンナ"でいられる証だと思ったから。
　あたしはきっと、ずるいんだよ。
　嫌われたくなかったから、言えないことがあった。隼人の優しさに甘えてた。

　それから車は、1軒の料亭に入っていった。うしろにマツの車が続く。ししおどしの音が響く、奥ゆかしい日本の料亭だ。
「とりあえず、お疲れさん」
　個室に通され、隼人の言葉を合図に乾杯した。
　カラン、とぶつかる3人分のグラスの音が響く。あたしはグラスの中のお酒を一気に流しこんだ。
「……あの、俺までいいんすか？」
　マツが遠慮がちに聞いてくる。
「おー。最近、飯食わせてやってなかったしな。好きに食えばいいよ」
「……いただきます」
　マツはためらいがちに箸をつける。だけど、あたしは、さっきのことを思い出してしまって、食が進まなかった。
　うつむいたまま呆然としていると、
「てめぇ、誰のオンナ、ジロジロ見てんだよ？　死にてぇか？」
　と、隼人のイラついた声がした。
　ハッとして顔をあげると、マツと目が合う。隼人の言葉

にあせった様子のマツは、
「すんません。でも、隼人さんのオンナだけあって、すげぇキレイだと思って」
　と早口に言った。
　この人がなにを言っているのか、まるでわからない。
　あたしは、弱くて汚いオンナなのに。みんな、なにも知らないんだ。
「はっ！　当たり前だろ？　その辺の汚ぇオンナと一緒にすんなや！」
　そう言うと、隼人はニヤリと笑う。そして、まるで自慢するみたいな口調で、
「まぁ、お前がホレる気持ちもわからなくもねぇけど」
　と付け加える。
　ちがうよ、あたしはそんなオンナじゃない。
　そう思ったけど、もちろん、なにも言えないまま。
「ホレたら俺、殺されますから」
「わかってんじゃねぇか！　成長したなぁ、マツ！」
　隼人がマツに見せる顔は、初めて見るような顔だった。
　うつむいたマツの考えていることがわからない。なんで、隼人がそこまで想ってくれるのかも、わからない。
「ちーちゃんも食えよ！　まずいんだったら、他の店にする？」
　その言葉に、あわてて首を振る。
「ちがうよ、おいしいから！」
　急いで箸をつける。そんなあたしに気付いているのかい

ないのか、
「そ？　ならいいけどさ」
　と、隼人は笑顔を向けてくれた。
　そんなやりとりを見ていたマツは、
「隼人さんって、オンナの前で優しい顔するんすね」
　と言って、あたしの前で初めて少しだけ笑った。
「なんか、うらやましいっす」
　……ほんとは、なにひとつうらやましがられることなんてない。
　あたしは隼人がいないと生きていけない。ただそれだけなのに。
　所詮、隼人に頼って生きてるだけの弱い存在だ。そして、過去を隠して、隼人に嫌われないようにしてるだけ。
「それは、俺がてめぇにヒドイことしてるって言いたいのか？」
　隼人は、マツをにらみつける。
「ちがいますよ！　隼人さんでも、そんな顔するんだなって思って……」
　マツは、そのまま口ごもった。
　隼人はいつもどんな顔をしているの？　笑ってるのは、あたしの前だけなの？
　そう思うと、余計に胸が苦しくなる。
「悪い？　コイツが笑ってるから、俺は生きていけるんだよ」
　驚いて、思わず顔をあげる。

そんな言葉、初めて聞いた。
　隼人は、照れることも隠すこともなく、言ってくれた。ほんとはうれしいはずなのに、なぜか息苦しくなる。
「そういうの、あこがれます」
　マツは、少しだけ悲しそうに笑った。
「まぁ、てめぇも見つけろよ。本気でホレるオンナをさ」
「……はい」
　あたしはずっとその会話に入ることはなかった。
　……いや、入れなかったんだ。ほんとのあたしは、隼人にそんなことを言ってもらう価値もなくて、マツにあこがれられるような存在じゃない。
「あ、例のシャブの件、どうしますか？」
「オンナの前で、仕事の話すんじゃねぇよ！」
　口を開いたマツに、一瞬で隼人の顔色が変わった。
「……すんません」

　　　　　　　　＊　＊　＊

　ねぇ、隼人。
　隼人の言葉のおかげで、あたしは今も生きていられるんだよ。
　あれからあたしがなんとか生きてこられたのは、隼人の言葉を支えにしてるから。
　どこから狂ったのかな。隼人のいないこの世界は、ただ、むなしいだけなんだ。

過去

「酒井！　この書類、記入しといて！」
「……なんですか？」

　ある日の仕事の終わりに、マネージャーに呼び止められた。
「4月から社員になるんだろ？　今度、面接あるから！」
「ああ」

　いろんなことがありすぎて、あと1年がんばれば社員になれる、と思って働いていたことなんて、すっかり忘れてた。
「心配しなくても問題ないって！　俺が推薦してるし！面接っつっても、自己紹介程度だぞ？　それに、お前の働きっぷりは、もう社員と同じようなもんだしな！」

　あたしが不安にでもなったと思ったのか、マネージャーはあたしの背中をバシッとたたいた。

　たしかに、シフトは毎日9時から5時。最近はいろいろ任されるようにもなって、社員と変わらないこともしていたけど……。
「……すみませんけど、その話、ナシにしてもらえますか？」
「はぁ？　なに言ってんだ！　あんなにがんばってたのだって、社員になりたいからじゃなかったのか？」

　あたしの言葉に、マネージャーは眉をひそめる。
「……仕事だし、言われたことをキッチリやってただけで

すから。それに、今は社員になりたいと思いません。このまま、バイトじゃ、ダメですか？」

　社員になれば、勤務時間は増えるし、おまけに不規則になる。それに突然休むことだって、難しくなる。

　あたしの生活は隼人中心に回ってるから、今はもうアルバイトでいる方が都合がよかった。

「……俺はどっちでもいいけど。でも、もったいないぞ？待遇も全然ちがうし」

　マネージャーは憮然としている。

「わかってます。でもあたし、お金のために働いてるんじゃないですから」

　あたしがここに来てるのは、"普通"を忘れたくないだけ。

「ほんとにすいません。マネージャーにはいつもお世話になりっぱなしなのに」

「……いや、いいよ。気にするな」

　いつものように"ジャーマネ"ではなく、"マネージャー"と呼んだことでなにかを察したのか、それ以上は聞かれなかった。

　あたしは一礼してから、隼人の待つ家に帰った。

　それから数ヵ月が過ぎて、暑苦しい夏を迎えた。

　久々に、隼人とゆっくり買い物をする時間が持てる、という日。

「どっちがいいと思う？」

　ショッピングモールの店内で、気になった２枚のワンピ

を両手に持ち、鏡の前で自分に当てる。
「両方買えば？」
「そんなこと言ってないじゃん！」
　いまだに、あたしが自分の物を隼人に買ってもらうことはなかった。そこまで頼ろうとは思わない。
　だからなのか、初めは強引にいろいろ買ってくれようとしていた隼人も、今はなにも言わなくなっていた。
「どっちでもいいじゃん。っていうか、なにがちがうの？」
「なんで、わからないの!?　裾の広がりのちがいとか、胸の開き具合とかだよ！」
　あたしの言葉に、隼人はあからさまにため息をつく。
　——ブーッ、ブーッ。
　そのとき、隼人の仕事用のケータイの音が、あたしたちの楽しい時間を引き裂いた。
「はい？　これから？　それ、俺じゃないとダメ？　はいはい、わかりましたぁ」
　どうやら呼び出されたらしい。電話を切った隼人は、申し訳なさそうにあたしに向き直る。
「ちーちゃん、ちょっとごめん！　すぐだから行ってくるわ！　ちーちゃん買い物してろよ！　終わったら、また戻ってくるから！」
　今日は隼人の車で来てたから、仕方ない。
「わかったぁ。適当に時間つぶしてる」
「おー！　悪いな！」
　言葉とともに、隼人は店を出ていった。

それまで浮かれ気分で持っていた２枚のワンピが、隼人がいなくなったとたん、色あせて見える。
　急にむなしさを覚えながら、最初に気になったワンピだけを持ってレジに向かった。
　それから、靴屋でワンピに合うサンダルを買い、店をあとにする。他にほしい物はない。
　時間をつぶすために仕方なくクレープを買い、灰皿のある外のテラスのベンチに座った。
　空は雲ひとつなくて、まさに快晴。だけど、さえぎるもののないベンチに降り注ぐ強すぎる日差しに、少しうんざりしてしまう。

　そうしてしばらくたったとき、隼人からの電話が鳴った。
「はーい！　終わった？」
　隼人の電話で急に笑顔になるあたしは、きっと単純なんだと思う。
「終わった！　今どこ？」
「１階にテラスあるのわかる？　そこのベンチにいるよ！」
　タバコを灰皿に押しあて、あたりを見回した。
　相変わらず、日差しはあたしの肌をジリジリと焼いていく。だけど、そんなことはもう気にならないほどに、うれしくなる。
「わかった！　なるべく早く戻るから！」
　返事を聞き、電話を切った。
　食べ終わったクレープのゴミを捨て、手鏡で少しだけ化

粧を直す。あたしの頭の中は、これからのことでいっぱいだった。
「お姉さん、ひとりぃ？　ヒマしてるんなら、俺らと遊ばない？」
　いきなり上から声をかけられ、目線をあげる。そこにはナンパ男らしき、坊主とロン毛のふたつの顔。
「ムリ。つーか、キモい」
　あからさまにイヤな顔をして毒づいたあたしは、再び見つめていた手鏡へと視線を戻す。
　こんなのに構ってるほどヒマじゃない。なのに……。
「んだと、てめぇ！」
　あたしの言葉に、坊主の男の顔色が変わった。
「トシ！　タンマ！」
　だけど、それを制止するように、となりにいたロン毛の男が声をあげる。
「……お前、千里じゃね？」
　彼はあたしを指さし、戸惑いながら聞いてきた。恐る恐る顔をあげて、驚く。
「……あんた、は……」
　ロン毛の男を見て、あたしは言葉を失くした。
　この顔、覚えてる。思い出したくない過去が走馬灯のように頭の中をめぐる。
「やっぱ、そうだ！　いやぁ、変わりすぎてわかんなかった！」
　喜んだ男は、馴れ馴れしくあたしのとなりに腰かけて、

タバコをくわえた。その瞬間、ぞわりと鳥肌が立つ。
「近よらないでよっ!」
　背すじにイヤな汗が流れた。こんなに暑いのに、血の気が引いていく。だけど、男はお構いなしにあたしに顔を近付けてきた。
「なに言ってんだよ。一緒にオッサンだました仲だろ？」
　そして、ニヤリと笑って、
「忘れたわけじゃないっしょ？」
　と付け加える。
「ここで会ったのもなんかの縁だし、また昔みたいに仲よくやろうぜ」
　肩を組んできた男の言葉に、吐き気さえする。
　声をあげたいはずなのに、忘れたい過去がよみがえってきて、なにも言えない。
　まるで、体が固まってしまったみたいに、あたしは目を伏せたまま、その場所から逃げることもできなかった。
「なんの話だよぉ？」
　さらに、となりの男までもニヤついて聞いてきて、まるであたしを囲むように、ふたりが両どなりに座る。
「昔さぁ、コイツ、援交してたんだよ！　でも、俺と知り合ってからは援交相手だまして、ふたりで荒稼ぎしてたの！」
　まるで自慢するように、ロン毛が大声で言った。
　その場所にいた人たちは、横目でこちらをうかがっていた。あたしはうつむくことしかできない。
「マジー!?　お姉さん、俺にも一発ヤらせろよ！」

「ダメー！　俺が先だろー！」
　ふたりの男が顔を近付けてくる。ふるえが止まらない。
　怖くてたまらなくて、
「やめて！　いい加減にしてよっ！」
　と、振り払うように耳をふさぎ、あたしは立ちあがった。気持ち悪くて吐きそうで、体中に嫌悪感が走る。
　だけど、男たちはまるで楽しむように、そんなあたしを舐め回すように見た。
「へぇ、コイツ、指輪してんじゃん！　彼氏にバラしてもいいのぉ？」
　うす汚い顔を近付け、坊主の男はニヤリと笑う。
　もう逃げられない。隼人にだけは、死んでもバレちゃダメだから。
「……なにが言いたいの？」
　あたしは思いきり、にらみつけた。すると、今度はロン毛が笑い、低く吐き捨てる。
「おとなしくしてりゃ、すぐ済むって！」
　立ちあがった男は、不敵に笑った。
　隼人に助けてほしかった。だけど、こんなの見られたくない。隼人にだけは、あんな過去、知られちゃダメなんだ。
　そう思ったとき、あたしの腕は捕らえられていた。
　持っていた手鏡が地面に落ちて、パリンと音を鳴らして粉々になる。全身を恐怖心が駆けめぐった。
「痛い！　離してよっ！」
　精いっぱいの力で抵抗する。それでもあたしをつかむ手

はゆるめられることはなく、さらにその強さを増していく。
　痛くて、怖くて……。こんなヤツらに、ヤられたくなんてない。
「おい！　てめぇら、誰のオンナに手ぇ出してんだよ！」
「隼人！」
　振り返るとそこには、怒りを隠しきれない顔でこちらに詰めよってくる隼人の姿があった。
　ガッと鈍い音が響くと同時に、あたしの腕をつかんでいたロン毛の男が地面に倒れこむ。
「んの野郎！　なにすんだよ！」
　男は、口もとをぬぐいながら起きあがった。
「俺のオンナに手ぇ出すなんて、殺されても文句言えねぇだろ？」
　隼人はその言葉とともに、再び殴りかかった。
「はっ！　援交オンナのオトコが、調子乗ってんじゃねぇよ！」
　今度は坊主の男が声をあげた。その言葉に、目を見開いた隼人の手が止まる。
「お願い！　やめてっ！」
　制止の声をあげたのはあたしだった。怖くて、隼人を失いたくなくて……。
　でも、全部終わってしまう……。
「……意味わかんねぇし……」
　隼人はつぶやき、目を泳がせた。
　ロン毛の男はその隙をついたように、

「てめぇのオンナはなぁ、オッサンだまして喜んでたんだよ！　わかったら、とっとと消えろ！」
　と、わめき散らし、隼人へと向かっていく。
「あぁ!?　誰に向かって言ってんだよ！　消えるのはてめぇらだろうが！」
　そう言って隼人は、下ろしかけていた拳を再び振りあげる。
　それからは、なにが起きたかよくわからない。
　ただ、人を殴る生々しい音とうめき声だけが聞こえ続け、顔をあげる勇気なんかなかった。

　気付いたときには、あたしは地面に座りこんで泣いていた。
「ちーちゃん、立って。帰るよ」
　頭上から聞こえた声に弾かれたように顔をあげると、倒れているのは男たちの方で。
　隼人の服は返り血で汚れてこそいるけれど、傷はひとつもないようだった。
「……うん」
　先ほどまで男たちにつかまれていた腕が痛いけど、そんなことが気にならないくらい、隼人の顔を見るのが怖い。
　今、なにを思っているの？
　きっと軽蔑してる。あたしは隼人に捨てられたら生きていけないのに。
　……でも、これは自業自得なんだ。

涙でかすんだ視界に映るのは、隼人のうしろ姿。今日は、それがすごく遠くに感じる。
　車に向かっている間、隼人はなにも言わなかった。全部バレたのに、あたしはまだ、嫌われたくないって思い続けていて。
　車の中でも会話はなく、聞こえるのは隼人のタバコを吸う音だけ。
　悲しくて、でも、"あたしが泣いちゃダメだ" ってひたすら自分に言い聞かせる。
　ただよう煙が息苦しくてたまらない。なにか言ってほしかった。
　……だけど、捨てられる言葉なんて聞きたくなくて。苦しくて苦しくて、仕方なかった。

「説明して？」
　家に着くなり、あたしをソファに座らせ、隼人はゆっくりと聞いてきた。あたしは、すがるようにその瞳を見つめ返す。
「ちがうんだよ？　あんなの全部、デタラメだからっ！」
　必死で取り繕う。嫌われたくなくて、隠し通せるなら、隠したくて。
　だけど、隼人はあたしから視線を外す。
「ほんとのこと言えよ。べつに、なんも思ったりしねぇから」
　ため息を混じらせた隼人の言葉を聞いた瞬間、あたしはすべてをあきらめた。

泣かないようにしながら、重い口を開く。
「あたし、昔、援助交際してた。ロン毛の方と知り合ってからは、アイツとグルでやってたの」
　……もう、すべてを捨てた。
　全部、自分のしてきたことだから、自分で受け止めなくちゃいけないんだ。
　あたしは目を伏せた。
「アイツにナンパされたのがキッカケだったんだ。アイツは当時、オヤジ狩りしてたんだけど、だんだん金持ちがいなくなったらしくて。あたしもヤるのイヤだったから、アイツの誘いに乗った」
　相づちすら打ってくれない隼人の顔を、まともに見ることができない。
「でも、警察が目を光らせだしたから、それも長くは続かなくて。それからは、普通のバイトに変えて、アイツと縁を切ったんだ」
　隼人はただ黙って、くわえたタバコに火をつけて、あたしの話を聞いていた。
「……いくらでヤらせてたの？」
「……3万」
　もう、隠すことはなにもない。
「ちーちゃん、バカだな。3万なんかでヤらせるなよ」
　隼人は悲しそうに笑いながらこっちを見たけど、あたしは逃げるように目をそらした。
「……ごめん……」

ただ、こんな言葉しか言えない。
「引いたでしょ？　ごめんね、さよなら」
　涙は見せず、少しだけ口もとをあげた。自分で言ってて、血の気が引いていく。
　だけど、隼人はそんなあたしに向かって言った。
「勝手に話、終わらすなって！　誰も別れ話してねぇだろ！」
「……でもっ……！」
　隼人は、あたしの言葉をさえぎって、優しく言う。
「今のちーちゃんは、ちがうだろ？　俺は、今のちーちゃんが好きだから。それに俺は、自分のこと棚にあげて話せるようなオトコじゃねぇから」
　……お願いだから、優しくしないで？　あたしは隼人なんかより、よっぽど汚いのに。
「ちがう！　ほんとのあたしは、そんなオンナじゃないんだよ！」
　自分のしてきたことを、こんなに後悔するなんて思わなかった。もし、隼人と出会うってわかってたら、絶対あんなことしなかったのに……。
「ごめんな？　ただちょっと、くやしいだけだから。でも、俺の中で、ちーちゃんはなにも変わらないよ」
「……隼、人……」
　涙ばかりがあふれる。
「ごめん。俺がちーちゃん置いてったから、ちーちゃんがつらい思いしたんだもんな」

「ちがうよ！　悪いのは、全部あたしだよ！」
　なんで、隼人はこんなにも、あたしに優しくしてくれるのかわからないよ。あたしなんて、なんの価値もないオンナなのに。
「ちーちゃんは、ずっと今までどおりだよ？　一生、俺のオンナでいてよ」
　流れ続ける涙を止められないまま、隼人の言葉に何度もうなずく。
　それは、どんなプロポーズよりもうれしかった。
　隼人はあたしの過去も含めて、すべて受け入れてくれたんだ。
「ちーちゃん、愛してるよ。すげぇ愛してるから、俺の前で泣くな」
　それから隼人は、あたしを自分の物って確認するみたいに抱いてくれた。
　隼人に愛されていると、その瞬間だけはすべてを忘れられる。

　それから数ヵ月後。
　地元の港で変死体があがったという事件が、お昼のニュースのトップを飾った。
　車で港から海に落ち、ブレーキ痕は残されていなかったと報じられている。運転してた男性は、死後数ヵ月たっていて、警察は自殺と事件の両面から捜査を始めたらしい。
　それから２、３日たった頃、変死体の身元が判明し、写

真つきのテロップが出た。
"杉本秀樹"……あのときのロン毛にまちがいなかった。
　一緒にニュースを見ていた隼人が、無言でテレビを消す。
　その瞬間、これは隼人がやったことだと確信した。証拠も根拠もないけど、直接、隼人が手を下したんだと思う。
「ちーちゃん、海でも行かない？」
「秋だよ？」
「魚食いたくなったし！」
　隼人は、いつもと変わらない笑顔を向けた。
　だけど、あたしにはわかる。その瞳の奥に、隠しきれない不安があること。
「ねぇ、隼人。あたしを抱いて？」
　抱きつき、キスを落とすあたしに、隼人は目を見開いた。
「隼人、愛してるよ？　あたしは、なにも聞かないし、なにも言わないから」
「……ありがとな、ちーちゃん……」
　隼人は少し困ったように笑いながら、今度は自分からそっとキスをした。
　隼人のことを今さら"怖い"とは思わなかった。全部、あたしのためにやってくれたことだから。
　だからせめて、あたしも一緒に背負いたかった。
　殺人犯だろうとなんだろうと、隼人があたしの前だけで見せる顔に偽りはないから。

友達

「酒井！　ちょっと、こっち来て！」

　11月になり、相変わらずあたしはバイトとして、ファミレスの仕事に励んでいた。

「なんですか？」

　マネージャーに呼ばれ、スタッフルームに戻る。見るとそこには、見慣れない女の子がひとり。

「紹介するわ！　今日から入った、安西香澄さん。酒井と同い年だから、いろいろ教えてやってくれ」

　マネージャーのうしろにいる新人のバイトの子は、身なりもしっかりしていて、お嬢様っぽい感じだった。

「……酒井千里です。よろしく」

　適当にあいさつをし、再びマネージャーに顔を向ける。

「っていうか、なんで、あたしなんですか？　ジャーマネが教えればいいじゃん」

　面倒なことは、一番嫌いなのに。

「カンベンしてくれよ。社員全員、来月の本社会議の準備で大忙しなんだよ。なぁ？　酒井が一番適任だろ？」

　両手を合わせて頼みこんできたマネージャーに、ため息をついた。「わかりましたよ」と口を尖らせながら、あたしはマニュアルを思い浮かべて、彼女に向き直る。

「とりあえず、みんなの動き見て適当にそれに合わせて、『ありがとうございました』とか、『いらっしゃいませ』って言っ

てりゃいいから。あとは、メニュー必死で覚えて？」
「はい。あの、よろしくお願いします」
　遠慮がちに頭をさげてくる香澄に、
「タメなんでしょ？　敬語とかいらないから」
　と、メニュー表を渡して、軽く笑った。
　彼女の第一印象は、真面目で、一生懸命って感じ。
　あたしとはまるで正反対だ。

「……あの、お疲れ様です」
　仕事が終わり、あたしはスタッフルームでタバコをくわえていた。一緒に仕事を終えた香澄が、遠慮がちに頭を下げてくる。
「お疲れー。少しは雰囲気つかめた？」
「……うん。なんとなくだけど」
「そ？　ならいいけど」
　今日は隼人が遅くなるらしいから、少しだけ時間に余裕があった。あたしは向かいの椅子に腰を下ろした香澄に、興味本位で聞いてみる。
「香澄ちゃん、R女子大通ってんだって？　そんなお嬢様が、なんでまた、バイトしてんの？」
「そんなんじゃないよ。社会に出る前に、いろいろ勉強したくて」
　……生きるために必死で働いていたあたしとは、大ちがいだ。
「千里ちゃんこそ、なんでバイトしてるの？」

「自分の物を自分で買うため、だよ」
　あたしのためにお金を使おうとする隼人は、やっぱり好きじゃないから。
　香澄は一瞬キョトンとしたあと、
「あははっ！　なにそれ？」
　と小バカにしたように笑った。あたしは思わずムッとして、香澄を見る。なのに、打ち解けたと思ったのか、香澄は身を乗りだしてきた。
「それより、さっきから気になってたんだけど、彼氏いるの？　指輪してるし」
「べつに。そういうんじゃないよ」
　隼人は、人に紹介できるような"彼氏"ではない。それに、いまだに隼人のことは誰にも聞かれたくはなかった。
「でも、それってダイヤでしょ？　自分で買える金額じゃないよね？」
「……なにが言いたいの？」
　あたしがバイトで生活してると思ってでもいるのだろうか、イヤミにしか聞こえない。
「ごめん！　そういう意味じゃなくて！」
「いいよ、べつに。っていうか、あたし、そろそろ帰るわ。エサの時間だし」
　ハッとして、取り繕うように言った香澄に、適当に答えて立ちあがった。

「お帰り！　どこで油売ってたんだよ？」

あたしの帰宅に気付いた隼人は、読んでいた雑誌を机の上に投げる。
「帰ってたんだ？　ごめん、ちょっと新人の子と話してたから」
「なんか、疲れきってる」
　あたしの荷物を取りあげた隼人は、心配そうに顔をのぞきこんできた。
「うん、ぶっちゃけ疲れた。だいたい、あたしに新人の指導なんて向いてないんだよ」
「ふうん、大変だな。やめれば？　仕事」
「隼人がやめてほしいなら、そうするよ」
　だって、あたしは"隼人のオンナ"だから。
　なのに、隼人はとたんに笑顔を曇らせる。
「……俺は、ちーちゃんが苦労する姿見たくねぇんだよ。でも、ちーちゃんの望んだように生きればいい」
「ありがと。なら、あたしは、大丈夫だから」
　精いっぱいの笑顔を作り、あたしはキッチンに入った。
「ごめんな？　俺が仕事まで取りあげたら、ほんとに愛人みたいになるもんな。ちーちゃんは俺にとって、そういうんじゃねぇから」
　タバコをくわえた隼人は、少し悲しげにそう言ってくれた。その顔に、胸の奥が痛くなって。
「ありがとね、隼人。でもね、あたしは愛人でもなんでもいいよ。隼人がそばにいてくれるんなら」
　一瞬、驚きの表情を浮かべた隼人は、すぐに目を伏せた。

それから笑顔になる。
「ははっ！　言われなくても、ストーカーのように張りついてますから」
「あれぇ？　眉毛のないオンナには、ストーカーしないんじゃなかったっけ？」
「言ったっけ、そんなこと。まぁ、ちーちゃんキレイになったしな。ストーカーしてでも俺のそばにいてくれるんなら、なんでもいいよ」
「バカだね、隼人は」
　その言葉に、少しだけ笑った。
「ちーちゃんのがバカじゃん！」
　あたしたちが求めていたのは、ありふれた、なんでもない日常。
　ただこうやって、他愛のないことを言いながら、笑ってられる時間がひどく愛おしい。

「千里ちゃーん！　そのバッグ、新作じゃない？」
　バイト数回目にして、香澄は最近やたらとあたしになついていた。だけど、あたしは仕事以外で関係を持とうとは思わない。
「そうなの？　あたし、知らないんだよね」
　このバッグは、隼人が勝手に買ってきたものだ。
「えー？　わからずに買ったのー？　もしかして、誰かからのプレゼント？」
　ニヤついて聞いてくる香澄に、

「べつに。そんなんじゃないから」
　と、あたしは受け流す。
「それより、あんたもかわいいじゃん、そのピアス」
　選ぶ話題は、香澄が好きそうなもの。
　今日もあたしが言った瞬間、香澄の顔がぱあっと華やいだ。
「あっ、わかるぅ？　パパがおみやげで買ってきてくれたの！」
「ふうん。よかったね」
　興味もない。
　香澄の話は、いつもブランド物やオシャレの話ばかり。そんな話、べつに好きでもないし、なにより自慢げに話されると、母親を見ているみたいでイラつくから。
「てか、ネイルやりすぎじゃない？」
　飲食店で働いているのに、香澄は派手なネイルをしていて、仕事中もネイルばかり気にしていた。誰が注意しても、それだけは一向にやめようとはしない。
　あたしの言葉に、香澄の顔は不満をあらわにした。
「えー？　なんで？　かわいいじゃない！　千里ちゃんもお店紹介しようか？　彼氏も喜ぶんじゃない？」
「ううん、あたしはいいよ」
　隼人はそんなことをしても喜ばない。第一そんな手じゃ、ご飯も作れない。
「じゃあ、あたし帰るわ」
「千里ちゃんって、いっつもすぐに帰っちゃうよねぇ」

それは、あんたと話をしたくないからだよ。
　そう思ったけど、あたしはなにも言わなかった。あたしには、安っぽい友情なんて邪魔なだけ。

　それから１ヵ月が過ぎ、季節はまた12月を迎えた。
　今日もバイト先のファミレスに向かう。
　新人の香澄も、少しは仕事に慣れたらしい。たまにムカつく発言もあったけど、この頃になると、お嬢様はこんなもんだって割りきっていた。
　あきらめが早いのは、あたしの得意分野だし。
「ちょっと！　オーダー聞いてきてよ！」
「……え？　なに？」
　だけど、この忙しい時間帯に今日の香澄は上の空。腹が立ったあたしは、差しだした伝票を引っこめて、眉をひそめる。
「いいよ、あたしが行くから」
「ごめん！　大丈夫だから！」
　なにかがヘンだった。いつもの香澄と、まるでちがう。

　バイトがなんとか終わり、スタッフルームに戻ってから、それとなく探りを入れた。
「なんかあったんでしょ？」
「……いやっ、その……」
　香澄は言葉をにごすように、目線を泳がせる。
「べつに言いたくないんなら、いいよ。ただ、隠したいん

なら顔に出さないでくれる？　あんたのフォローするために、あたしが働いてるんじゃないから」

　あたしは、たとえただのバイトでも、それが"任された仕事"ならきちんとこなす。

　そういうところは、だんだん隼人に似てきたと自分でも思う。

　香澄は、あたしの言葉にあきらめたようだった。
「ごめんね？　じゃあ、話だけでも聞いてくれない？」

　面倒なことになる予感は、最初からしてた。だけど、仕方ない。ため息をつき、あたしたちはファミレスの近くにある公園に向かった。

　公園に着き、一緒に隅にあるベンチに座ったとたん、香澄はゆっくりと口を開く。手に持っているコーヒーが、風に揺られて湯気を立てていた。
「あたし、好きな人がいたんだ。でもそれ、友達の彼氏だったんだけど」

　ふうん、"三角関係"ってヤツか。

　タバコをふかし、完全に他人事のように聞いているあたしに、香澄は思い出すように続ける。
「ある日、その彼から誘われてね？　友達に内緒でデートしたの」
「やったじゃん！」

　適当におどけてみせた。だけど、香澄の顔は相変わらず暗いまま。「まだ続きがあるから」と言って、彼女は再び

唇を噛みしめた。
「そこで、いい雰囲気になって……エッチ、したんだ」
「へぇ、大胆！」

お嬢様の口から"エッチ"なんて言葉が出て、あたしは笑った。よくある三角関係なんて、あたしにとっては笑い話でしかない。
「そしたら、次の日、友達にバレたの。あたしの彼氏に手出したでしょって言われて、慰謝料請求されてるんだ」
「マジ!?」

その言葉を聞き、さすがのあたしも目を見開いた。"慰謝料"なんて、普通じゃない。

……とはいえ、香澄が、友達の彼氏だってわかっててヤッたのは事実なわけだし。自業自得のような気もする。
「でも、自分がやったことでしょ？　言われても当然じゃない？」
「ちがうの！　あのふたりは、最初からグルだった！」

香澄は泣きそうな顔ですがってきた。状況がまるでわからない。
「どういうこと？」

タバコを投げ捨て、あたしは香澄の目を見た。
「あたしの家にお金があるの知ってて、友達になったみたいなの。それで、あたしの彼に対する好意を知ってから、この計画を思いついたみたい。全部、ハメられてたの！」

テレビドラマじゃあるまいし。

あたしは苦笑した。

「……それ、考えすぎじゃない？」

だけど、香澄は首を横に振る。

「謝ろうとして彼女のところに向かったら、ふたりで話してるの立ち聞きしたから。まちがいないよ」

香澄は悲壮感ただよう顔をこちらに向けた。

「それで？　いくら請求されてるの？」

「……100万円」

「ありえない！」

耳を疑った。香澄は、ついには涙まで浮かべている。

「そうだよ、ありえないよ！　いくらあたしでも、そんなお金払えるわけがない！　……パパやママにだって言えないよ」

香澄は唇を噛みしめた。

「で？　どうしたいの？」

「……助けてよ、千里ちゃんっ……！」

正直、迷った。ここまで聞いて、逃げるわけにもいかない。

でも、隼人を紹介すれば、彼女にはもっとつらい現実が待ってるかもしれない。

「……なにが起こっても、なにを言われても、受け止めることできる？」

あたしがしっかりと香澄の目を見て問いかけた瞬間、彼女は救いを見たような顔になった。

「うん！　ありがとう、千里ちゃん！」

わかってるのかいないのか、香澄はあたしの手を取って

くる。
　あたしのことが救世主にでも見えるのか、希望の光を見つめるような眼差しで。
　そんな香澄に、最後に問いかける。
「これから起こるかもしれないことは、笑って済むことじゃないけど。それでもいいんだよね？」
「大丈夫。友達にも好きな人にも裏切られたから。これ以上つらいことなんて、ないよ」
「わかった」
　あたしはケータイを取りだした。
　あたしは、香澄と自分を知らないうちに重ねてたのかもしれない。
　香澄の言った"裏切られた"という言葉に、ふと母親の顔が脳裏をよぎっていた。

復讐

　隼人に電話をかけ、ひと呼吸置いて口を開いた。
「ごめん。ちょっと頼みたいことがある。"本田賢治"に」
「……ヤバイこと？」
　隼人は、すぐになにかを察したらしい。
「わかんない。でも、あたしには対処しきれないから。話だけでも聞いてあげて？　それでどうするかは、そっちで決めてくれていいから」
「わかった。とりあえず向かうよ。今どこ？」
　公園の場所を告げ、電話を切った。
「誰が来るの？」
　あたしを見ていた香澄が、不安そうに尋ねてくる。
「あんたとは、住む世界がちがう人だよ。あたしはこの話、聞かなかったことにするから。あとは、その人次第だよ」
　あたしの言葉に、香澄が緊張したのがわかった。
　真冬の夜風は冷たくて、手に持っていたコーヒーの缶はあっという間に熱を失い、指先を冷やしていく。

　あたしたちはどれくらいの間、そこで待っていただろう。
「お待たせ。で？　話ってなに？」
　スーツを着た隼人が、こちらに向かって歩いてくるのが見えた。
「なによ！　あれ、ヤクザじゃない！　あたし、聞いてな

いよ！」
　隼人のいでたちを見たとたん、香澄の顔が青ざめる。あたしの服を引っぱり、うしろに隠れるような素振りをして、香澄はあとずさった。
「イヤならいいよ。あんたの覚悟は、所詮その程度だったと思うだけだし」
　怖気づいた香澄に、あたしは冷たい目を向ける。
「どうも、本田賢治ってモンです。言っとくけど、ヤクザなんかじゃねぇから。まぁ、同じくらいにヤバイけど」
　唇の端をあげて言う隼人の視線は、まるで香澄を値踏みするかのように動く。
　そんな隼人を見て、香澄はあたしの服の裾を握る手に力を込めた。
「……あの、あたしは安西香澄です」
「で？　なんで俺が呼び出されたの？」
　本題に入った隼人に、香澄はさっきと同じことを話した。
　隼人はときどき険しい顔を見せながらも、黙って聞き続ける。
「で？　あんたはどうしたいわけ？」
「……できることなら、ふたりに復讐したいです」
　はっきりと言った香澄の目に、迷いは感じられなかった。
　復讐だとか、そんな恐ろしいことを普通に言うなんて……。コイツは、ほんとの〝復讐〟がどんなものか、まったくわかっていない。
　だけど、香澄の決意にも、隼人は眉ひとつ動かさなかっ

た。
「なら、いくら出せる？　それによって話は変わる」
「あたしの貯金、50万くらいならあります。それじゃ、足りませんか？」

　ためらいがちに言う香澄に、隼人は少しの沈黙のあと、再びその瞳を見据えて、うなずいた。
「まぁ、いいだろう。引き受けてやるよ。その代わり、金払わなかったら、そのときはあんた、死ぬよ？」
「心配だったら、前金でお支払いしますっ！」

　すごむ隼人に、香澄は声を上ずらせる。

　……あきらかに隼人は、香澄を利用しようとしていた。
「あんた、話には聞いてたけど、本物のアホのお嬢様だな。俺が金持って逃げたらどうすんの？」

　隼人は笑い、蔑むような目を香澄に向ける。
「……千里ちゃんの知り合いなら、信用できますから」

　唇を噛みしめながら、香澄はそれだけ言った。きっともう、他に頼る場所はないのだろう。
「はっ！　友達にも、好きなオトコにも裏切られたのに？　コイツのこと、信用するの？」
「……最後の賭け、ですから」

　力強いその目に、あたしはなにも言えない。

　隼人は少し考えるような素振りを見せたあと、肩をすくめた。
「わかったよ。あんたは、なにもせずに見てろ」

　とたんに香澄の顔は明るくなり、深々と隼人に頭を下げ

る。
「ありがとうございます！」
　宵闇に包まれだした公園に響いたその声が、あたしの罪悪感のかけらを刺激した。
　ほんとにこれでよかったんだろうか？
　あたしは、香澄の瞳を直視することができなかった。
「ちーちゃん、帰るぞ」
　あたしの腰に手を回した隼人は、タバコをくわえる。
「千里ちゃん！　ありがとう！」
「……悪いけど、あたし、なにもしてないから。お礼なら、この"本田さん"に言いな？」
　それだけ言って、香澄に背を向け、足早に歩いた。

「ちーちゃん、おいしい話サンキュー」
　隼人は駐車場に停めてある車に乗りこみながら、そう言った。
「……なんで引き受けたの？」
「楽に金が手に入るから」
　もちろん、この話は隼人にとって"シノギ"でしかなく、あたしの友達を助けるためなんかではなかった。
　隼人は香澄の話を利用して、お金を稼ごうとしているだけ。
　あたしも最初からそのつもりで頼んだとはいえ、改めてそう言われると、現実を思い知らされる。
　そんなあたしをよそに、隼人は笑った。

「しっかし、ちーちゃん、信用されてんだな」
「知らないよ。あたしはべつに、誰も信用してないから」
「……俺も？」
「ははっ！　あたしを変えたヤツが言うなよ」
　タバコをくわえた隼人は、また少し笑っていた。

　それから1週間が過ぎた。
　あれから、香澄とは何度か同じシフトでバイトに入っていたけど、お互いあのことには触れていない。
　そんなある日。バイト終わりにケータイを見ると、隼人からの不在着信のランプが点滅していた。
　きっと、香澄の復讐のことだ。
　急いで電話をかけ直す。早く解決してほしいと思う気持ちと、突きつけられるだろう現実への恐怖。
「はいよー、終わった？」
　だけど、電話口から聞こえるいつもどおりのノーテンキな隼人の声に少し安堵する。
「……うん」
「今日、復讐オンナと一緒？　悪いけど、今から言う場所に連れてきてもらえない？」
　"復讐オンナ"……香澄のことだ。ついにこのときが来た。

　あたしの車に香澄を乗せ、指定されたスクラップ工場へと向かう。車内を重苦しい空気が包んだ。
　助手席でうつむいたままの香澄は、いったい、どんなこ

とを想像してるんだろう？　そして、おそらく想像とちがうであろう現実を受け止めることができるんだろうか。
　近付くにつれて青ざめていく香澄に、あたしはなにも言えなかった。
　すべて、自業自得だ。
　傍観者のあたしが口を出すことじゃない。

　スクラップ工場には、２台の黒塗りの車があった。ひとつは隼人で、もうひとつはマツの。
　その横に車を停めると、あたしまで緊張が走る。
　車から降りると、無人のその場所に響くのは、あたしたちの靴音だけ。半開きになっている扉を通って、うす暗い倉庫のような場所に入る。
　すると、窓からの光がすじになって何本も差しこんでいる中に、ボロボロの男女の姿が見えた。ときどき、小さなうめき声も聞こえる。
　血の気が引き、足がすくんでそれ以上動けないあたしたちの前に、その場に不つりあいな、いつもの笑みを浮かべた隼人が立っていた。
「ちーちゃん、ご苦労さん」
　そう言ったあと、一瞬にして隼人の瞳は険しくなって、香澄を見つめる。
「おい、復讐オンナ！　このふたりで、まちがいねぇよな？」
「……はい」
　香澄の声はふるえていた。

ムリもない。そこにいたふたりの腫れあがった顔からは、もはや原型は想像できなくて、なにをされたのか容易に想像がついてしまうのだから。
「よかったなぁ、マツ！　まちがってたら、関係ない人間が売られるとこだったぞ？」
「大丈夫っすよ、そこまでバカじゃねぇっす」
　この凄惨（せいさん）な現場で、笑い合っているふたり。
　初めて目にした隼人の生きる異常な世界に、あたしでさえ吐き気が込みあげてくる。
「ところで、あんた、金は持ってきたんだろうなぁ？」
　そう言うと、隼人は香澄をにらみつけた。
　ハッとした香澄は、急いでバッグを漁り、財布から１枚のカードを取りだす。多分、銀行のカードだろう。
「この中に入ってます。暗証番号は0303！　きっちり50万です！」
「……ちがってたら、命ねぇぞ？」
「大丈夫です」
　自分をおとしいれた人間に、お金を払って復讐した香澄。そして、お金のためだけに、引き受けた隼人。ただ、それぞれに利益があっただけ……。
　……あたしには正義感なんてこれっぽっちもないけど、それでも複雑な気持ちになる。
「マツ、これやるわ。てめぇで好きに使え」
　そう言うと、隼人はマツにカードを手渡した。
「いいんすか？」

「あぁ？　俺がいいっつってんだろうが！　ボーナスみてぇなモンだよ！　受け取れ！」
「……はい。ありがとうございます」
　マツは深々と頭を下げた。
　香澄の50万が、簡単に人の手に渡っていく。
　頼んだのはあたしだけど……。こんな隼人、何度見ても慣れることはない。
「マツ、相手さんが待ってんだろうが！　早く行け！　で、終わったら、いつもの料亭に来い！」
「はい、失礼します」
　マツはグッタリしている男女を引きずりながら、自分の車に運び、そのまま後部座席に押しこんだ。
　行こうとする隼人に、香澄が問いかける。
「待って！　そのふたり、どうなるんですか!?」
　その言葉に、シラけた表情を浮かべる隼人。
「俺のシノギになるんだよ。まぁ、あんたにはもう関係ねぇだろ？」
「……そう、ですか……」
　関係ない、と言われてなにも言えなくなったらしい香澄は、そのまま言葉を飲みこんだ。
「俺が50万ごときで引き受けると思ったのか？　利息が取れそうな話だから、あんたに乗っただけだ。カンちがいすんなよ」
　隼人の瞳が冷酷になり、あたしは思わず目を背ける。
　香澄は、ボロボロになった男女を乗せて走り去っていく

マツの車を見つめ続けていた。

「カタついたな。帰るぞ、ちーちゃん」
　すべてが終わり、それぞれの車に向かおうとするあたしたちを、
「待ってくださいっ！」
　と、香澄が急いで制止する。
「まだ、なんかあんの？　また、だまされたか？」
　隼人が振り返り、バカにするように笑った。
「あたしにも、お店を紹介してくださいっ！」
「はぁ？　あんた、自分がなに言ってるかわかってんの？」
　香澄の言葉に、思わずあたしが声をあげた。だけど、隼人はあたしを制して、そんな香澄の目を見据える。
「ちーちゃん、タンマ。あんた、なにが言いたい？」
「あたし、もうオトコにだまされたくないんです。夜の店で、働きたい！」
　耳を疑うようなセリフだった。
「お嬢様の考えてるような世界じゃねぇよ。帰ってテレビでも観てろ！」
　香澄の必死の言葉に、隼人は吐き捨てるように言う。だけど、香澄は食いさがった。
「待ってください！　あたし、退学届書いたんです！　本気です！　アイツらを見返したい！」
　香澄の考えていることがあたしにはまったくわからなくて、戸惑いながら視線を香澄から隼人へと移す。

隼人は香澄をじっと見つめたあとで、
「……本気みたいだな。わかった、俺の知ってる店、紹介してやるよ。その代わり、俺の顔つぶすんじゃねぇぞ？」
　と、１枚の名刺を差しだした。
「はいっ！」
　それに力強く答える香澄。
「ちーちゃんは、そのオンナ送ってから料亭来いよ。俺は先に行ってるから」
「……うん」
　隼人を見送る香澄はまだ深々と頭を下げていて、あたしはそんな香澄を無言で見つめることしかできなかった。
「……あんた、自分の人生、台なしにする気？」
「ちがうよ。あたしは、オトコたちに復讐したいだけ！」
　香澄の目に迷いはない。
　帰りの車内、ともすれば考えこんでしまうあたしとは対照的に、香澄はどこか吹っきれたような顔をしていた。
「本田さんって、千里ちゃんの彼氏でしょ？」
「ちがうよ」
　"本田さん"は、あたしの彼氏なんかじゃない。
「隠さなくてもいいのにぃ！　でも、ほんとにありがとう！　あたし、千里ちゃんだけは一生信じるから！」
「……そりゃどうも。でも"復讐したい"なんて簡単に言うあんたを、あたしが信じることはないだろうね」
　信じれば、あたしまで"復讐"されかねない。
「……そうだよね。でも、あたし、がんばる！　絶対、オ

トコがひれ伏すくらいのオンナになるからね！」
「まぁ、せいぜいがんばれば？　その代わり、続かなくてもファミレスにだけは戻ってこないでね」
　横目に見た香澄の顔はどこかうれしそうで、それが余計あたしの不安を増大させた。
「あははっ！　大丈夫だよ！　あたし、こう見えても根性据わってるって言われるし！」
「……そうですか」
　誰に言われてるのか知らないけど、あたしにはとてもそんな風には見えない香澄にため息をついた。
「人生狂っても、あんたが選んだことだから。誰のせいでもない。それだけは覚えときな？」
「わかってるよ！」
　それは、まるで、自分自身に言い聞かせているようだった。
「短い間だったけど、いろいろありがと！　マネージャーさんにも伝えといて？」
　ファミレスのそばで車を降りて笑顔で手を振る香澄に、「あんたもがんばって」と、あたしも少しだけ笑った。

　料亭につくと、そこにはすでに、隼人とマツの車があった。いつもと同じ仲居さんに、一番奥の個室に案内される。
「ご苦労さん。先にやってたから」
　障子(しょうじ)を開けると、ビールを片手に隼人がこちらに笑顔を向ける。あたしはとなりに腰を下ろし、息をついた。

「……そう。あたしも1杯ちょうだい」
　気が抜けたのか、一気に疲労が襲う。そんなあたしの顔を隼人は心配そうにのぞきこんだ。
「……あのオンナに、なんか言われた？」
「そんなんじゃないよ。ただ、バカだとしか思えないから」
　ビールを口に運びながら、車の中でのやりとりを話す。
「ちーちゃん、あのな？　目的がある方が、のしあがれるってもんだよ。これからどう転ぶかは、あのオンナ次第だ」
「……それは、わかってる。でも、これで、ひとりの人生が変わった」
　隼人の言ってることもわかるけど、どうしても、これでよかったのかと思ってしまう。
「話をつけたのは俺だ。あのオンナは、自分で決めた。ちーちゃんは、なにも関係ないだろ？」
「……うん、ありがと」
　あたしに気を遣い、いつも安心させるような言葉を選んでくれる隼人。
　いつもいつも、あたしは隼人に守られっぱなしだね。
　だけど、今日はそんな隼人の言葉にもうつむいたままのあたし。その首すじに、いきなり隼人はキスを落とした。
「……ちょっ……！」
　あたしの向かいには、マツがいるのに！
「なに？　ちーちゃん。なんか問題ある？」
　その瞳がすごく冷たく見えて。いつもとちがう隼人に、体が先に拒絶反応を起こす。

「……やっ……！」

　だけど、抵抗はなんの意味もなさず、あたしはその場に押し倒された。隼人はあたしの服の中に手を忍ばせる。

　マツがいるのに……。

　羞 恥心で涙が出そうになる。なのに、体は正直だった。

「はい、終わりー！」

　突然、隼人は手を止めて、あたしの上からおりる。あたしははだけた胸もとを急いで隠し、涙目になりながら隼人をにらんだ。

「……なんだよ、残念そうな顔すんなよ」

「ちがうよ！」

　あたしは唇を噛みしめた。だけど、隼人はマツをにらみつけている。

「マツよぉ、なに見てんだよ？」

　マツに向ける目は、あたしに向けられたものよりずっと冷たかった。マツは目線を泳がせながら、下を向く。

「……すんません」

　隼人は怒りさえも押し殺したような表情で続ける。

「わかった？　コイツは俺のオンナなんだよ。なにもかも、全部俺好みに仕上げた。誰がてめぇなんかに見せるかよ！」

　吐き捨てるように言った隼人の言葉に、マツはますます下を向いた。

「……そんなんじゃ、ないっすから……」

「はっ！　人のオンナ、汚ぇ目で見やがって！　殺すぞ！」

　隼人の低く吐き捨てるような声に、部屋の空気が凍る。

その重圧は、あたしなんかにはとても耐えられなかった。
「……すんません。でも、隼人さんになら、殺されても文句は言いませんから」
「お前、本物のバカか？」
　隼人はあきれたように、それだけぽそりとつぶやいた。その瞳をあたしは直視できない。
「……すんません」
　なにが起こっているのか、よくわからない。状況を整理するだけの冷静な判断ができなくなっていた。
「……ごめん、あたしトイレ」
　それだけ言って、逃げるように部屋を出る。
　トイレの個室に入り、こらえきれなくなって涙を流す。
　隼人はいつも絶対あんなことしないのに。
　なんで？　なにがしたいの？
　疑問符ばかりが頭の中をめぐった。
　それでも涙をぬぐい、あたしは覚悟を決めて隼人の待つ個室に戻る。
「おっ、ちーちゃん遅い！」
「……ごめん。……マツくんは？」
　その部屋に、すでにマツの姿はなかった。
　そして、隼人はさっきのことがウソだったような顔をあたしに向けている。
「……いてほしかった？」
「そんなんじゃないよっ！」
　瞬間、再びあたしに向けられた冷たい目に、緊張が走る。

もしかしたら、あたしは隼人に嫌われたのかもしれない。
　だけど、すぐに隼人はふっと顔をゆがめた。
「……ごめんな。ちーちゃんを傷つけたいわけじゃねぇんだよ」
　あたしの涙のあとに気付いた隼人に、そっと抱きしめられた。いつものスカルプチャーの香りに包まれる。
「マツがちーちゃん見る目は、普通じゃねぇから。ちーちゃんのこと、誰にも取られたくねぇだけなんだよ！」
「……隼、人……」
　振りしぼるような声で言った隼人に、切なくなった。
「ちーちゃん、俺のそばから離れないで？　俺だけ見てて？」
　それはまるで、あたしにすがりついているようにさえ聞こえた。あたしはどこへも行ったりしないのに。
「あたしは今までも、そしてこれからも、ずっと隼人のものだから。あたしは隼人がいれば、なにもいらない」
「ありがとな、ちーちゃん」
　あたしの言葉を聞き、隼人は安心したように力を抜いた。

　　　　　　　　＊　＊　＊

こんな小さいと思えた事件が、あんなことになるなんて……。
　この事件がなければ、もしかしたら、少なくともあんな未来だけは避けられたのかもしれないね。

まるで、運命に導かれているみたいで。
　今思うと、すべてがあの日へのカウントダウンだったんじゃないかとさえ思えるんだ。
　誰が、なにが悪かったのかなんて、もうわからないけど。

　香澄はあのとき、なにを想い、あんなことを言ったのだろう。でも、今はもう、聞くこともできないね。
　香澄と出会わなければ。隼人を紹介しなければ。
　いや、きっとあたしがあのファミレスで働いてたことが、すべての元凶だった。
　もっと早く気付いてればよかった。
　今も、ずっと、後悔ばかりしてるよ。

こんぺいとう

　12月は、目まぐるしい速さで過ぎていき、隼人はあれ以来、香澄とのことには一切触れてきていない。
　だから、近付く年の瀬の忙しさに、香澄とのことも料亭での出来事も、あたしは少しずつ忘れはじめていた。

　それでも、カレンダーに記された今日の日付を見て、あたしは悲しい気分になる。
　この日だけは、忘れることができない。
　……あたしが赤ちゃんを殺した日だったから。
　仕事を終えて家に帰ると、隼人がひとりで、こんぺいとうを食べていた。
「お疲れー！　ちーちゃんも食う？」
「……なんで、こんぺいとう？」
「べつに」
　半分ほど食べられた袋をあたしに手渡した隼人は、そのままタバコをくわえる。
　手にのせられたそれを見て、あたしは首をかしげるばかり。
「ちーちゃんも、糖分取らなきゃ！」
「……隼人も糖分必要なの？」
「っていうか、ちーちゃんのために買ってきたから！」
「じゃあ、あんたが食うなよ」

仕方なく、こんぺいとうをひと粒、口に入れた。
　テレビをつけようと目をやると、ガラステーブルの上にコルクでふたをされた透明な瓶があった。その中に、ひと粒だけ入った、こんぺいとう。
「……隼人、あれなに？」
　指をさし、聞いてみる。
「飾ってみた！」
「意味わかんない。じゃあ、全部入れとけばいいじゃん」
「うん、また来年ね」
　その瞬間、あたしは悟った。
　隼人も気付いてたの？
「ちーちゃん、どしたの？」
　弾かれたように、急いで笑顔を作る。
「えっ、なんでもないよ！　ご飯作るね！」
　……赤ちゃん、いらないんじゃなかったの？　なんで、弔（とむら）いみたいなことするの？　隼人の考えてることが、全然わからないよ。
　すると、突然キッチンに来た隼人があたしの腕をつかんだ。
「……なぁ。なんで、ちーちゃんは笑ってられるの？」
　その瞳はどこかさびしげで、それを見るたび、あたしは理由もわからず、ただ不安になる。
　自然と、あとずさってしまったあたしの腕を、隼人は捕えるように握りしめた。
「痛いよ！」

なのに、隼人はイラ立ちをぶつけるように、あたしを抱いた。

* * *

隼人がすべてを語る日は、まだ、もうちょっとだけ先だね。

あのこんぺいとうは、今もあの瓶に足し続けてるよ。

"なにも聞かない、なにも言わない"……っていうのは、いつしか掟のように体に染みついて、やがてそれは、あたしたちの崩壊につながっていったね。

……言ってくれなきゃ、わからないよ。

隼人の過去も、子供を拒み続けた理由も。そしてなぜ、あんなことをしたのかも。

ただ、このときのあたしは、赤ちゃんのことを覚えていてくれてうれしい気持ちと、じゃあなんで、って気持ちだけだった。

隼人には、なにも背負わせたくなかったのに。

隼人はあたしの知らないところで、いっぱい悩んで、いっぱい苦しんできたんだね。

言ってくれればよかったのに。

隼人は怖かったんだよね？

あたしを失うことが、なにより怖かったにちがいない。

でも、あたしはそんな隼人の心の内に、なにも気付けなかったんだ。
　隼人の孤独は、あたしなんかよりもずっと大きいものなんじゃないかな。……そんなことを、うすうす感じていただけで。

　隼人も同じように、あたしなしでは生きられないなら、あたしが今、生きてる意味も、少しはあったのかもしれないね。
"一生"だとか"ずっと"だとか、隼人が言ってたそんな言葉を思い出すたびに胸が苦しくなる。
　でも、あたしはその約束を永遠に守り続けるよ。
　あたしはただ、隼人を救いたかっただけ。
　いろんなものを吐きだして分け合えば、隼人を楽にしてあげられると思ってたから。
　あたしには、そんなことしかできなかったから。

第3章

旅行

　月日は流れ、5月も半ばを過ぎて、すっかり暖かい日が続いていた。

　最近の隼人はいつも突然、プレゼント攻撃をしてくる。今では、クローゼットの中身だけでファッションショーでも開けそうだ。

　それだけじゃない。アクセサリーやバッグ、ネイルにエステ、すべて隼人が勝手に用意してくれる。

　……こんな生活、一介のフリーターがすることじゃないのに。

「ちーちゃん、旅行行かない？」

「はぁ？　意味わかんないし」

　隼人の突然の提案に、口もとを引きつらせる。

「だって、ゴールデンウィークもどこも連れてってやれなかっただろ？　っていうか、付き合ってから、どこも行ってないじゃん！」

　そんなことを気にしてたの？

　隼人と一緒に行くところと言えば、ほんとにショッピングくらい。旅行もしたことがなければ、海すら行ったこともない。それに、花火大会やスノボだって……挙げだしたらキリがない。

　テレビで恋愛ドラマに出てくるカップルを見て、うらやましくなることもあったけど、あたしは隼人が毎日無事に

帰ってきてくれれば、それだけでよかったから。
　だからこそ、この提案には耳を疑った。
「どこ行きたい？」
「……っていうか、決定事項なんだ」
　反論する気はさらさらないけど、隼人のこういうところは相変わらず健在だ。
「イヤなん？」
「そんなんじゃないよ！　ただ、考えてもみなかったから」
　あせって声をあげた。でも、突然言われたって思いつくはずもない。だけど、隼人はやっぱりすでに決めていたような口ぶりで、
「温泉とかよくない？」
　と言った。
「うん、いいね」
「よっしゃ、決定！」
　こうして数秒で目的地が決まる。
「……でも、仕事は？」
　隼人の仕事は、突然の呼び出しも多い。
「いいよ、マツにやらせりゃ！　ちーちゃんも連休取っとけよ？」
「うん！」
　ゴールデンウィークもフルで働いてたから、それくらいは取れる。あたしはすっかり浮かれ気分になった。

　６月に入ってしばらくした頃、隼人はほんとにあたしを

連れだしてくれた。
　快晴で、日差しがキラキラと輝いていた日。
「隼人ー！　近くに海あるよ！　で、ちょっと先には遊園地もあるんだって！」
　旅行雑誌を眺めながら、あたしは赤ペンで目ぼしいところに印を付ける。
「……で？」
　だけど、隼人は、あたしを横目に見ながら口を尖らせてきた。自分で計画しておいて、そういう顔をしないでほしい。
「なんで、そんなにテンション低いの？」
「誰かさんが安全運転しろってうるせぇからだろ！　頼むから180キロ出させてよ」
「ダーメ！」
　イラ立ちを押し殺したように高速を"安全運転"する隼人を眺めながら、あたしはのんきにチョコを食べる。どうも隼人は、それが癪に障ったらしい。
「これあげるから、機嫌直して」
「やだ」
　子供みたいにすねて、顔をあたしの方に向けない隼人。
　せっかく差しだしたのに受け取られなかったチョコを見て、あたしは頬をふくらませた。
「もう、知らない」
「……わかったよ。食えばいいんだろ？」
「あははっ！　隼人、大好き！」

「……はいはい」
　高速をおりて着いたホテルは超一流。海の見える部屋で、バルコニーにはジャグジーまで完備されていた。
　まるで、お城の中にいるみたい。
「広っ！」
　あたしの第一声は、これ。
「……うん、さすがに広すぎ」
　隼人も同じように、あ然としてるようだった。
　だけど、好奇心から部屋にあるすべてのドアを開けてワクワクしているあたしとは正反対に、隼人は早速ベッドに倒れこむ。
「んじゃあ、おやすみ」
「は？　ちょっと待ってよ！　なんで、着いて早々寝るの？　探検しようよー！」
　体を強く揺すってみても、イヤそうに顔をしかめられてしまう。ご機嫌ナナメのままなのか、それとも単に運転疲れなのか、
「……うん、いってらっしゃい」
　と、すっかり寝る体勢に入った隼人に、あたしは大きくため息をついた。
　こんなんじゃ、せっかくの限られた時間がもったいない。
　仕方なく、荷物を持ってひとりで部屋を出る。
　フロントまで行って、ある場所までの道順を聞いたあたしは、急いでそこへ向かった。
　海沿いだけあって、ときどき吹く強い風に、磯の香りが

混じっている。
　地元とは全然ちがう。だからなのか、楽しくて仕方がない。
　太陽に照らされた水面がキラキラと光を乱反射させていて、そんななにげない景色にさえ、あたしの心は躍っていた。

　ホテルに戻っている途中で、電話が鳴った。
　隼人だ。
「あーい」
「ちーちゃん、今どこ!?」
　鼓膜が破れそうなほどの怒鳴り声に、思わずケータイを耳から離す。
　のんきな今のあたしの気分とは、まるで正反対の隼人。
「ヒマだし、ちょっと散歩してた。もうすぐホテル着くよ?」
「はぁ?　なんで勝手にいなくなるんだよ!　とにかく俺も今、下にいるから!」
　さっき、『いってらっしゃい』って言ったクセに!
　電話を切り、頬をふくらませた。
　でも、きっと隼人はあたしを見て驚いてくれるよね。
　もうすぐそこに見えていた、ホテルのロビーに小走りで入る。
「あ!　隼人ー!」
　すぐに、ロビーでイラついたようにタバコをふかす隼人を発見し、笑顔を向けた。

「……ちー、ちゃん……？」
　だけど、不思議そうにあたしの名前を呼んで、キョトンとしている隼人。
「え？　なんで浴衣？」
「去年、ノリで買ったの！　でも、着る機会なかったしさぁ。隼人寝ちゃったから、受付で着付けできる美容院聞いて、行ってきたんだ」
　あたしは見せびらかすように袖をあげた。
「かわいい？」
「うん、すげぇかわいいよ！」
「やったぁ！」
　少しだけ照れた様子の隼人に、あたしまでうれしくなる。
　ちょっとはずかしいけど、着てよかった。
「ねぇ、この道をまっすぐ行ったら海だよ。散歩しない？」
「や、っていうか、脱がせちゃダメ？」
「絶対ダメ！」
　口を尖らせ、隼人の手を引っぱった。そして、今入ってきたホテルのドアから出て、さっきとは反対方向に足を進める。
「……脱がせるのが楽しいのにぃ」
「それじゃ、せっかく着た意味ないじゃん！」
　ブツブツ文句を言いながら隼人は、あたしのうしろをついてきた。海へと続く1本道にいざなわれるように、あたしのテンションもあがっていく。
「隼人、写真撮ろう！」

「……いつのまに、デジカメまで買ってたの？」

巾着からデジカメを出すあたしに、隼人は驚いた顔を見せた。

「だって、一緒に撮ったことないじゃん！」

「俺、写真嫌い」

やっぱり、隼人は変わらず、ふてくされたまま。

これじゃ、なんのための旅行かわからないよ。

「貸せよ！　ちーちゃん撮ってやるから！」

思いついたようにそう言う声と一緒に、あたしの手からスルリとデジカメが奪われた。

「もう！　それじゃ意味ないじゃん！」

そう言うあたしに、隼人の唇が降ってくる。思わず目を見開いた瞬間、カシャッとシャッター音が響いた。

「はい、今ので終わり！」

そう言って隼人は、満足そうにあたしの手にデジカメを戻す。

そこには、キスをするあたしたちの姿があった。

「こんな顔イヤだよ！　もう1回撮って！」

あまりに突然すぎて、写真の中のあたしの顔はマヌケそのものだった。せっかくの初めての写真が、こんな顔なんてありえない。

だけど、隼人は、

「やだ」

と、言ったきり、そのまま歩きだしてしまった。

仕方なく、あたしは隼人のうしろ姿をこっそり写真に収

める。

　輝く海辺に向かって伸びるまっ白な道。少しだけ襟足が伸びた隼人の髪が、風に揺られている。
　ちょっと気を抜けば、その背中に置いて行かれそう……。
「ちーちゃん、海だぞ！」
　道が途切れ、その先に砂浜が広がっていた。
　寄せては返す波がしぶきとなって飛び散る中で、隼人がうれしそうに笑っている。気付いたら、あたしはシャッターを押していた。
「……今、撮った？」
　ハッとしたような顔をする隼人と、したり顔のあたし。
「うん、撮った！」
　今度は、最高の笑顔が撮れた。
「うわー！　最悪！　絶対、俺に見せるなよ？」
　隼人はガックリとその場にしゃがみこんだ。さっきの仕返しとばかりに、あたしの顔はニンマリとゆるむ。
「やだ！　超現像して、ばらまいてやる！」
「マジでカンベンしてくれよ！　っていうか、デジカメ没収ね？」
　そう言った隼人に、カメラを強制的に取りあげられてしまった。

「ちーちゃん、海好き？」
　どれくらいの間、その場所にいただろう。
　いつのまにか、すっかり水面はオレンジの色に染まって

いて、沈む夕日を見ながら、隼人が問いかけてきた。
「うん、超好きだよ！」
「そっか、俺も好き」
　そして隼人は、再び海へと視線を戻す。どこか遠くを見つめるように細められた目が、さびしげに見える。
「俺さぁ、生まれてからずっと、ゆっくり海なんて眺めたことなかったから。ちーちゃんとが初めてだよ？」
「え？　なんで？」
　思わず聞いてしまった。
「なんでだっけ。忘れちゃった」
　だけど、それ以上は聞くことができなかった。なにも言わない隼人にチクリと胸が痛み、小さな不安が押しよせてくる。
　隼人はいつも弱音なんて吐かない。過去のことも、なにも話してはくれない。
「帰ろう？」
「……うん」
　磯の香りは、あたしを余計に切なくさせた。
　海風が優しく吹いて、あたしたちがもう引き返せない場所にいることを少しの間だけ忘れさせてくれる。
　この一瞬が永遠に続けばいいのに……。
　目を細めて波間を見つめながら、そっとあたしは願いを込めた。

「……ちょっ、隼人……!?」

部屋に戻るなり、隼人に押し倒された。
「だって、うなじ超気になってたんだもん！」
「……もっ、ダメだって……！」
　制する声も聞かず、あたしの首すじに唇を添え、隼人は帯に手をかける。そして、どこから取りだしたのか……突然シャッター音が響いた。
「なんで、写真撮るの!?」
　思わず、まっ赤になってしまう。
「かわいいからっしょ？」
「やめてよ！　はずかしいじゃん！」
　必死で抵抗しても、上に乗った隼人に押さえつけられて。
「ちーちゃん、黙っててよ」
　はだけた胸もとから隼人の手が侵入し、羞恥心と快楽の狭間で興奮していく。
　いつもとちがうセックスに、敏感に反応してしまうあたし。
　顔を覆う手は簡単にどかされ、隼人が高みに昇っていく。

　行為が終わると、隼人は満足そうにあたしを見た。
「ちーちゃんの顔、いっぱい撮れた！」
「なんで、こんなに撮ってるの!?」
　デジカメを渡され、セックスの写真だらけなことにまた顔が赤くなった。
　こんな写真、はずかしすぎる。
「カメラは撮るためにあるんだろ？　いいじゃん、べつ

に！」
「そういうために買ったんじゃない！」
　声を荒げてみても、したり顔の隼人にはまったく通じない。
「ちーちゃん、絶対消したらダメだよ？」
「やだ！」
「ダメだし。決定事項ですから」
「アホ隼人！」
　デジカメを投げつけ、口を尖らせた。
　そのとき、「夕食をお持ちしました」とタイミングよく聞こえてきた声。
　時刻を見ると、夜の7時ちょうどを指している。
「日本人はイヤになるな、時間どおりすぎて」
「あたし、あっちで着替えてくる！」
　肩をすくめる隼人を無視し、床に散らかった浴衣や帯をかき集め、あたしは急いでリビングルームから別の部屋に逃げた。ズボンだけはいた隼人が、ダルそうにドアに向かう。
　あたしが服を着てリビングルームに戻るのと同じタイミングで、ボーイがカラカラとキャスターを引いて料理を運んできた。
「テーブルにお運びすれば、よろしいですか？」
「勝手にして。っていうか、あんたも無粋だな」
　床に転がったままのかんざしを見て少しだけ笑った隼人は、男のポケットにチップを入れる。

「失礼致しました！」
　彼はなにかを察したように急いで食事を置き、逃げるように出ていった。嵐のような出来事に、あたしは隼人を白い目で見る。
「ちーちゃん、食おう？　オマールエビだって！　好きだろ？」
　そんなあたしにお構いなしに、まだ少しだけ動いているエビの触覚(しょっかく)をツンツンつつき、隼人は笑顔を向けてきた。
「……うん」
　あたしはさっきのことを思い出し、豪勢な料理の前でため息をつく。あんな写真があると思うと気になって、喜ぶに喜べないし。
「なんで怒ってんの？　いいじゃん、結果的に俺を喜ばせたんだし」
「うるさいよ！　それ以上言うな！」
「……はいはい」
　色とりどりの料理が隼人の家のテーブルより、ずっと大きなテーブルに並べられている。
　広いその部屋にまったく見劣りしない高級な料理に、どれから手をつけようか迷ってしまう。
　こんなの初めてだったから、ムカついてたことも忘れ、あたしは料理に舌鼓(したつづみ)を打った。
　テレビでは全然知らない地元のニュースが流れていて、聞いたこともない場所の野菜の豊作を伝えている。
　流れる時間はおだやかで日常から解放され、つかの間の

夢を見てる気分。

「隼人。あたし、ずっとここにいたい」
　一緒にバルコニーにあるお風呂に入りながら、夜の海を眺めた。真下に広がるまっ暗な海は、波音を響かせている。
「あははっ！　ムリムリ！　ここ、すげぇ高いよ？」
「……そんなこと言ってるんじゃないよ」
　この町では、誰もあたしたちを知らない。堂々と歩けるし、なにも気にすることなんかない。
　……あの街に、帰りたくない。
「わかってるよ。でも、仕事が待ってる」
　あたしの気持ちを見透かしたようにそう言って、隼人も海を眺めた。
　2泊3日なんて、すぐに過ぎる。そしたらまた、あの日常が待ってるんだ。
「……うん」
「また、連れてきてやるよ」
「うん、約束ね？」
　少しだけ湿度を含んだ風。
　梅雨が明けたら、もう一度、あの浴衣を着たいな。来年でも、再来年でもいい。贅沢なんて言わないから。
「っていうか、温泉に行くんじゃなかったっけ？」
「露天風呂みたいなモンだろ？　っていうか俺、畳嫌いだし」
「……意味わかんない」

言いだしたのは、隼人なのに。
　このホテルはどう見たって、温泉宿とは大ちがい。
「なんか、貧乏人みたいじゃん！」
「お金持ちで畳好きな人、いっぱいいるよ？」
　湯船から出てあたしは、タバコをくわえた。
「そうかもしんないけど。俺は、畳で生活だけはしたくないから」
「あっそ。じゃあ、あたしが畳で生活したいって言ったらどうする？」
「……それは困るな」
　隼人も湯船から出る。あたしのタバコを取って、ひと口吸うと、またあたしの指に戻した。
　あたしたちの吐きだした煙が、星空へとゆらゆらただよい、吸いこまれる。
　和食好きのクセに畳が嫌いとか、ほんとに隼人はよくわからない。

　お風呂からあがったあたしたちは、知らない間に運ばれてきていたケーキを、ふたりして食べた。
　そういえば、チェックインのときに聞かれたっけ。
「ケーキはやっぱ、モンブランだよな！」
「……ガトーショコラでしょ？」
　いつまでたっても、あたしの好みは変わらない。だけど、隼人だって、ケーキと言えばこればっか。
「季節外れの栗なんか食べてどうすんの？」

言いながら、隼人の口に栗を入れてあげる。
「季節はずれの浴衣着るヤツに言われたくねぇけど？」
　笑いながら、隼人はあたしの鼻にモンブランのクリームをくっつけた。その瞬間、甘い香りが、文字どおり鼻につく。
「うっさい！　もう、絶対やってあげないからね！」
　赤くなり、顔を背けた。
　そんなあたしを「かわいい！」と笑いながら隼人は、
「またやってよ。実は、すげぇうれしかったから」
　と言って、あたしにつけたモンブランを鼻ごとペロッと舐めた。
「ねぇ、それよりテレビ観てよ！　この人かわいくない？　２世タレントらしいよ？　やっぱ、親の七光りなんだろうねー！」
　気はずかしくなって、思わず関係ない言葉を並べてしまう。
「あたしの親も芸能人とかだったら、今頃あたしもデビューしてるのかな？」
「つーか、このオンナのどこがかわいいの？　普通にそこら辺、歩いてそうじゃん」
　テレビの中で笑顔を振りまくオンナを指さし、隼人は顔をしかめた。
「でも、ちーちゃんがデビューしたら、普通に困るし」
　そう言って、あたしの口にフォークで崩したモンブランを入れてくる。ガトーショコラとモンブランの味が口の中

で混ざり合って、あんまりおいしくない。
「俺の親が、もし芸能人とかだったら、ちーちゃんどうする？」
　突然聞かれ、あたしは首をかしげた。
「……わかんないけど、サインでももらうんじゃない？ GLAYのだけど！」
「あははっ！　好きだよな、ほんと」
　そう言うと、困ったように笑いながら、
「じゃあもし、俺の親が犯罪者とかだったら、どうする？」
「……え？」
　よくわからない質問なのに、なぜか心臓がどくんと脈を打った。
「なんでもねぇよ！　ちーちゃんのガトーショコラ、おいしそうだね！」
　隼人はさっきの空気を打ち消すように笑う。
「……べつに、隼人は隼人でしょ？　隼人の親が誰であっても、あたしはなにも変わらないよ。まぁ、ルパンとかだったら、普通にうれしいかもだけど！」
　……あたしの親だって、人に自慢できるような人間じゃない。
　だけど、隼人はそれを含めてあたしを受け入れてくれたから。
　あたしだって隼人がどんなものを背負っていようと、関係なく受け入れたいんだ。
「ありがとな、ちーちゃん」

いつものように、隼人はあたしの言葉に安心したように笑った。
　隼人がなにも言わないなら、あたしもなにも聞かないよ。いつか教えてくれる日まで、ちゃんと待ってるから。
「でも、残念ながら、ルパンじゃねぇけど！」
「あははっ！　それは残念だね」
　隼人の言葉に、あたしも笑った。

「隼人、起きて！　朝だよ！」
「んー？　あとちょっと……」
　差しこむ朝の日差しに、余計にきつく目をつぶった隼人は、肩の位置までかけていた布団を頭までかぶり直す。
「朝食来るよ？　起きてよ！」
　仕方なく、ムリヤリ布団をはがした。
　いよいよ今日は、初の観光に行く日。
「……ちーちゃん、はりきりすぎ」
　隼人はベッドから体を起こし、寝ぼけながらタバコをくわえた。相変わらず、朝は苦手らしい。
「失礼します」
　タイミングよく、ノックの音とともに声が聞こえた。急いであたしはドアを開ける。
「おはようございます。お目覚めはいかがでしたか？」
　昨日と同じボーイが、機嫌をうかがうように聞いてきた。
「ああ？　ゴチャゴチャ言ってんじゃねぇよ！　早く出てけや！」

「隼人！」
　隼人の寝起きは、ほんとに最悪だ。それにしても、ここまでボーイに言うことないのに。
「すっ、すみません！」
　またしてもボーイは、逃げるように出ていってしまった。そのうしろ姿を見送りながら、あたしはため息をつく。
「もー！　なんで、そんなこと言うの？　かわいそうじゃん」
「え？　なんで？　邪魔されたくねぇだろ？」
「……ちょっと……！」
　隼人に押し倒され、そのまま唇に舌を入れられた。
　こんなことをしていては時間がもったいないし、なによりせっかく時間をかけて髪の毛を巻いたのに。
「もう！　ご飯っ、食べるの！」
「あーっそ」
　そう言うと、隼人はつまんなそうにあたしからおりた。頼むから、もうちょっとマシに起きてほしい。
「ちーちゃん、食べれば？」
　デザートのチェリーをつまみながらのその言葉は、イヤミにしか聞こえない。
「言われなくても食べるよ！」
「ははっ、かわいい」
　――ブーッ、ブーッ。
　なのに、突然、この空気を切り裂くような音がした。隼人のケータイだ。

その瞬間、イヤな予感に襲われる。同じように隼人もうんざりした顔を浮かべていた。
「うわっ、マツだよ。最悪だし」
　取りだしたケータイのディスプレイを確認し、やっぱりと眉をひそめる隼人。
「はい？　ああ？　てめぇに全部任せただろうが！　はぁ？　河本が？　そんなのムリだし。俺が今、どこにいるか知ってるだろ？」
　隼人の荒げる声が、部屋中に響いている。さっきまでの楽しい空気なんて、今はかけらもなかった。
　隼人は一瞬こちらをうかがうように見てから、
「……わかったよ。帰りゃいいんだろ？　昼前には戻るから」
　とため息をつき、電話を切る。
　そして、申し訳なさそうに、あたしと視線を合わせた。
「呼び出しでしょ？　仕方ないよ」
「……ごめん」
「隼人が謝ることじゃないじゃん！　いいよ、また連れてきてくれるんでしょ？」
　ほんとはこんなこと、予想していた。少し残念だけど、あたしは大丈夫だから。
「食べようよ！　ね？」
「……だな」
　力なく笑う隼人に、あたしは精いっぱいの笑顔を向けた。静かに腰を下ろした隼人は、ゆっくりと口を開く。

「なんか、ちーちゃんにはガマンさせてばっかだな。ダメだな、俺」
「そんなことないよ！　昨日だって楽しかったじゃん！　あたしは、なにもガマンなんかしてないから！」
「ありがとな、ちーちゃん」

　帰り道も結局、隼人は仕事の電話ばかりをしていた。
　漏れ聞こえてくる内容はあまりよくわからなかったけど、隼人がイラついたような口調だったことが気になった。だけど、あたしはなにも聞けない。
　隼人にはああ言ったけど、あたしだって、あんまりいい気はしていなかった。それでも、隼人のせいじゃないと自分に言い聞かせる。
　突然に終わりを迎えた楽しい時間。今からまた始まる、つらいことばかりの日々……。
「はぁ……」
　考えるのもイヤになって、気付けばいつのまにか、重苦しい空気が車内を包んでいた。

＊　＊　＊

　思えばこれが、あたしたちの最初で最後の旅行だったね。
　神様は、最初からこの旅行が途中で終わってしまうことを知ってたのかな？
　……だったら、教えてくれればよかったのに。

あたしはそんなことわからないから、せっかく入った自分の給料を、服に準備にと、全部この旅行につぎこんでしまっていた。
　それくらい、あたしにはうれしい出来事だったのに……。

　あたしがもっと、ちゃんと聞いてればよかったね。
　どんなことをしても、聞きだしてあげてればよかったんだ。隼人の過去を、隼人の生きてきた道を。
　それだけじゃない。もっといろいろ聞いてあげてればよかった。いつも真実を聞かされるのは、一番最後。
　隠すことが隼人の優しさだったとしたら、あたしにはそれが一番つらかったんだ。
　隼人の苦しみを、少しでも分かち合いたかったのに。
　今は後悔ばかりが残ってる。もっとちゃんと、愛してあげればよかった、って。

　ねぇ、隼人。
　こんなことになるなら、写真いっぱい撮っとけばよかったね。
　あたしが、強引にでも隼人からデジカメ奪ってればよかった？
　隼人の写真は、キスをした写真とうしろ姿、そして、笑顔の１枚ずつしか残されていない。もっといっぱい、隼人のいろんな顔を撮ればよかった。
　あたしが今、海の見える場所で暮らしてるって言ったら、

隼人はどんな顔する？
　だって、そこに、隼人がいる気がするから。

事情聴取

　高速を3時間ほど走り、地元から少し離れたコンビニに着くと、そこにはすでにマツの車があった。あたしたちに気付いたマツは車を降り、隼人はその横に車をつける。
「俺、このまま河本のとこ行くから。あとはマツに送らせるよ」
「わかった。待ってるね」
「おー。なるべく早く帰るから！」
　隼人はそう言うと、あたしにキスをして車を降り、マツの車に乗りこんだ。代わりにマツが、隼人が今まで座っていた運転席に乗りこんでくる。
　隼人の車は盗難車だから、あたしが運転することはできないし、荷物を乗せ換えたりするのも大変。だから、車を交換するのが一番手っ取り早いんだ。
「マツ！　なんかしたら殺すからな！」
「おっかなくて、できませんから」
　そして2台は、別々の方向に車を発進させた。
　マツとふたりきりの車内。横で運転しているマツとなんて、まともに話したこともないし、なにより話題がない。
　なにも言わないあたしにマツから口を開くこともなくて、沈黙は重く、流れる音楽ばかりがむなしく響く。
「なんかしゃべってよ」
　ずっと無言のまま車を走らせるマツにしびれを切らし、

先に口を開いたのはあたしだった。
「……旅行、どうでした?」
　そんなあたしをうかがうようにそう言って、マツは再び正面に視線を戻す。まるで、子供のお守りに付き合わされてる顔で。
「なにそれ、イヤミ?」
「……すんません」
　これで、会話が終わってしまった。ほんとに、話し相手にすらならない。
「マツくん、仕事楽しい?」
「呼び捨てでいいっすよ?　つーか、あんま話してたら、隼人さんに殴られます」
「……あっそ」
　少しイラついて、あたしはタバコをくわえた。
「隼人、怖い?」
「そりゃ怖いっすよ。でも、優しいとこもありますから。俺は隼人さんにあこがれてます」
「ふうん」
　せっかく続いた会話もつまらなく感じ、窓の外に目をやる。共通の話題なんて隼人のことくらいしかないけど、あたしはあまり隼人の仕事のことなんて聞きたくないから。
「なに見てんの!?」
　視線を感じ、驚いてマツの方を見た。
「……すんません。でも、やっぱ隼人さんが選んだだけありますね」

おだやかに笑ったマツの顔は初めて見るような表情で、いつも隼人と一緒にいるときに見せてる顔とは別人のよう。
「なに言ってんの？　あんた、バカじゃない？」
　だけど、あたしはマツなんかに興味もないから。
「……すんません」
「あんた、謝ってばっかだね。あたしは隼人じゃないよ？」
「……すんません」
　相変わらず謝るマツに、あきらめて肩を落とした。
　これじゃ、ちっとも会話にならない。
「でも、意外っすね。隼人さんは今まで、飲み屋のオンナ以外は相手にしなかったのに」
　……なにコイツ。
「悪かったね、普通で。っていうか、他のオンナの話なんて聞きたくないから」
　腹が立ち、マツをにらみつけた。
「……すんません」
「あたしと話してたら、殺されるんでしょ？」
「はい、すんません。でも、マジであんたはキレイだと思うから」
「いい加減にしてよ！　あたし、降りるから！」
　キレイだなんてマツに言われて、さらに腹が立った。ちょうど信号待ちで停車していた車のドアに手をかける。
「待ってください！　すんません、俺が悪かったっすから！」

「いいよ。あたし、歩いて帰る。荷物よろしく」
　マツをにらみつけた。車から降りて背を向けるあたしに、マツは頭を下げる。
「頼むから乗ってください。あんた放置したなんて知れたら、俺はどうなるかわかりません」
「あんたのことなんて知らないよ！　隼人が怖いなら、黙っとけばいいじゃん！」
　なにもかもイラついて、マツを怒鳴りつけた。
　旅行がダメになったのだって、マツのせいじゃないことはわかってる。だけど、どうしようもなく、この男に腹が立っていた。
「じゃあ、俺が降ります」
　信号は青になっていたが、イカついセダンとイカついマツに、誰もクラクションを鳴らす者はいなかった。
　梅雨前とは思えないほどの日差しが、刺すように照りつける。
「……あたしが隼人の車、運転できるわけないじゃん」
　必死なマツに、あたしはあきらめて車に乗った。
　怒ったってどうせ、歩いて帰れる距離じゃないし。
　マツは、そんなあたしにホッと安堵の表情を浮かべた。
「あんた、大切にされてんすね」
「あんたに関係ないじゃん！」
　あからさまにそっぽを向いて、あたしは言い捨てる。そして自分自身の熱を冷ますように、エアコンの風をあびた。
　それから車内はまた沈黙が続き、気付けば手持ちぶさた

で吸い続けていたタバコの吸いがらは、灰皿いっぱいになっていた。

「どうも」
　マンションの下まで送られ、それだけ言う。
「荷物、運びましょうか？」
「いい」
　顔色をうかがうように聞いてくるその言葉にも、あたしは目を合わせない。
「わかりました。失礼します」
　頭を下げたマツはエンジンを切り、あたしに車のカギを渡した。
「……あんた、どうやって帰んの？」
「俺は隼人さんの車に乗って帰るわけにはいきませんから。明日、車取りにいくって伝えてください」
　失礼します、ともう一度頭を下げ、マツは歩きだした。足もとの荷物を見つめ、あたしはため息をつく。
　部屋に戻ってバッグを整理して、使わなかった下着や服をクローゼットに戻した。旅行前に浮かれ気分で買ったことを思い出して、ほんとにむなしくなる。
　テレビをつけても音楽を流しても、気分があがらず、タバコの本数ばかりが増えていく。

　それから隼人が帰ってきたのは、真夜中のこと。
「おかえり！」

「……ちーちゃん、起きてたんだ？」
「うん。なんかあった？」
　なんとなく、隼人の顔が疲れきっているように見えた。
「うん、ちょっとね。ちーちゃんに話あるから」
「なに？」
　隼人はゆっくりとソファに座り、改まったようにタバコをくわえる。その表情は、言葉を探してるようで。
「ちーちゃん、ちょっとの間、別のとこに住んでて？　部屋は用意してやるから」
「意味わかんない！　なんで!?」
　突然の言葉に、目を見開く。
「この前、シャブ中がパクられたんだ。警察が、シャブの出所探ってるらしい」
　シャブ中？　……クスリをやってる人ってこと!?
　その人が捕まるってことは、その人にクスリを売った人、つまり、隼人みたいな売人にも捜査が及ぶ可能性がある。
「……ウソッ……！」
　思わず口もとを押さえた。頭の中がまっ白になって、言葉さえも出なくなる。
「もしかしたら、俺もヤバイかもしれねぇから。ちーちゃんは逃げとけよ」
「……なに、言ってんの……」
　隼人が捕まるかもしれない。
　今までさんざん覚悟していたはずなのに、いきなりリアルに恐怖を感じた。

「ちーちゃんは俺といたらダメだよ。ちーちゃんにはなんの関係もないだろ？」
「そんなの、できるわけないじゃん！　あたしひとり残されたって、うれしいわけないじゃん！」

　込みあげてきた涙をこらえ、唇を噛みしめる。関係ないなんて言われたって、あたしはそばにいたいんだ。
「ごめん。でも、ちーちゃんが危険だろ？」
「そんなの、どうだっていいよ！　あたしたちは結婚だってしてないんだよ！」

　必死だった。今さら離れるなんてこと、できるはずがない。
「もし隼人が捕まっても、あたしは面会さえできない！　それどころか、捕まったことさえ人づてに聞かされるんだよ!?　そんなの耐えられるわけないじゃん！」
「ごめんな、ちーちゃん。俺だってほんとは、ちーちゃんと一緒にいてぇよ！　でも、好きなオンナ、パクらせるわけにはいかねぇだろ？」

　ただ、涙があふれた。

　あたしは、守られたいんじゃない。
「ねぇ、隼人。あたしの人生は、あたしが決める。あたしはいつでも、どんなときでも隼人と一緒だよ？　あたしは大丈夫だからね？」

　優しく隼人を抱きしめた。

　ほんとは、怖くて、不安で。だけど、絶対に大丈夫なんだって信じたかった。

「ごめんな、ちーちゃん。ありがとう」
　あたしの胸に顔をうずめながら、隼人は力なくつぶやいた。
「俺はいっつも、ちーちゃんに甘えてるだろ？　ほんとは俺も一緒にいたいっていう自分の気持ちより先に、オンナ守るのが普通なのに。マジで俺、どうしようもねぇわ……」
「そんなことないよ、隼人。あたしも隼人といたいから」
　……ほんとの隼人は、すごく弱い人間なのかもしれない。
　あたしはただ、隼人をひとりにはできなかった。自分のことより先に、隼人を守りたかった。
「……なにがあっても、ちーちゃんだけは守るから。ごめん、やっぱりここにいてほしい」
「うん、大丈夫」
　すべての覚悟を決め、あたしは力強くうなずいた。

　翌朝、チャイムの音で目が覚める。不審に思い、隼人を揺すった。
「隼人、誰か来た！」
「はぁ？　新聞の勧誘だろ？　断っときゃいいじゃん」
　寝ぼけまなこの隼人は、布団をかぶり直す。
「朝の６時だよ？　そんなわけないじゃん！」
「……マジ？　ヤベェかも」
　一気に変わった隼人の顔に、緊張が走る。同時に、あたしの鼓動は不安を表すように速さを増していく。

今度は、コンコンとノックの音がした。
「ちーちゃんは絶対出てくるなよ？　俺が行くから！」
「……わかった」
　立ちあがった隼人は、ゆっくりと玄関に向かった。
「どちらさん？」
「警察だ！　本田賢治、本名、小林隼人！　ちょっと話聞かせてもらうぞ！」
　一瞬にして、部屋の空気が緊迫する。
「はぁ？　オッサン、なに言ってんだ？」
　そう言いながら、隼人がドアを開ける音がした。
「オンナも一緒にいることはわかってるんだぞ！　酒井千里、だったな？」
「……だから？」
「どけ！」
　ドンッと隼人が突きとばされたような音がして、5人くらいの捜査員たちが、野太い怒鳴り声とともに部屋の中に押し入ってくる。いきなり、あたしは腕をつかまれた。
「待てや！　てめぇら不法侵入だろうが！　ガサ入れてぇなら、令状出せや！」
　隼人の怒声に、一瞬、捜査員たちの足が止まる。
「クッ！　オンナ引っぱるだけだ！」
　そう言うと、ひとりの男があたしの腕を強引に引っぱった。
「ったい！　離せよ！」
　必死で抵抗したが、あたしがそんな力に敵うはずもない。

「オンナから手ぇ離せや！　そいつは関係ねぇだろうが！」
　その瞬間、隼人は見たこともないような剣幕で怒鳴り、男の胸ぐらをつかんだ。
「小林！　てめぇ、公務執行妨害つけられてぇのか！　おとなしくしとけや！」
「隼人！　やめて！」
　あたしの言葉に隼人は、捜査員をにらみつけながらその手を離す。それからしぶしぶ舌打ちして、
「オンナは任意なんだろ？」
　と聞いた。
「……とりあえずは、な」
　捜査員の男は、襟もとを正しながら隼人をにらみ返す。
「さぁ、行くわよ」
　あとからやってきた女性警官に声をかけられ、あたしはうなずいた。
　隼人とは別々のパトカーに乗せられ、警察署まで向かう。三流ドラマにすらならないような話だ。
　車内では、ガッチリとあたしの左右を捜査員が固め、まるで凶悪犯のように扱われた。任意の事情聴取だというのに。
　窓の外を、まだ目覚めきっていない朝の街並みが通り過ぎていく。

「なんで呼ばれたかわかってるだろ？」
　朝とは思えないような、警察署の中のうす暗い部屋。

オヤジのくさい息が顔にかかり、唾さえも飛んできそうで、吐き気が込みあげてくる。
「知らない。つーかあんた、くさいから」
「ふざけんじゃねぇぞ！　てめぇがシャブ流すのに加担してんの、知ってんだぞ！」
　あたしの態度に、男はガッと机を思いきりたたいて、声を荒げた。
「知らない」
　それでも、あたしはひるまず答える。
「貴様、いい加減に吐け！」
「知らないって言ってんじゃん。っていうか、これ任意でしょ？　脅してんの？　こんなの誘導尋問じゃん」
「てんめぇ！」
　言った瞬間、あたしは胸ぐらをつかまれた。
「おまけにセクハラもアリなの？　はっ！　最近の警察って、すごいんだね！」
　小バカにしたように吐き捨てる。男の顔は、今にもあたしに殴りかかりそうなほどの勢いだ。
「警部！　やめてください！」
　女性警官が、あわてて止めに入った。
「チッ！　オトコがオトコなら、オンナもオンナだな！」
　男は、舌打ちをしながら部屋をあとにした。
　大丈夫。あたしも隼人も大丈夫。
　そう自分自身に言い聞かせ続けた。
　窓もない部屋で、汚い天井を見つめる。

何度も何度も同じことを聞かれたけど、そのたびにあたしは知らぬ存ぜぬを貫き通した。

　数時間後、あきらめた警察は、やっとあたしを釈放した。
　すっかり太陽は真上にきていて、まぶしさに目を細めながらトボトボと家に帰り、隼人の帰りをひたすら待ち続ける。
　腕には、捜査員の男があたしの腕をつかんだときにできたアザが生々しく残されて、思い出すだけで吐きそうになる。

「隼人！」
　夕方、突然ドアが開く音がして、あわてて玄関に急いだ。見ると隼人のうしろに、マツもいる。
「ちーちゃん、無事だった？」
「うん、大丈夫だよ。あたしはなにも言ってないから」
「そっか、よかった」
　その表情は、とても疲れきっていて。
「マツも引っぱられた。コイツ、先に釈放されたんだけど、俺が出てくるの待ってたんだよ」
　そう言って隼人は、うしろにいるマツをさす。
「そう。ふたりとも大丈夫ならよかったよ」
「マツ！　あがれや！」
「はい。失礼します」
　3人でリビングに向かった。

だけど、きっと安心しているのは、あたしだけ。隼人やマツの表情は、まだ固いままだ。
「しかし、ちょっとヤベェな。いつから張りつかれてたんだ？」
「すんません。気付きませんでした」
　隼人とマツにお茶を出すと、ふたりはタバコをくわえて険しい表情をしていた。あたしなんか、とても入れるような空気じゃない。
「ちーちゃんも、悪かったな」
「大丈夫だよ。あたしはすぐに出てきたから」
「そっか。っていうか、仕事の話するから、向こういってて？」
「……うん」
　ゆっくりと立ちあがり、別の部屋に向かう。扉を閉めた瞬間、ふたりの声は聞こえなくなった。
　なにも考えたくなくて、ただ音楽を流し続ける。不安に押しつぶされそうになりながら。

　２時間くらいたった頃だろうか。
「ちーちゃん、こっちおいで。マツ、帰らせたから」
　部屋のドアがゆっくりと開き、隼人が顔をのぞかせた。
「……うん」
　音楽を消し、リビングに戻る。
「ちーちゃん、ほんとにごめん。まさか、こんなに早いとは思ってなかった……」

「いいよ、覚悟はしてたから。ただ、あのオッサン息くさすぎだし！」
「ははっ！　ちーちゃんもそう思った？」
　他愛もない会話に、少しだけ落ちつく。
　だけど、なかなか肝心な話にはならない。しばらく、どうでもいいような会話をしてた。
「ねぇ、隼人。これから、どうなるの？」
　……先に切りだしたのはあたしの方だった。
「大丈夫だよ。シャブの他にもシノギはあるから。ただ、シャブはしばらく危険だな」
「……そう」
　精いっぱいの勇気をだして隼人に聞いたのに、隼人は仕事をやめるなんて言ってはくれなかった。
　でも、もうあたしはその言葉にも、そこまでショックを受けることはない。いくら止めたってムダなんだろうって、心のどこかでは思っていたから。ただ、悲しくないと言えば、ウソになるけど……。
　それからも何度か、あたしたち３人は警察に呼ばれた。だけど、誰も口を割ることはなかった。

　それから約１ヵ月後、突然事件は起きた。
　ガタッと玄関から聞こえた大きな音に驚き、そこに向かったあたし。
「……なに……？」
　目にした光景に、息をのんだ。

「隼人!?　なにがあったの!?」

　マツに肩を借りた隼人の腕からは、血が流れていた。いつかの光景がフラッシュバックする。

　ポタッと１滴、隼人の血が雫となってこぼれ落ちたとき、ひっとあたしは顔をゆがめた。

「心配すんな。クソチンピラにやられただけだ！」

「いったいどういうこと？」

　脂汗をにじませる隼人を、急いでソファに運ぶ。こんな光景を目にするたび、あたしはふるえが止まらなくなってしまう。

「隼人さん、すんませんでしたっ！　俺が、代わりに殺られてりゃ……」

「マツ！　てめぇのおかげでこの程度で済んだんだ。気にすんじゃねぇよ」

　あたしに消毒されながら、隼人は傍目にもわかるほど気丈に振る舞っていた。雪のように白かった脱脂綿が、次々と赤く染められていく。

「でも！」

「黙れや！　俺は、てめぇのオヤジでもアニキでもねぇだろうが！　極道みてぇなこと言ってんじゃねぇよ！」

「すんません。今度からは、ドス用意しときます！」

「ああ？　てめぇわかってんのか？　今そんなモン持ってたら、銃刀法で引っぱられるだろうが！　ドスなんて危ねぇ言葉、使ってんじゃねぇ！」

「……すんません」

マツは唇を噛みしめ、深々と頭を下げた。
"ドス"……刃物のことだ。そんな言葉が出てくるなんて、ただごとじゃない。
「明日の引き渡しの件、てめぇに任せる。抜かりねぇようにしとけ！」
「……はい、失礼します」
 また一礼し、マツは部屋を出ていく。それを見送りながら、
「……まだ、仕事するんだね」
と、あたしはそれだけしか言えなかった。気を抜くと、涙が出てきそうで。
「心配すんなよ。金融車(きんゆうしゃ)の引き渡しは、違法じゃねぇ」
「……わかってる」
"金融車"っていうのは、借金をした人から担保(たんぽ)として取りあげた車のことで、それを転売することで利益が得られる。
 これは、たしかに違法なことではない。だけど、もうこれ以上、隼人に危ないことをさせたくないよ。
「ねぇ、なにがあったの？」
「どっかのチンピラが、俺を狙ってる。刺す勇気もねぇクセに、調子に乗りやがって！」
 そう言うと、隼人は思い出したように空をにらむ。
「振り向きざまだよ。マツが気付いて、こんなモンで済んだ」
 あたしにはなにも言えなくて。ただ手当てをするだけ。
 見てもいないのに、ナイフを持ったオトコに刺される隼

人の様子が映像で思い浮かぶ。
「ごめんな、ちーちゃん。でも俺は、ちーちゃん残して死なねぇから」
「当たり前じゃん。……"死ぬ"なんて、ウソでも言わないで?」
「ははっ、だな」
　不安になり、隼人を抱きしめた。
　なにもかもわかったように、隼人はあたしに優しくキスをしてくれた。

＊　＊　＊

　すべてが狂ったのは、警察のせい？　それとも、隼人の"仕事"が悪いことだったから？
　誰かのせいにできるなら、まだよかったのかもしれないね。
　お金がほしいんじゃない。あんな広いマンションに住みたいんじゃなかったのに。
　ただ、隼人のそばにいたいと願うことが、こんなにも苦しいことだったなんて。

孤独

　それ以来、隼人は変わってしまった。たびたび帰りが遅くなり、家でも険しい顔を見せることが多くなって。
　だけど、それでも隼人は、あたしを大切にしてくれた。
「隼人？」
「起きてたんだ？」
「……うん。遅かったんだね」
　疲労をにじませて、夜が明けそうな時間に帰ってくる隼人の顔に、いつも不安になる。
「ちーちゃん、なにも食べてないの？」
　キッチンテーブルの上にラップをしたままの食事。それを見る隼人の顔は、いつも悲しそう。
「うん。ひとりで食べてもおいしくないから」
「……ごめん。でも俺、食ってきたから」
「ははっ、だよね」
　作り笑いを浮かべ、食器に手をかける。
　もう何度目だろう？
　そのたびにあたしは、むなしさに襲われた。
「待って！　明日食うから！　冷蔵庫入れといて？」
　料理を捨てようとしたあたしの手を止め、隼人は不安そうにあたしの顔色をうかがってくる。
「うん！」
　隼人のたったそれだけの優しさで、あたしはきっと自分

を保っていられるんだろう。どんなに遅くなっても、隼人はちゃんとここに帰ってきてくれるから。
「ごめん、ちーちゃん。いっぱいガマンさせて、ほんとごめん……」
「気にしないでよ」
　あたしは隼人に抱きしめられてるだけで、幸せなんだよ。
「明日も仕事だろ？　ちーちゃん寝ろよ」
「……隼人は？」
「俺も、明日は引っ越しだから」
　隼人はここは別に、常にもうひとつ部屋を持っていた。"アパート"と呼ばれるその部屋には、ヤバイ書類がいろいろあるらしい。あたしは一度も行ったことはないけど、隼人は定期的に、その"アパート"の場所を変えていた。
「……警察、大丈夫なの？」
　隼人の服の裾を握りしめる。まだ、警察に張りつかれてるかもしれないのに。
「多分、大丈夫だよ。それに、マジでヤバイのはトランクルームに入れてるから」
「……そう、わかった。おやすみ」
　"なにも聞かない、なにも言わない"と、何度も自分に言い聞かせ、眠りについた。
「ちーちゃん、ごめんな」
　そばで隼人の声が聞こえたけど、あたしは寝たフリを続けた。あたしは、隼人を苦しめるためにいるんじゃないから。

次の日、まだ眠る隼人にキスをして、静かに仕事に向かう。
　ほんとはファミレスの仕事なんてしてる場合じゃなかったけど、ひとりさびしく家で隼人の帰りを待ち続けるなんて、あたしにはできなかった。

　やがて、8月になる頃には、あたしと隼人の生活はほんとにすれちがいになっていた。
　隼人は真夜中に帰ってきて、あたしが起きる頃にはまだ夢の中。あたしが仕事から帰ってくるときには、そこに隼人の姿はない。
　ある日、あたしはたまたま仕事が休みで、隼人のスーツをクリーニングに出そうとポケットを探っていた。指先に紙切れの束の感触を感じて、なんだろうと手を抜く。
「……なんなの、これ……」
　それは、無数のキャバクラのオンナの名刺だった。
　一気に力が抜ける自分の体を支えきれず、足もとから崩れ落ちる。同時に、手から抜け落ちた名刺が、パサパサと床に散らばっていく。
　ひんやりとした床が、あたしの体の熱を奪った。
　たしかに、隼人は仕事柄、キャバクラなんかで接待をすることもよくある。だけど、いつも『飲み屋のオンナの名刺なんか必要ないから、受け取らない』って言ってたのに。
　なんでこんなものが大量に出てくるのかわからない。
　浮気？　……そんなのありえない。隼人が、そんなこと

するはずがない。
　ふるえる手でタバコを取りだす。口の中が渇ききり、鼓動が速くなる。
　毎日毎日、隼人が帰ってくるのは明け方近くなってから。"仕事"って言われることに、今まではなんの疑いも持っていなかった。だけど、今はそのすべてがウソに思えて、なにを信じればいいのかわからない。
「……おかえり」
　その日も、夜遅くに帰ってきた隼人を出迎える。
　とても冷静ではいられない。だけど、その気持ちを押し殺し、あたしは何事もなかったように口を開く。
「起きてたんだ？」
「……明日も休みだから」
　言いながら、ドクンドクンと心臓が音を立てる。
「そっか。ちーちゃん、寝ろよ」
「……ずっと、待ってた……」
「なんか話したいことでもあるの？」
　疲れきった様子で、隼人はあきらかな作り笑顔をあたしに向けてくる。その顔を見た瞬間、あたしの中で、なにかの糸が切れてしまった。
「毎日毎日、どこに行ってるの!?」
　責めたいんじゃないのに、一度口から流れでてしまった言葉は次第に大きくなっていく。抑えきれないほどの怒りに支配されて。
「……ごめん、仕事だから……」

だけど、それだけ言うと、隼人はソファに体を沈めた。
　毎日毎日、会話をするのは、深夜のこの数分だけ。こんなの、もう耐えられないよ。
「じゃあ、これはなに？」
　あたしはポケットに入っていた、あのたくさんの名刺を取りだす。一瞬で、隼人は驚いたように顔を引きつらせた。
「どこで見つけたの？」
「……スーツ洗おうと思ったら、出てきたから……」
　あたしは唇を噛みしめる。
「捨てとけよ。どうせ飲み屋のオンナのだから」
　ため息をつく隼人に、怒りが込みあげてくる。声がふるえないようにして、あたしは聞いた。
「……じゃあ、毎日飲み歩いてるの？」
「仕事って言っただろ！　飲み屋くらい前から行ってただろ!?　なんで怒ってんだよ？」
　隼人が面倒くさそうな顔になる。
「なぁ、ちーちゃん。俺のこと、信じろよ」
　泣かないように口を固く結んだあたしに、ウザそうに言った隼人。
「……ごめん、今はわかんない……」
　今までさんざん信じ続けてきた。だけど、もうほんとに限界だった。毎日の帰りが遅いうえ、たくさんのオンナの名刺まで発見してしまった。
『隼人さんは今まで、飲み屋のオンナ以外は相手にしなかったのに』と言ったマツの言葉が、脳裏から離れない。

「っざけんなよ！　他にオンナ作ってるとでも言いてぇのかよ！」
　なんで、あたしが責められないといけないの？　隼人は、いったいなにをやってるの？
「だってそうじゃん！　そんな風にしか思えないよ！」
　泣きたくなくて歯を食いしばったのに、あふれでる涙を止められなかった。
　隼人とケンカしたいわけじゃない。だけど、こんな隼人、好きじゃないよ。
「……もういいよ。俺、とりあえずマツんとこ行くわ」
　隼人はなにか言いたげだったのに、それ以上なにも言わず、小さく舌打ちをした。
　だけど、立ちあがってこちらに背中を向けた隼人に、気付けばあたしはすがっていた。捨てられるんじゃないかと、考えるより先に体が動いていて……。
「ごめん、待って！　いなくならないで！」
　隼人が浮気してるかもしれないってことが怖かった。だけど、それ以上に隼人がいなくなることの方が恐怖で。
「ねぇ、あたしに悪いとこがあるんなら、全部直すから！　なんでも言うこと聞くし、なんだってするから！」
　あたしの言葉に隼人はゆっくり、こちらに顔を向けた。
　だけど、隼人が次に言う言葉を聞きたくなくて、あたしはまくし立てるように続ける。
「だからお願い！　あたしを捨てないで！」
　抱きしめる腕に力を込めた。

「……ごめん、ほんとにそんなんじゃねぇから。ちーちゃんは、なにも悪くないよ」

向き直った隼人は、悲しい瞳であたしを見つめる。

「あたしを優先してなんて言わないから。お願いだから、あたしを捨てないでよ」

今さら隼人に捨てられたら、あたしはきっと生きていけなくなる。

「ごめんな、ちーちゃん。ちーちゃんがガマンしてるのも知ってる。頼むのは俺の方だから」

そして隼人は、ゆっくりと言葉を紡ぐ。

「なにがあっても、俺のそばにいて?」

「……隼、人……!」

その腕の中で、ひどく安堵したことだけ覚えてる。

それから、1ヵ月ぶりに隼人に抱かれた。

抱かれていると、自然と自分は"隼人のオンナ"だと思える。ほんとに、久しぶりにおだやかに眠ることができた夜だった。

現実を見ることが怖い。ほんとのことを知ってしまえば、きっともう一緒にはいられなくなると思ったから。

あたしは、ただこのふたりっきりの空間を守りたかっただけ。

それからの隼人は、できる限りの時間をあたしと過ごしてくれた。あたしを優先し、疲れてるときでも笑顔を向けてくれた。だからあたしは、もう一度隼人を信じることが

できたんだ。
　だけど、それも長くは続かなくて。
　季節はすでに、秋に変わっていたのに。そんなことにさえ気付かなかった。
　──ブーッ、ブーッ。
　鳴り響いたのは、隼人の仕事用のケータイ。いつもいつも、現実がやってきたことを告げる音。
「え？　わかった？　マジで？　お前、ウソだったら死ぬぐらいじゃ済まねぇぞ？　……多分、俺も殺される」
　"殺される"という言葉に、一気に部屋の中の空気が張りつめる。あたしは息を詰めて、隼人の横顔を見つめた。
「アイツにとって、俺は用済みなのか？　とりあえず、また連絡するから。てめぇもあんまり踏みこむなよ？」
　そう言うと隼人は、険しい顔で電話を切った。
「隼人！　殺されるって、なに!?　いったいどうなってるの！」
　あたしは必死で隼人にしがみつく。だけど、隼人はウソのように冷静で。
「大丈夫だよ。ちーちゃんは、なにも心配することはない」
　そう言うと、優しくあたしの頰をなでた。
「やめてよ！　あたしの心配なんかしないで！」
　あたしは隼人の手を振り払った。今度こそ、ほんとに隼人が死んでしまう気がして、考えるだけで怖くて怖くて仕方がない。
　あたしの真剣な表情に気付いたのか、隼人はひと呼吸置

いて話しだした。
「俺がチンピラに狙われたことあったろ？　……ほんとはずっと、そのこと探ってた。だけど、今、犯人の目星ついたから」
　ゆっくり話す隼人の言葉に、背すじが凍りつく。
「ねぇ、いったい誰なの!?　なんの目的で……」
「ごめん、話はあとだ」
　またもや鳴り響いたケータイに、あたしの言葉は簡単にさえぎられた。ディスプレイの名前を確認した瞬間、隼人の表情は鋭さを増し、また、あたしから遠くなったのを感じる。
「はい。わかりました。すぐ向かいます」
　そんなセリフを言う隼人の目は、覚悟を決めたようにしか見えなかった。……まるで、死にに行くような目つき。
「隼人！　行っちゃダメ！」
　こんなことを言ったのは、初めてだった。
　だけど、なりふりなんて構っていられない。
「ごめん、ちーちゃん。心配しなくても戻ってくるから！」
「やめて！　お願い！　他の人に行かせればいいじゃん！　今日だけだから！　お願いだからっ！」
「ごめん。俺じゃないとムリなんだ。行ってくる」
　隼人の手を握りしめたあたしの手をそっと外し、隼人は歩きだした。そのまま、宙に浮いた手。
　あたしには、隼人がどこに行くのかも、誰と会うのかもわからない。ただ、その場に泣き崩れるしかなかった。

隼人を待つ時間は果てしなく長く、たったの1分が、何十時間にも感じる。
　いつまでたっても胸騒ぎが消えなくて、タバコを吸っても落ちつくことはなかった。
　部屋をまっ暗にし、大音量で音楽をかけて、部屋の隅でうずくまる。壊れそうなほど強くケータイを握りしめ、ただ隼人の無事だけを祈り続けた。

　それから、どれくらいの時間がたっただろう。
　突然、隼人からの電話が鳴り響いた。あせって通話ボタンを押す。
「隼人！　無事なの!?」
「うん、普通にね。多分アチラさんは、まだ俺に利用価値があると踏んだらしい」
　一瞬、聞きまちがいかと思った。
　……まさか、そんなのありえない。
「……それって……」
「心配しなくてもいいよ。金は倍額納めてやったんだ」
　獅龍会だ！
　思い浮かぶ言葉は、これしかなかった。
「ちーちゃん、なんか食いにいかない？　どっかおいしいとこがいいよな。考えといてよ」
「……うん」
　だけど、そんなセリフ、あたしがやすやすと口にしちゃいけない気がして。

大きく息をついて、部屋の電気をつけるために立ちあがる。起こっている現実があたしには重すぎて、ただただ、早く隼人の無事な姿を確認したかった。
　あたしのイヤな予感はハズレたみたいだ。
　家に戻った隼人の姿を見た瞬間、安堵の息をつく。
　そのままふたりで、近所のファミレスに行った。
　だけど、食事中も隼人はずっと上の空で、なにかを考えるような顔をして窓の外ばかり見ていた。だから、あたしも話しかけることができなくて……。
　食事を終えて帰宅した部屋で、隼人は神妙な顔つきで言った。
「ちーちゃん、やっぱ隠れてろよ。警察にもバレてんだ。ここは危険すぎる」
　こんな状態なのに？　今、隼人と離れるなんて、できるわけがない。
「……あたしがいたら、邪魔……？」
　声がふるえてしまう。
「そんなんじゃねぇよ。ただ俺は、ちーちゃんが心配なんだ」
「ずっとそばにいるって約束したよね!?」
「俺だって、ちーちゃんと離れるなんて考えられねぇよ！　でも、危険すぎるだろ!?」
　絞りだすように隼人は、そう言った。
　そんなこと、十分すぎるくらいにわかってるよ。でも、あたしたちは一緒に生きていくんだって、何度も確かめ合ったじゃない。

急に、隼人がうなだれるように顔を覆った。
「……俺ら、別れた方がいいのかな……？」
　ほそりとつぶやいた隼人の声が、物悲しく部屋に響いた。
「そんなのイヤだから！　隼人が別れたくても、あたしは絶対に別れない！　隼人がいなくなるなら、死んだ方がマシだよ！」
「なに言ってんだよ！　頼むから、死ぬとか言うなよ！」
　そのとき、隼人の方があたしなんかよりずっと泣きだしてしまいそうなことに気付いた。
　足もとさえ見えない道は、この先、続いているんだろうか。
「お願いだから、一緒にいさせてよ！」
「……ちー、ちゃん……」

　　　　　　　　＊　＊　＊

ねぇ、隼人。
あたしの存在は、隼人にとって重荷だった？
　あたしが素直に言うことを聞いていれば、隼人は今もどこかで笑ってた？
　ごめんね。
　謝っても謝っても、許されることじゃないよね。

疑惑

　季節はすっかり冬に変わり、11月になった。
　あの一件以来、また隼人は前と同じ生活に戻ってしまっていた。
　でも、隼人が無事ならそれだけでいいじゃないと、必死で自分自身に言い聞かせる。
　今では、隼人の帰宅した姿を見ないと、安心して眠りにつくことすらできなくなってしまったあたし。身も心も限界で、毎日押しつぶされそうなほどの不安と戦っていた。
　物音がするだけで、玄関に走ってしまう。
「隼人！」
「……ただいま」
「おかえり。今日は早いんだね」
　珍しく隼人が12時を回る前に帰ってきた。だけど、相変わらず、酒くさい。
「無性にちーちゃんの顔が見たくなったから」
　力なく笑った隼人の顔は、生気がなかった。
　もうずっと前から、隼人は出会った頃と顔つきが変わっていて。いつもいつも、泣いてるような顔してる。
「……なんか、あった……？」
「べつに、なにもないよ」
「……そう」
　それ以上言わない隼人。

なにも言ってくれないのに、隼人のそばにあたしがいる意味なんてあるのかな？
　ただ、隼人の家で暮らしてるだけ。セックスさえされなくて、もはや、あたしの存在なんてペットと一緒なのかもしれない。
　毎日のように、酒のにおいに混じって、甘ったるい香水の香りをただよわせて帰ってくる隼人。あたしの前で電話が鳴ったときだって、出ないことも多い。
　もう、隼人に他にオンナがいることはわかってた。だけど、たしかめるなんて怖くてできない。
　ただ、どんなに遅くなっても、隼人はあたしの待つマンションに必ず帰ってきてくれていたから、あたしは意地を張り続けた。
　……今さら隼人に捨てられるなんて、考えられなかった。
　もう離れられない。隼人を失ったら、他になにも残らないから。
「ちーちゃん、愛してる」
「あたしも愛してるよ」
　久しぶりに隼人に押し倒された。
　だけど、不安が消えることはない。きっと、もう仕事をやめれば済むような話じゃないことくらい、あたしにだってわかるから。
　こんな日々は、いつか終わりがくるのかな？
　あたしの内股に手が入ってきた瞬間、隼人のケータイが鳴った。

いきなり隼人は、バツの悪そうな顔になる。
「出なよ」
　ディスプレイを確認し、わずかに動揺した隼人をにらみつけた。
　目を泳がせ、なにかを隠すように、ケータイをポケットにしまった隼人。
「……や、いいよ。今は、ちーちゃんの方が大切だから」
「出ればいいじゃん！　……それとも、出られないの？」
　唇を嚙みしめた。
　オンナからだってことくらい、すぐにわかったから。もうこんなの、耐えられるはずがない。にらみつけるあたしに、
「……わかったよ」
　と、隼人はいまだに鳴り続けるケータイをしぶしぶ取りだした。
「なんだよ、電話してくんじゃねぇよ！」
　通話ボタンを押すなり、隼人は相手を怒鳴りつける。
「……なんで、そんなに怒るの……？」
　静かな部屋に、電話口からオンナの声が漏れてきた。
　わかっていたはずなのに、全身から血の気が引く。
「ああ？　黙れっつってんだろうが！」
「あたしのこと、愛してるって言ってくれたじゃない！」
　その言葉が聞こえた瞬間、あたしはすべてを悟り、無言で立ちあがった。
　今までずっと目を背け続けてきた現実が、こうも簡単に

突きつけられる。
　すべてのことがガラガラと音を立てて崩れていく気がした。
「とりあえず、また連絡するからっ！」
　そんなあたしに気付いた隼人が、あわてて電話を切る。
「ちーちゃん、聞いて！　ちがうんだって！」
「なに？　あたしはもういらないでしょ？　それとも、お金払ってでも、そばに置いときたい？」
　冷めた目で見つめるあたしに、隼人はまくし立てる。
「ちがうだろ！　金とか関係ねぇから！　ちーちゃんが1番なんだよ！」
「1番って、なに？　じゃあ、2番目は誰？」
　くやしくて、みじめで、隼人なんか大嫌いだ。
「ごめん、そんな意味じゃねぇんだよ！　これは、仕方ねぇことなんだよ！」
　あたしの腕をつかみ、隼人が自分の方に引きよせる。だけど、触られたことに、嫌悪さえ感じてしまう。
「離してよ！　あんたのしてること、意味わかんない！　あたしの存在は、あんたにとっていったいなんなの!?」
　必死で抵抗して、叫ぶ。
　隼人のしてること全部、あたしには理解できないよ。
「俺には、ちーちゃんしかいない！　ちーちゃんが、すべてなんだよ！」
　わかってるだろ？って言うように、隼人は悲しそうな目を向けてくる。

また、これだ。いつもいつも、あたしは隼人の前で、物わかりのいいオンナを演じ続けなきゃいけないんだ。
「わかるわけないじゃん！　なにをわかれって言うの!?」
　他のオンナに言った"愛してる"がウソなら、あたしに言った言葉だって真実とは思えない。
「あとちょっとだから！　あとちょっとで、全部が終わるから！」
　そう言った隼人は唇を噛みしめる。
「それまでは、なにも聞かないで、なにも言わないでほしい。俺は絶対、ちーちゃんのとこに帰ってくるから！」
　そう抱きしめられたって、全然喜べない。ただ、隼人のことを気持ち悪いとしか思えなかった。
「勝手なこと言わないでよ！　じゃあ、他のオンナのとこに行くの、黙って見過ごせって言うの!?　できるわけないよ！」
　突きとばした隼人は、フラフラとあとずさるようにあたしから離れてうつむき、拳を握りしめる。
「……ごめん。でも、今の俺にはそれだけしか言えない」
「なんで、あたしを捨てないの!?　そばにいてほしいなら、全部話してよ！　あたしが毎日、どんな気持ちでいるかわかる!?」
　今までずっと言えなかった言葉が、せきを切ったようにあふれだした。
　あたしの心も、隼人への気持ちも、すべてが決壊してしまったみたいだった。

「……ごめん。今はなにも言えない。だけど、ちーちゃんへの気持ちは、なにも変わってないから」
　あたしの腕をつかみ、隼人は懇願するように言ってくる。
「いい加減にしてよ！」
　だけど、その腕を振り払って、あたしは逃げるように足を踏みだした。
「ちーちゃん、出ていくな！　約束、破るなよ！」
　その言葉に足が止まる。
"ずっとそばにいる"という、自分でした約束に縛られてしまった。あたしはその場から逃げることも、動くこともできず、ただ泣き崩れるしかなかった。
　くやしさや悲しさや、絶望感があたしを支配し続ける。
「ちーちゃん、こんなとこに座ってたら体冷えるから。ベッド行こう？」
　ムリヤリ体を起こされた。
　なんで、それでも隼人はあたしに優しくするの？　冷たくされたら、嫌いになれるのに。もはや、力さえ入らない。
「やっ、離してよっ！　触らないでっ！」
　あんなに隼人のそばにいることを望んでいたのに。今は、逃げだしたくてたまらない。
「俺のこと好きなんだろ!?　愛してるんだろ!?」
「やだっ！」
　他のオンナの名前を呼ぶ口で、あたしの名前を呼んでほしくなかった。他のオンナを触った手で、あたしに触れてほしくない。

ムリヤリされる行為の間中、あたしは顔を覆って泣き続けた。
　ほんとはイヤなのに、隼人に仕込まれた体は、簡単に反応してしまう。声を出したくなくて、血が出るほどに唇を噛みしめたのに、強引に口を開かされ、隼人の舌が押し入ってくる。
　……いつからあたしたちは、こんな風になってしまったの？
「……ちーちゃん、ごめんな？」
　隼人のやってることはほんとにメチャクチャだった。
　ムリヤリ、セックスをして悲しそうにあたしを見つめる……。
　あたしは、ただくやしくて、隼人に背中を向けたままなにも答えなかった。謝るくらいなら、最初からしなければいいのに。
　こんなことでしか確かめられない愛情なんて、あたしはいらないよ。

　真夜中、小さな物音で目が覚めた。うす目を開けると隼人が暗がりでケータイを握りしめ、どこかに電話をかけている。
「俺だよ。電話してくるなって言ったろ！」
　相手がさっきのオンナであることは、すぐに察した。
　ただ、泣きたくなる。結局、隼人には、あたしもそのオンナも両方必要なんだ、って。

「ちがうって。香澄、愛してるのはお前だけだ！　わかってるだろ？」
「……っ！」
　……聞きまちがいなんかじゃなかった。
"香澄"という名前。思い当たるのは、あのオンナしかいない。
　同じ名前の別のオンナだなんて考えられなかった。
　唇を噛みしめ、必死で耐え続ける。
　隼人を信じるなんてことは、もうできなかった。
　今のあたしにあるのは、小さな意地とプライドだけ。負けたくなかった。
　あたしは隼人を失ったら、なにも残らないから。
「ちーちゃん、ごめんな？　おやすみ」
　電話を切った隼人は、あたしがまさか起きているなんて思っていないのか、あたしの頬にキスを落とし、眠りについた。
　……隼人のやっていることの、なにを信じればいいかわからない。あたしにも"香澄"にも同じ言葉を使い、寝ているあたしにキスをするのだから。

　次の日、仕事が終わるのを見計らったように、隼人からの電話が鳴る。正直、出る気分じゃなかったけど、通話ボタンを押した。
「なに？」
「仕事、終わった？　外寒いから。あったかくしとけよ？」

「そうだね。隼人にまでカゼがうつったら、大変だもんね」
　気を遣ったように話す隼人に、無性にイラつく。まるで、ご機嫌取りでもされてるみたい。
「ちがうよ。ちーちゃんがカゼひくのが心配なんだよ！」
「看病する気もないクセに、もっともらしいこと言わないでよ！　あたしがカゼひけば、ずっとそばにいてくれるの!?」
　一度出た言葉は止めることもできなくて。
　昨日のことが脳裏にこびりついたように離れない。
　だけど、まくし立てるあたしの言葉にも隼人は沈黙のまま。
「……ごめん。今日も遅くなるから。でも、何時になっても帰るから！」
"ごめん"……いつもいつも、そんな言葉で片づけられる。いい加減、ウンザリだった。
「知らないよ！　そんなことで、いちいち電話してこないでよ！　あたし、待ってないし！」
「ちーちゃん、なんで……」
　強引に電話を切り、また泣く。隼人が他のオンナのところに行くのがわかっているのに、待ってるなんて言えなかった。
　……少しだけ期待したのに、再び隼人から電話がかかってくることはなかった。
　ほら、やっぱり。
　あたしはすべてをあきらめ、街に向かう。

だけど、どこにもあたしの帰る場所なんてなくて。あたしには隼人しかいないってことを改めて気付かされた。
　でも、もう隼人のいる家なんかに帰りたくない。他のオンナのところから帰ってくる隼人を待つなんて……。

　街の中心部には、ファッションビルが立ち並んでいる。その一画にある自動販売機の横で、タバコを吸った。
　お金なら腐るほどあるけれど、これは隼人の稼いだお金だから、そんなものを使いたいとは思わない。
　短くなったタバコを投げ捨てては、また新しいタバコに火をつける。
「ねぇねぇ、ひとりー？　さっきから見てたけど、誰か待ってんの？」
　声をかけてきたのは、キャバクラのスカウトらしき男。
「……べつに」
　あたしは、帰ってくるかもわからない隼人を待ってるわけじゃない。
「じゃあさ、俺と来なよ！　金がほしいなら仕事紹介するし！　それとも、俺とこのままフケる？」
　馴れ馴れしく肩に手をかけられたけど、あたしは表情ひとつ変えなかった。
　風が痛いほど冷たくて、もうこのままついていってもいいとさえ思えてきた、そのときだった。
「おい！　街中で堂々とキャッチしてんじゃねぇよ！　てめぇ、捕まりてぇのか！」

突然、誰かに怒鳴られ、男があせったようにあたしから離れた。
「松本さん！　すんません！　以後気をつけますから！」
　だけど、その男は、そんなキャッチの言葉には見向きもせず、
「って、あんた、こんなとこで、なにやってんだよ！」
　と、あたしに声を荒げた。
　ゆっくりと顔をあげた瞬間、驚きを隠せなくなる。
「……マ、ツ……」
　ヤバイ！
　瞬時に思ったけど、すべては遅かった。
「松本さんの知り合いっすか!?　すんません！」
　あわてたキャッチの男が、その場から逃げるようにいなくなる。
　……こんなところで、マツなんかに会ってしまった。
　だけど、言い訳のひとつもする気になれない。どうせ、なにを言っても連れ戻されるのがオチだろうし。
「なにやってんだよ、って聞いたんだけど」
　マツは同じ言葉で、さっきより怪訝な顔をして問いかけてくる。
「あんたに関係ないじゃん！」
　マツをにらみつけた。だけど、マツもあたしをにらみ返してきて。
「こんなとこであんた見つけたのに、見て見ぬフリはできねぇだろ？」

「そうだね。あんたは隼人、怖いもんね！」
　あたしは小バカにするように言った。その瞬間、マツは再び声を荒げる。
「そういうこと言ったんじゃねぇだろ！　時間と場所、考えろよ！　隼人さんじゃなくたって、心配するだろうが！」
「心配してほしいなんて言った？　報告したいなら、すればいいじゃん！　結局、あたしは連れ戻されるんでしょ!?」
　マツに怒鳴り散らすことしかできない。自分でも悲しくなる。
「……あんたら、なにがあったんだよ？」
　だけど、また怒られると思ったのに、マツは戸惑うようにあたしを見てきた。
「はっ！　白々しいこと言わないでよ！　あんたは全部知ってるんでしょ！」
「……なんの、こと？」
　あきらかに目が泳いでいるマツの表情から、すべてを悟る。
「あんた、ウソがヘタだね。仕事、向いてないんじゃない？」
　自嘲気味に笑うことしかできなかった。
　マツはバツが悪そうに目をそらすと、
「とにかく、送るから！」
　と、強引にあたしの手を引っぱってきた。
「痛いよ、離してっ！」
　抵抗したけど、やっぱりあたしじゃその力には敵わなくて、そのまま車に引きずられる。

「乗れ！」
　マツににらまれ、仕方なく車に乗ったあたし。
　どこまで行ったって、あたしには逃げる場所なんかないんだって言われた気がして、悲しくなった。
「……あたしをどうする気？」
「とりあえず送る、っつったろ？　心配しなくても、隼人さんには黙っててやるよ」
　ため息をついたマツは、タバコをくわえる。
「あんなとこ、帰りたくないよ！　あたしはいったいなんなの!?」
　これじゃまるで、あたしは童話に出てくる、高い塔に幽閉されたお姫様。王子様である隼人をひたすら待ち続けるだけの……。
　だけど、あたしはお姫様じゃないし、隼人は王子様じゃない。待ってても幸せになれる保障なんて、どこにもない。
「いい加減にしろよ！　あんたは大切にされてるだろ！」
「なにを信じればいいの!?　他にオンナがいて、なにが"大切にされてる"の!?」
　思わず、声を荒げる。
　結局、マツも隼人も、同じ言葉であたしを縛るんだ。
「隼人さんは、あんたを守るために、やりたくもねぇことやってんだろ!?　頼むから、信じて待っててやれよ！」
「……どういうこと？」
　……あたしを守るためって、なに？
　だけど、すぐにマツはハッとしたような顔で、

「悪い、俺からはなにも言えない。聞かなかったことにしてくれねぇか？」
　と、バツが悪そうに言葉を飲みこんだ。
　そしてそれ以上、マツが口を開くことはなかった。
　それがまた、くやしくて。
「ふたりして、いったいなにを隠してるの!?　あたしに関係あることなの!?　だったら話してよ！」
「……ほんと、ごめん」
　その言葉を聞いた瞬間、涙があふれた。あたしを守るためになにかをしているのに、あたしにはなにも話してくれない。
　なのに、"ただ信じて待て"なんて言われても、そんなことできるわけがない。
「ねぇ、マツ。ひとつだけ、聞かせて？」
　涙をぬぐい、マツの目を見据えた。
「相手は、安西香澄でしょ？」
　ゆっくりと、けれど、はっきりと車内に響いたその言葉に、マツはすぐに顔を伏せる。
「……俺は、なにも言えないから」
「バカだね。それじゃ、肯定してるのと一緒じゃん。やっぱあんた、ウソつくのは向いてないよ」
　……さんざん泣いたから、今さら涙は出なかった。
　心配そうな顔をするマツに、あたしは少しだけ笑いかける余裕さえあって。
　それからマツは、またなにも言わなくなった。

いつから、あたしはだまされてたんだろう？
そんな疑問が脳裏をよぎる。

「ありがとね。あんたのおかげで、一応ラチられずにすんだから」
　マンションの下まで送られ、車のドアに手をかけた。すると、意を決したように、マツは伏せていた目をあげる。
「……俺も、ひとつだけ聞いていい？」
　タバコをふかしながら、あたしをその瞳に捉えた。
「なんであんたは、それでも隼人さんといるんだ？」
　突然の言葉に、あたしは戸惑いを隠せない。
「そこまでされてるのに、なんで愛し続けられるんだ？」
「……わかんないよ。ただ、あたしには他に帰る場所、ないから」
　隼人のこと、正直、今は愛してるなんて言えなかった。それでも、もうあたしには選択肢なんて残されてないから。
　だけど、その答えを聞いたマツは、あたしを見つめているだけ。
　やがて、思いきったようにこう言った。
「俺と、逃げる？」
　本気だってわかるその瞳の色に、あたしは言葉を失う。
　"マツと逃げる"……そうすればきっと、この現実からは逃げられるだろうけど。きっと、今よりはずっと、幸せでいられるんだろうけど。
　でも、あたしも隼人も、もうお互いの存在なしでは生き

られないところまで来てしまってるんだ。
「……ごめん、それはできないよ。あんたが信じて待ってって言ったんでしょ？　それに、多分あんた、そんなことしたらほんとに殺されるよ？」
　一気にそう言って、「じゃあね」と背中を向ける。
「なら……」
「ごめん。聞かなかったことにするから」
　マツの言葉をさえぎり、バタンと車のドアを閉めた。
　……マツなんかじゃ、隼人の代わりにはならない。
　大丈夫。あたしはまだ大丈夫。
　……もはや、それはなにかの呪文のように、自分を保つための唯一の言葉になっていた。
　そして、あたしはひとり、あの部屋に戻る。
「……なに、これ……」
　ドアを開けた瞬間、リビングの光景に言葉を失った。
　まるで強盗にでも入られたみたいに、家中の食器が割られ、散乱していたのだ。
　犯人は……隼人しかいない。
　でも、こんなことをする理由もわからない。絶望感の中、ひとりでガラスの破片を拾い続けた。
　くやしくて、悲しくて、カゴの中の鳥でい続けるあたしには、もう未来なんて存在していないように思えてくる。
　ガラス片で切れた指先から流れる血を見たとき、不思議と心がおだやかになった。
　もう、死のう。

あたしには、こんなの耐えられない。居場所もなければ、逃げる場所すらないなんて。
　洗面所に行き、カミソリを手首に当てた。
「ちーちゃん!?　なにやってんだよ!」
　その瞬間、タイミングよく帰ってきた隼人が、驚いてあたしに駆けよってくる。
「なんで帰ってくるのっ!?　せっかく死のうと思ったのにっ!」
　もはや、死ぬことさえも取りあげられた気がして、あたしは大声で叫んだ。
「……俺を残して、死なないでよ……」
　隼人の悲しげな瞳に、涙があふれてくる。
「ちーちゃんが死ぬんなら、俺も一緒だ」
「…………」
　なんで、そんなこと言うの?
「ほんとは、ちーちゃんに俺のことを殺してほしいって思う。けど、ちーちゃんが俺なんか殺したら、一生その罪を背負って生きていくことになるから。そんなこと、させられないよ。……だから、死ぬんなら一緒だ」
　もう一度そう言って、あたしの手に触れた隼人の指先が、ただ温かかった。
「……隼人、死んじゃダメだよ。ごめん、もうしないから、そんなこと言わないで……」
　カミソリを取りあげられたあたしは、そう泣き崩れるしかなかった。

皮肉にも、外はいつのまにか雨が降っていて、出会ったあの日を思い起こさせる。
　あたしたちはいつのまに、こんな風になってしまったの？
　生きる希望すら見い出せない。ほんとにふたりで死ねたなら、どんなに楽だろう。

"安西香澄"。
　……そのあと、隼人に抱かれながらも、頭の中を支配し続けた名前。
　……ほんとは、隼人に触られたくなかった。
　だけど、あたしにもセックス以外に隼人をつなぎとめる術なんてなかった。だから、あたしの名前を呼ぶ隼人のことだけを考え続ける。
　いつのまに、この行為を幸せなものだと思えなくなってしまったのかな？
　外はあたしの心の中を表すかのように、雨音だけが響いていた。

「食器、なんで割ったの？」
　もう、なにも考えることができなかった。ベッドから起きあがる気力さえ、あたしには残されていない。
「……ごめん。一旦、家に帰ったら、ちーちゃんいなかったから。ほんとに出ていったんだと思った」
　あたしの指にバンソウコウを貼りながら、隼人は悲しそ

うにそうつぶやく。
「なんで、あたしの心配するの!? 電話だって、かけ直してこなかったクセに！」
　顔を覆って声を荒げたら、思い出したようにまた涙があふれてきた。
「……ごめん。俺にはちーちゃんを止める権利、ないから」
　愛しすぎて、苦しかった。
　この地獄は、いったいいつまで続くの？
「あたしには、他に帰る場所ないんだよ!?」
「俺のそばに、ずっといればいい」
　誰かに止めてほしかった。
　隼人の愛は異常で、あたしも狂っていて、もう自分たちではどうすることもできなくて……。

崩壊

　それから時は流れ、4度目の12月に入った。
　いつもは幸せな気分になる街を彩るイルミネーションも、今は憎くて仕方がない。
　だって、とっくの昔にあたしたちの関係は壊れてるってわかってたのに、それでもまだ、必死で続いてるフリをしていたから。
　こんなにももろいガラス玉のような日々は、手を離せば簡単に粉々になってしまいそうで。
　ただ、それを守ることだけを糧にして生きていた。
「ちーちゃん、行ってくるね？」
　最近の隼人は、やつれているように見える。笑顔に力がなくて、どこか悲しげだった。
「……うん」
　あの日以来、あたしたちの間に、会話はほとんどない。
　新しく買った食器で送る生活は、今までの楽しかった日々とはちがっていた。
　守ってほしいんじゃない。ただ、なにもかも話してほしいだけ。
　なのに、隼人は、いまだになにも言ってはくれなかった。
「今日、8時頃帰るから。どっか食べに行こう？」
「……うん」
"早く帰る" なんて言われても、香澄のところに行かない

保証なんてどこにもない。ただ待ち続け、耐え続けるだけ。

　いっそ隼人を殺せたなら……。

　そんな考えが、いつも脳裏に浮かんでは消える。

　愛してるから殺したい。だけど、愛してるからこそ、殺すなんてできなかった。

　あたしは、この広いマンションでなにもかも与えられて、隼人に飼われてるだけ。

　愛人だったとしたら、なにも言わなかったかもしれない。

　だけど、隼人はいつもあたしだけだと言い続けていた。そんな隼人の優しさが、余計にあたしを苦しめるのに。

　あたしの心は完全に壊れていて、"別れる"なんて一番簡単な選択肢さえ思いつけずにいた。

　なのに、一歩家の外に出れば、ほんとになんの変哲もない日常が繰り返されている。

　バイトをしていると、まるで異空間にいるように感じて、もうどっちのあたしが"ほんと"なのかわからなかった。

「……なんで、あんたがここにいるの？」

「隼人さんに言われたから」

　バイトを終えて裏口を出たあたしを待ち構えていたのは、マツだった。

「迷惑なんだけど！　あんたみたいなチンピラにうろつかれたら、あたしまでヘンな目で見られる！」

「……だな。隼人さんからの伝言、届けに来ただけだから。

『ごめん、遅くなる』ってさ」
　そう言うと、マツはタバコを投げ捨てて、足でもみ消した。
「なんで、自分で言いにこないの!?」
　怒りが込みあげてくる。隼人にも、マツにも腹が立って。
「ほんと、あとちょっとだから。隼人さんは、あんたが心配なんだよ！　だから、俺に伝言がてら様子見にこさせてるんだ」
　その言葉を聞いた瞬間、唇を噛みしめて叫んだ。
「誰のせいで、こんなことになってると思ってんのよ！　あたしを守るって、なに!?　守りたいなら、仕事やめればいいじゃん！　いい加減にしてよ！」
「……そうかもな」
　隼人にすら言えなかった胸のうちを、初めてぶつけたのに……。
　マツは、それだけしか言ってくれなかった。
「送るよ」
「いい！」
　マツをにらみつける。
「こっからは、隼人さんの指示じゃなくて、俺のお節介だから。また、あんな場所うろつかれたら、心配でたまんねぇわ」
　……隼人を止めることもできないクセに。
　マツの中途ハンパな優しさが苦しい。
　あたしは、心配してほしいんじゃない。誰か隼人を、あ

たしたちを止めて。
「あらぁ？　どういう組み合わせかしら？　ふたりって、裏でつながってるの？」
　そのとき突然、背中から聞こえた女の声。
　瞬間的に、ウソであればと願っていた。
　忘れもしないその声に、恐る恐る振り返る。あたしを包む空間だけ、時間が止まっているようにさえ思えた。
「……安西、香澄……！」
　目の前にいたのは、すっかり夜の蝶へと変貌を遂げた香澄だった。あざけるような笑みを浮かべるその顔に、全身から血の気が引き、鼓動が速くなるのがわかる。
　なにもかもが別人で、あの頃の面影はもうどこにもない。
「……なんで、あんたがここに……」
「今日は、千里ちゃんに言いたいことがあって来たのよ。いつになったら、賢治くんと別れてくれるの？　あたし、ずっと待ってるんだけどー！」
「……っ！」
　今、はっきりと真実がわかった。
　……"本田賢治"は、隼人じゃない。
"本田賢治"は隼人の仕事の名前。だから、"賢治くん"なんて呼んでるこのオンナは、あたしより下だ！
「ああ？　てめぇ、誰に口きいてんだよ！」
　すぐにマツが香澄をにらみつけ、怒鳴った。
「はぁ？　それはあたしのセリフでしょ！　あんたこそ、誰に口きいてるか、わかってんの？」

そして香澄は、はっと笑いながら、
「立場わきまえなさいよ！　あんたなんか、賢治くんの腰巾着じゃない！　あたしが言えば、すぐにお払い箱よ！」
　と、吐き捨てる。
「てめぇ、クソアマが調子乗ってんじゃねぇぞ！」
　今にもつかみかかろうとするマツ。
「マツ！　やめて！　そんなオンナに怒ってどうすんの！」
　マツを制して香澄に向き直り、あたしはその瞳をにらみつけた。
「あんた、バカじゃないの？　今、はっきりわかったわ。愛されてるのはあんたじゃないってね！」
「はぁ？　なにをえらそうにしてるの？　あの人に合うのは、このあたししかいないじゃない！　あたしは今、頂点に立ってるのよ！　あんたなんか、その辺のオンナと変わりないじゃない！」
　……コイツのせいで、あたしの人生が狂ったんだ！
「はっ！　それで？」
　吐き捨てるように言う。あたしは負けていないとわかったから。
「賢治くん、毎日激しくて困るのよねぇ！　今日もこれから同伴なの！」
　香澄は負けじと言い返してきた。
　あたしは拳を握りしめる。ほんとに、頭がおかしくなりそう。
「なにが言いたいのよ！」

「別れろ、って言いにきただけよ！」
　吐き捨てるように言った香澄は、ヒールを鳴らしながら去っていった。
　その瞬間、一気に全身から力が抜け、その場に崩れ落ちる。
　乾いた笑いさえ込みあげてきて……。
　もしかしたら、あたしは"守りたい"んじゃなくて、"負けたくない"だけなのかもしれない。
　吹きつける風が、ただ冷たかった。次第にあたりを暗闇が包む。この闇が、あたしごと覆いつくしてくれれば、どんなにいいだろう。
「大丈夫かよ！」
　あわててマツが支えてくれた。
「大丈夫だよ。あんたこそ気にすることないから。隼人はあんたのこと信頼してる。だから、あたしのところに来させたんだよ」
「あんた、俺の心配してる場合じゃねぇだろ！　あんなこと言われたんだぞ！」
　マツの声が、あたりに響く。
「……ありがとね、マツ」
　あたしは、ゆっくりと立ちあがった。
　同情なんてされたくないから、ムリヤリ口角をあげる。
「アイツの香水、隼人の一番嫌いなヤツだった。だから、アイツは"1番"なんかじゃない。いいよ、それがわかったから」

あのオンナは、隼人の一番嫌いな香りをまとい、"本田賢治"としての隼人しか見ていない。
　そんなオンナに言われたセリフなんかなんともないはずなのに、やっぱり心が痛かった。
「なんで、あんたは笑ってられるんだよ！」
　……ちがうよ。笑っていないと正気が保てないだけ。
　でも、あんなオンナなんかに絶対負けない。
　意地とプライドだけが、あたしを支えていた。
「今から隼人さん呼び出すから！　絶対許せねぇ！」
　マツの顔は、怒りに満ちていた。だけど、ケータイを取りだそうとしたマツの手を止める。
「マツ！　やめて！　宣戦布告されたんだよ!?　こんな姿、隼人には見られたくないから！」
「でも……」
「マツ！　お願いだから！」
　必死で言うあたしに、マツはくやしそうにケータイを握りしめている。
「……わかったよ」
　そして、とうとうあきらめたようにそれだけ言った。

　家に帰ってもイラ立ちが抑えられず、今度はあたしが食器を割った。香澄の言葉が頭を支配し、香澄を殺してやりたい衝動を抑えきれない。
　数時間後、隼人は帰ってくるなり、困惑した様子であたしを見た。

「……ちーちゃんが、やったの……？」
　散乱した食器のガラス片の中で座りこむあたしに、戸惑いながら聞いてくる。
「あはははっ！　楽しすぎて困っちゃうー！」
　もう、笑いだけしか込みあげてこない。
　人間、ほんとに狂うと笑うしかなくなるらしい。まさに、あたしは狂気そのものだった。
「なにがあったの？　マツになんかされたの!?」
「よくそんなことが言えるね！　今日、あたしのところに来たよ！　安西香澄！」
「……なん、で……」
　隼人は目を見開いている。
「ねぇ、隼人。あたしが1番だよね？　そうだよね？」
　……もう、すがりつくことしかできなかった。
「当たり前だろ、あのクソアマが！」
　そう言った隼人の顔からは、殺気さえ感じる。
「隼人、一緒に死のう？　あたしと一緒だったら、死んでもいいんでしょ？」
　ガラス片を握りしめながら聞いた。
　死ぬことでこの地獄が終わるなら、もうそれでいい。隼人と一緒なら、どこへだって行けるんだ。
　だけど、隼人はそんなあたしの言葉を制して、
「ちーちゃんが死ぬことねぇから。あとちょっとしたら、あのオンナは俺が殺す」
　と、言った。本気の目で、『あのオンナは俺が殺す』っ

て……。

　あたしの持っていたガラス片が手から落ちて、カシャンと音を立てた。
「隼人はなにがしたいの!?　なんで、あのオンナに一番嫌いな香水つけさせてるの!?」
　ただ、くやしくてくやしくて、涙が止まらない。
「なんで、あのオンナなのよっ!」
　いっそ相手が知らないオンナだったらって何度思ったことか。
「俺は、情報がほしいだけだ。だからアイツは、俺が一番嫌いなオンナに変えた。俺は、ちーちゃんのものだから」
　ペアのフランクミューラーをつけた左手で、隼人はあたしの頭を優しくなでてくれた。
　おそろいの時計と、おそろいの香水。"小林隼人"として、あたしの前だけで優しく笑ってくれる。
　隼人は、なにも変わっていなかったんだ。
　今さら、あたしは、そんな大切なことに気付いた。
「情報って、なに?　いい加減、教えてよ!」
「ごめん、ちーちゃん。あとちょっと……」
　そう言って隼人は、一度うつむいた顔をあげて、真剣な表情であたしを見る。
「来週には、すべてカタがつく!　それまで待ってほしい」
　覚悟を決めたその眼差しに、あたしはなにも言えなくなった。
　あとちょっとだけ待てば、すべてを教えてくれるの?

そしたらまた、幸せだった日々に戻れるの？
「……わかった」
　ゆっくりとうなずく。
「来週までは、なにも聞かないし、なにも言わない。その代わり、すべてが済んだら、あのオンナはあたしが殺す！」
　あたしの言葉に、隼人は目を見開いた。
　でも、決意は変わらない。隼人はそっとあたしの頬に触れた。
「ちーちゃんの手は煩わせないから。大丈夫、なにも心配することはない」

＊　＊　＊

　なにもかも終われば、あたしたちは元に戻れるんだと信じていた。きっと、それは隼人も同じだったと思う。
　なのに、この計画はどこから狂っていたの？　あたしたちの運命を狂わせたのは、いったい誰？

真実

　それから、あたしたちの間には張りつめた空気が流れていた。
　お互いに香澄のことに触れるのはタブーになっていて、ただ、あたしたちの関係が壊れてしまわないように、必死にそれだけを守っていた。
　だけど、あたしがそれより心配していたのは、隼人の体だった。昔の自信に満ちた姿からは想像できないほどに、覇気がない。
　あれ以来、あたしは仕事を休み続けていて、毎日が隼人の帰りを待つだけの生活。刻一刻と迫りくる、すべてが終わる日を、ただひたすら待ち続けていたんだ。

　そして、ついに約束の日になった。
　陽が落ちてきた頃。隼人からの着信に、あわててあたしは通話ボタンを押す。
「はい」
「これから帰る。ちーちゃんに大事な話があるから」
　その瞬間、すべてを悟った。
　あたしは速くなる鼓動を落ちつかせるように、息を吸いこみ、吐きだした。
「……わかった。気をつけてね」
　静かに電話を切って、タバコをくわえる。

長かった。だけど、今日ですべてが終わるんだ。
　あのオンナに復讐できると思うと、笑いが込みあげてくる。

「ちーちゃん、今までごめん。だけど、今日すべてが終わったから」
　戻ってきた隼人はソファに座ると、タバコをくわえた。あたしも横に腰を下ろし、その瞳を見据える。
「……全部、話してくれるんでしょ……？」
　あたしの言葉に、しばらく沈黙が続いたあと、隼人はゆっくり口を開いた。
「初めは、ちーちゃんの存在を隠すために飲み歩いてたんだ。俺への恨みから、ちーちゃんが誰かに狙われたらって、そればかり考えてた。それに、俺を刺すように指示した黒幕が知りたかった」
　語られはじめた事実に、唾を飲みこむ。
　隼人はうつむきながら、言葉を探しているみたいだった。
「……あのオンナは、情報を持っていた。俺は、それをなんとしても手に入れたかったんだ」
　隼人のくわえたタバコがだんだん短くなっていき、その煙が部屋をただよう。
　あたしの鼓動はドクドクと速さを増し、心なしか息苦しさを感じる。
「けど、あのオンナは、『あたしをナンバー1にしたら情報を渡す』って言ってきた。ずっと店でナンバー2に甘んじ

てたアイツは、俺の金が狙いだったんだ。だから利害が一致した。仕方なく俺は、アイツの店に金を落とし続けてやった」
「…………」
「でも、ナンバー１にしてやったら今度は『あたしのものになってよ』なんて言いだしてな？　正直言って、殺してやろうと思ったよ」
　いつのまにか、隼人の目つきが険しいものへと変わっていた。聞いてるあたしは言葉も出ない。
　タバコを消した隼人は、ゆっくりと宙に向かって最後の煙を吐きだし、それが消えるのを見つめながら続けた。
「ちーちゃんのこと想ったら、耐えられなかった。その日、初めてアンパン喰ったよ」
「……アンパンって……」
　あたしは目を見開く。
「シンナーだよ。正直、あのオンナの体なんか見てなかった。ちーちゃんのことだけ考え続けてた。服も脱がせず、ただ腰振って」
　想像するだけで吐きそうになって、目の前にある景色が白くぼやけるようにかすんでいった。シンナーまで吸ってたなんて……。
　全部、信じられなかった。信じたくなかった。
「……なんで、シンナーなんかっ……！」
「ちーちゃんが離れてくのが怖かったんだよ！」
　隼人は、唇を噛みしめた。

「……限界だった。毎日あのオンナの機嫌取って。アンパン喰う以外なかったんだよ！」
 あたしの存在が、隼人を苦しめてたの？　あたしのせいで、隼人はシンナーなんかに手を出したの？
「ごめん、隼人！　あたしがいなかったら、隼人は苦しまずに済んだんでしょ？」
「ちがうよ、ちーちゃん。ちーちゃんはなにも悪くないから」
 優しく笑う隼人に、涙が込みあげてくる。
「ずっと、ちーちゃんが影で泣いてたのも知ってた。苦しめてたのは俺の方だ。なのに、俺はちーちゃんを解放することができなかった」
「ちがうっ！　あたしは隼人のこと、愛してるんだよ！」
「うん、俺も愛してるから」
 隼人に『愛してる』なんて言ったのは、いつ以来だっただろう？
 忘れてた。あたしはこんなにも隼人を愛していることを。
 ……ただ愛し合っているだけで、こんなにもお互いを傷つけて。
 それが、なにより苦しかった。
 隼人はふっと息をつく。
「そのあと、あのオンナはやっと教えてくれたんだ。……俺を狙ってたのは、獅龍会の河本だった。多分、俺、そろそろ殺される」
 言葉を失った。
 ウソだって思いたかった。だけど、隼人はあたしの目を

しっかりと見つめてくる。
「俺は、明日飛ぶから。ちーちゃんは残った方がいい」
「……なに、言ってるの……？」
　明日、隼人はいなくなるの？
　残るなんて、そんなこと、できるはずがない。今さら、別々の道なんか歩けるはずないんだ。
「あたしも行く！　あたしはいつまでも隼人と一緒だって言ったじゃん！」
「ダメだ。飛んだって、命の保証はない」
「……なんで、そんなこと言うの？　今さらあたしのこと捨てないでよ！」
　だったらなんで、もっと早くに捨ててくれなかったの？　今さらそんなこと言うなんて卑怯だよ。
「俺だって、ちーちゃんいなくなったら生きて行けねぇよ！　けど、今ならまだ引き返せる！　ちーちゃんは、ちゃんとした道に戻るんだ！」
「あたしは隼人と一緒なら、地獄に落ちたっていいよ」
　隼人に捨てられたら、あたしは生きて行けない……。隼人と付き合ったときから、引き返すなんて考えたことないよ。
　覚悟を決め、隼人の目を見据える。
　隼人は戸惑うようにうつむいていたけど、少しの沈黙のあと、ゆっくりと顔をあげた。
「わかった。後悔しないんだな？」
　その言葉に、強くうなずく。

「ありがとう、ちーちゃん。ちーちゃんのことは、なにがあっても守るから」
「うん」
　あたしには、なにも捨てるものなんてない。隼人の生きる道が、あたしの生きる道なんだ。
　だけど、ふたりとも、これからの未来を想像することが怖かった。だから、ただ、求め合う。
　隼人は、"小林隼人"として、あたしを優しく抱いてくれた。
　静かな部屋に、あたしたちの吐息と雨音だけが響き渡る。
　そういえば、出会った日も雨が降っていたっけ。
　あたしたちにとって最後になる今夜も、やっぱり雨が降ってるんだね。
「……ごめんな、ちーちゃん……」
　隼人だってわかってたんでしょ？　あたしの選択肢が、他にないこと。
「ほんとは、ちーちゃんを幸せにするためには、置いていかなきゃいけないのはわかってるんだ。でも俺は、ちーちゃんと生きていきたい。ごめんな？　ほんとに、ごめん」
　あたしはただ、ほんとはすごく弱い隼人を見捨てることができなかっただけだよ？　愛してたから、それでよかった。
　今までほんとにつらくて苦しかったけど、それでも今度こそ、ふたりで幸せになりたい。なれるんだと、信じたい。
　そのあと、ふたりでバッグに詰めこんだのは、わずかな

服と身の回りのものだけ。

　お互いがいれば、他にはなにもいらなかったから。
「明日、朝イチで行こう」
　隼人は窓の外を見つめ、タバコの煙をくゆらせながら物思いにふけっている。
　雨粒によって世界がゆがみ、まるで、この場所だけ外の世界から切り取られたような感じがした。
「うん。でも、なんかさびしいね。この部屋には思い出がありすぎるよ」
「思い出なんて、俺らの中にあればそれでいいよ。またイチから作ればいい」
　そっか。あたしたちは、最初からずっとお互いになにもなかった。ただ、ふたりで築きあげたものだけで、生きてきたんだ。
「行くあては？」
「港町がいいな。どっか、ゆっくりできるとこ」
　隼人は最後の煙を吐きだし、短くなったタバコを消す。
「そうだね。疲れたもんね」
「ああ、疲れたよ」
　そして、最後の晩さんのように、隼人はチャーハンを作ってくれた。相変わらず、卵とベーコンしか入ってなかったけど、やっぱり温かかった。
「ねぇ、隼人。シンナー、やめようね？」
　食べながら、ぽつりとそう言ったあたしに、
「うん、大丈夫だよ。ちーちゃんといるときは、あんなモ

ンの存在忘れてたから」
　って、隼人は優しく笑いかけてくれた。

　　　　　　　　＊　＊　＊

　出会った雨の日には、こんなことになるなんて、思ってもみなかったね。
　隼人はあたしを愛してくれて、あたしも隼人を愛した。
　愛し合わなければ、あたしたちの運命は変わっていたのかな？

死

　出発の朝。

　結局、昨日の夜から雨は降り続いたままだった。逃げるように街を出るあたしたちにはピッタリな天気かもしれない。

　右手にバッグ、左手にはまっ赤な傘を持つ。

　あたしは、昔、隼人に怒られたときに買った傘を、いまだに持ち続けてた。

「出発だな。どっか寄るとこある？」

　乗ったのは、あたしの車。

　隼人の車は、いつのまにかなくなっていた。多分、処分したんだろう。

「ファミレス寄ってくれる？　マネージャーに、最後くらいあいさつしときたいから」

「だな。世話になったしな。俺が代わりにあいさつしたいくらいだけど、これからちーちゃんをさらうヤツに言われたくないだろうし」

　隼人は、いつもみたいに困ったように笑った。

「じゃあ俺は、ここにいるな。そこの自販でタバコ買うから」

「うん。すぐ戻るから！」

「おー！　待ってるからな！」

　店の裏口に車を停め、一緒に降りて別々の方向に足を向ける。笑顔で手を振って。

朝からデスクに向かっていたらしいマネージャーは、いきなり事務所に現れたあたしを見て目を丸くした。
「酒井、カゼ大丈夫か？　お前いなくて大変だったんだぞ。今日から出られるんだろ？」
　だけど、そんなマネージャーにあたしは頭を下げる。
「マネージャー、今までありがとうございました。さようなら」
　わけがわからないといった様子で、マネージャーはあたしを見た。
「お前、言ってる意味がわからないんだけど……」
「ほんとにすいません」
　もう一度、深々と頭を下げ、きびすを返す。
「待て！　酒井！」
　呼び止める声に、あたしが振り返ることはなかった。
　後悔なんてしてない。もう誰も、あたしを、あたしたちを止められないんだ。
　駆け足で店を出て、急いで傘をさす。目の前には、タバコを買って戻ってくる隼人の姿。
「隼人！　もう終わったから！　行こっ！」
　あたしが笑顔で手を振った瞬間、隼人は目を見開いて、持っていた傘を投げ捨てた。
「ちーちゃん、危ない！」
　ゆっくりとうしろを振り返った瞬間。
「アァァァァァ！」
　わかったのは、雨の中、髪の毛を振り乱し、サンダルを

履いただけのボロボロの姿をした安西香澄が、あたしに刃物を向けて走ってきたことだけ。

なにが起こっているのかわからなくて、呆然と立ちつくしていた瞬間、目の前の景色が変わった。

……気付いたら、突きとばされていた。

あたしのまっ赤な傘が、ゆっくりと宙を舞う。擦りむいたのだろうか、膝に痛みを感じながら、顔をあげた。
「……え？　なに、これ……」

あたしの真上で、隼人と香澄の影が重なっている。

スローモーションのように、パサッと傘が地面に落ちる音がした。
「隼人!?　隼人ー！」

ゆっくりと崩れ落ちる隼人の姿に、全身から血の気が引いて、急いで駆けよる。
「……クソ、アマがぁ……！」
「……そんな、ウソでしょ？　なんで、かばうの……？」

腹部を押さえてにらみつける隼人に、香澄は青ざめた顔で言葉を失っていた。

ゆっくり離れた香澄の手には、はっきりわかるほどのまっ赤な液体がこびりついていて、それが雨と混ざって水滴となって地面に色を付けていく。

どうなってるの……？

隼人のお腹にナイフが突き刺さり、足もと一面に広がる、流れ出る大量の血溜まり。
「イヤッ！　隼人ー！」

あとずさりする香澄にも気付かず、あたしは隼人の名前を呼び続けた。
　倒れた隼人の体を支えると、あたしの体もすぐにまっ赤になる。生温かい液体と、重たすぎる隼人の体。
「ァア！　……ちーちゃ、ごめっ……！　……すげぇ、ダセェ……」
「隼人！　しゃべっちゃダメ！」
　だんだん唇から色がなくなっていく隼人に、あたしは声をあげた。こんなの、なにかの冗談でしょ？
「……ちーちゃん、ケガ、ない……？」
「……隼人の方が大変じゃん……！」
　ただ泣きながら、首を振り続ける。
　12月の冷たい雨が、隼人の血を洗い流すように降りそそぐ。
「……俺は、大丈夫。ちーちゃんは、笑ってて……？」
「ムリだよ。笑えるわけないよ！」
　隼人の手が、ゆっくりとあたしを求めるように伸びてくる。
「……ごめんな、ちーちゃ……。ほんとに、ごめん……」
「イヤー！　そんなこと言わないで！」
　だけど、その手が頬に触れた瞬間、隼人は安心したようにおだやかな顔になった。
　あたしの頬を優しくなでる隼人の手は、冷たくて……もう、目の焦点すらも合っていない。
「……今まで、ありがと……」

「イヤァー！」
　最期の顔は、悲しそうだった。
　滑り落ちていった右手が、隼人の"死"を意味していた。

　遠くでサイレンの音が鳴り響く中、あたしは必死で心臓マッサージをする。
　まだ助かるんじゃないかって……。
　雨に打たれたまっ赤な傘が道端に転がっているのが、なぜか強く目に入った。
「……ウソ、でしょ……？」
　隼人の体を抱いて揺らし続けたのに、隼人が再びあたしに笑顔を向けることはなかった。
「ねぇ、起きてよ！　ひとりで死ぬなんて許さない！」
　だけど、その顔はただ悲しそうに笑うばかり。
　海に行く約束も、ずっとそばにいるって約束も、守ってくれてない。隼人は、あたしにウソなんかつくようなオトコじゃなかったのに。さんざん刺されても、死ななかったのに……。
　こんなの、ウソに決まってるよ！　せっかく、これからふたりで幸せになれると思ったのに。
　だけど、隼人はいつまでたっても目を覚まさなかった。
「……ウソつき……」
　こんな現実、あたしは受け止めきれない。
　隼人がいない世界でなんて、あたしは生きられない。
　あたしの涙は降りしきる雨のように、枯れ果てることは

なかった。

*　*　*

それから、病院で医師に死亡を確認されたときも、あたしは血まみれのまま、泣き続けた。

勝手に葬儀屋が来て、翌日には隼人の"お葬式"が始まって。葬儀屋が選んだ遺影は、旅行に行ったときの、最初で最後の隼人の笑顔の写真だった。

隼人とたったふたりで、葬儀をした。

今でも鮮明に思い出せるのは、隼人が出棺されるとき。

あたしは必死で抵抗し、泣き続けた。さんざん叫んで暴れ回り、葬儀屋の人たちに総出で押さえられて……。

隼人の骨を拾ったときも、これは隼人じゃないって思い続けてた。

骨になった隼人に、今までの面影はなくて……。

あたしを抱きしめる強い腕も、困ったように笑いかける笑顔も、なんにもなかった。

その瞬間、後悔ばかりが襲ってきたんだ。

最期の瞬間、ウソでもあたしが笑っていれば。

……前日に、別れていれば。

ごめんね。

それしか言う言葉がなかった。

棺の中にセブンスターも一緒に入れてあげればよかったのに、泣いてばかりで、そんなことにも気付けなくて……。

その頃の記憶は曖昧で、断片的なものをつなぎ合わせることしかできない。
　隼人の"死"を、受け入れることができなかったんだ。

　ねぇ、隼人。
　出会ったあの日から、あたしたちの運命は決まっていたのかな？
　……ファミレスに寄ったのだって、ほんとにただ思いついただけだった。
　でも、今思うと、なにかに導かれていたような気がしてくる。
　隼人はあたしのこと、恨んでる？
　……恨んでないんだろうな。いっそ、恨んでくれたらいいのに。隼人は優しいから、『ちーちゃんのせいじゃないよ』って、笑って言ってくれるんだろうね。
　あの笑顔、もう一度だけでも見たかったよ。
　いつからカウントダウンが始まっていたの？
　……ううん。出会った日から、あたしたちの"終焉"へのカウントダウンは、すでに始まっていたのかもしれないね。

うたかた

「お話を、聞かせてもらえますか？」

　今まで気を遣ってなにも言わなかった警察は、すべてが終わったあと、隼人の家までやってきて、あたしにそう声をかけた。

　わざわざこんな夜も明けきらないような時間に家にまで押しかけてきて、ご苦労なことだ。

　横から支えられるようにして、警察署に連れて行かれる。

　隼人が死んでから4日後のことだった。

「前に一度聞いたな？　お前は、小林隼人と内縁関係だった。そうだろ？」

「……答えられません」

　答えたくなかった。

　肯定することなんてできないし、否定すれば、なにもかもがウソだったみたいに思えて。

『ずっとそばにいる』……そう約束したのに、隼人はひとりでいなくなってしまった。

「お願い、隼人に会わせて？　約束、したから」

　なのに、刑事の男はなにも言ってはくれない。

「管理会社に連絡を取って、小林の家を家宅捜索させてる。あと、ケータイの名義は別人。これは、どう説明する？」

「……隼人に、会いたい……」

　刑事の声なんて、あたしには届かなかった。

「いい加減にしろ！　アイツは死んだんだ！」
「イヤッ！」
　耳をふさぎ、泣き叫んだ。
　"死んだ"……口に出される言葉が、どれほどあたしに突き刺さるだろう。
　今だって、家に帰れば絶対隼人は待っててくれるって、そう思ってしまう。
　そう思うことでしか、あたしは自分自身を保てなかった。

　結局、昼には釈放された。トボトボと歩き続ける。
「よう、お嬢ちゃん。乗ってくだろ？」
　その声に、ゆっくりと顔をあげた。
「……河、本……！」
　いきなり横づけされた車の後部座席の窓が開くと、そこには河本がいた。あたしに向かって、うすら笑いを浮かべている。
　目を見開いたまま立ちつくすあたし。
　車から降りてきた河本は、
「騒ぎになってるぜ？　歩いて帰ったら、あんたはマスコミの恰好のネタだ。まだ、マンションの下にはいなかったけど、用心するに越したことはねぇだろ？」
　と、あたしの足もとになにかを投げた。見ると、それは、１冊の週刊誌。思わず、手にとる。
【詐欺師の正体と貢がれ続けた女】というタイトルの付けられた、実にくだらない内容に、笑うことすらできない。

記事の内容によると、あたしは隼人が詐欺で稼いだお金で豪遊していたことになっていて、とんだ悪女だ。そして、事実ともウソともつかないような話が、過去から洗いざらい脚色されて掲載されていた。
　いつのまに撮られたのか、葬儀中の写真まであって。
　顔にモザイクをかけられたあたしの姿は、ひどく滑稽だった。
【さんざんしぼり取られ、最期はそのオンナのために死んだこの詐欺師は、前代未聞のお人好しと言えるだろう】
　これが、最後の１行。
　……なんにも知らないクセに。隼人のこと、悪く言わないでよ。
「わかったら、乗りな！」
　河本は、車のうしろを指さした。
　だけど、あたしは思いきりにらみつける。
「あんたは隼人を殺そうとした！　あたし知ってるんだから！　あんたこそ、死ぬ覚悟あるの？」
　もとはと言えば、コイツがすべてを狂わせたんだ！
「ポリの前でなに言ってんだ？　それじゃあんた、立派な"計画殺人"だぜ？」
「今さら怖いものなんてないから！」
「はっ！　やれるモンならやってみろ！　乗れ！」
　河本をにらみながら、車の後部座席に乗りこんだ。続いて河本も、距離を空けてあたしの横へと座る。誰のともわからないような整髪料のにおいばかり鼻につく。

正直、こんなヤツと同じ空気を吸っていると思うだけでも吐きそうだった。
　すると、河本がこちらを見ずにゆっくり口を開いた。
「悪いが、アイツを殺そうとしたのは俺じゃない。オヤジだ」
　……オヤジって、組長？
「あんた、あたしのこと怖くなったの？　デタラメ言われても信じないよ！」
「信じなくても、事実だ」
　河本の口調は真剣で、とてもウソをついているようには聞こえなかった。
「……本田、いや、"小林隼人"か？　ヤツは俺までだましてたんだな。はっ、ほんとに惜しいヤツだったよ」
　戸惑うあたしに、タバコをくわえた河本は窓の外を見つめて続ける。
「シャブ中がパクられたのは知ってるか？　あれで俺もヤバかったんだ。あの取引は、オヤジとは別ルートだったもんでな」
　語られていく真実に、鼓動が速くなる。
「……なんで、隼人が狙われないといけないの？」
「シマ荒らされて黙ってるわけにもいかねぇだろ？　それに、アイツはうちの組の情報も持ってた。どこまで知ってるかは知らねぇが、ポリにしゃべられると困るんだよ」
　それだけ言うと、河本は運転手に行き先を告げた。
　隼人が言ってた"情報"って、そのことだったの？
「あんたのなにを信じろって言うの？　あんた、キレイな

指してるじゃない！」

　河本の10本すべてある指を見て、イヤミったらしく吐き捨ててやった。だけど河本は、はっと笑う。
「お嬢ちゃん、ヤクザ映画観すぎなんじゃねぇか？　最近のヤクザは指なんか落としたりしねぇよ。そんなモン、1円にもならん」

　この世界は銭で決まるんだ、と続ける河本に、あたしは唇を噛みしめることしかできなかった。
「俺は近々、オヤジに戦争吹っかける。死人も出るかもなぁ」
「……あたしに話して、どうなるかわかってんの？」
「お嬢ちゃんのあんたに、なにができる？」

　正論だ。あたしはなにもできない。
「あの男も、とんだマヌケだよ。ウソの情報に踊らされて、俺を狙いやがった。まさか、飼い犬だと思ってた野郎に手ぇ噛まれるなんてな。だから小林を殺そうとしたのに、その矢先にコレだよ」

　え！？　……"ウソの情報"って？
「じゃあ、安西香澄も隼人をだましてたの!?」

　そんな、まさか。

　河本の言葉を理解しようと必死になる。
「あのオンナも、所詮、踊らされてただけさ。小林の野郎のために、必死で体使って手に入れた情報も、全部オヤジが仕組んで流したものだった。……オヤジは、俺とアイツを殺し合いにでもさせようとしたんじゃねぇのか？」

　河本は、タバコを灰皿に押しあてた。

言われていることが理解できない。
　あたしたちは、どれほど地獄に耐えてきただろう。
　なのに、それがすべて仕組まれてたことだったなんて。今まで、なんのために……。
「……そん、な……」
　じゃあ、いったい、あたしは誰を恨めばいいの？　隼人は、なんで死ぬ必要があったの？
　……目の前にいる男は、あたしの憎むべき相手ではなかった。そんなことを今さら知らされても、遅すぎる。
「お前、俺と来るか？　行くとこねぇんだろ？」
　河本はそんなあたしを見て、そう言葉をかけてきた。
「あんたは見たとこ最高のオンナだ。"小林のオンナ"なんか小さいだろ？」
「誰があんたみたいなっ！　あたしは背中にラクガキ描いて喜んでるヤツのオンナなんか、まっぴらだよ！」
　河本をにらみつける。
　たとえ、それで組長を殺すことができたとしても、きっとこのオトコからは一生逃げられないだろうから。
　こんなヤツ、絶対に信用できない。あたしのことを飼い殺しにして終わるだろう。
「はっ！　さすがだなぁ。お嬢ちゃんを育てたアイツは、俺が見込んだだけのことはある」
　気を抜くと涙があふれそうで、こらえることに必死だった。
「あのオトコ、そんなによかったのか？」

「あんたみたいに脂ぎってないしね」
　イヤミのつもりで言い返した瞬間、
「んだと、クソアマが！」
　と、運転していた男がドスをきかせた声で言い放った。
「黙れ、ボケが！」
　だけど、河本の一喝に男は押し黙り、一瞬にして車内を沈黙が包む。
「ほんとにタンカ切るオンナだなぁ。堅気にしとくにはもったいねぇ」
　タバコを1本抜きとり、河本はそれをくわえて彼方を見つめた。カチッとライターの音が響いたのを合図に、あたしはゆっくり口を開く。
「……河本さん。あんた、天下取りなよ」
　河本は驚いた顔をこちらに向けた。
「あたしも隼人も、あんたのおかげでいい生活できてたのは事実だから。それだけはお礼を言うよ。だから、最後にひとつだけ」
　しっかりと、河本の瞳をとらえる。
「……あたしの代わりに、組長を殺して！」
　あたしの言葉に、河本は戸惑うように目線を泳がせた。
「おいおい。ヤクザは、すぐに手のひら返すんだぜ？　今の話、全部ウソだったらどうすんだ？」
「だったら、あんたを殺す」
　迷いは、ない。
「おっかねぇ女だ。安心しろ、今の話にウソはねぇ！」

そうして、河本に隼人のマンションまで送られたあたしは、無言で車を降りた。
　これから、いったいどうすればいいの？
　なにもかも失い、隼人もいないこの世界で生きていくことなんて、できるわけがなかった。

　部屋に入ると、そこはほんとに荒れ果てていた。
　警察がなにもかも持っていき、本棚にあったものはすべて床に散乱していた。
　それでも、隼人のスカルプチャーの香りがただよう部屋自体は、出ていったあの日からなにも変わっていない。
　愛し合ったベッドも、隼人のためだけにご飯を作り続けたキッチンも、笑い合った白のソファも、すべてがそのままだった。
　だけど、ただひとつちがうのは、もうこの世に隼人が存在していないということ。
　静寂があたしを包む。
　涙があふれてきた。この部屋には、思い出がありすぎる。
　さんざん泣き続けたのに、涙は果てることがなかった。
　……隼人のそばに行かなきゃ。
　隼人はきっと、ひとりでさびしがってる。あたしがいないと、生きていけない人だから。
　唐突にそう思った。
　死ぬことは、怖いことじゃない。隼人のいないこの世界で生きることの方がよっぽど地獄に感じる。

隼人、待っててね……。
　手首にカミソリを当て、天を仰いだその瞬間。
「なにやってんだよ！　死ぬ気か!?」
　突然、部屋のドアが開かれ、誰かがあたしのもとに駆けよってきた。
「隼人!?」
　……隼人が、帰ってきてくれたんだと思ったのに。
「……マ、ツ……」
　そんな淡い期待さえも打ち砕かれる。
「あんた、隼人さんが命がけで守ったんだろ!?　死ぬなんて、俺が許さねぇ！」
　カミソリを握りしめたマツの手から、鮮血が垂れる。
　……フラッシュバックのように思い出すのは、あの日、隼人に同じように止められた、あの光景。
「……なんで、止めるの？　あたしが死ねばよかったんだっ！」
「っざけんじゃねぇよ！」
　マツがカミソリを投げ捨て、床に転がる音が響いた。
「じゃあ、あんたが代わりに死ねばよかったんだ！　あんた、隼人のためなら死ねるんでしょ!?」
　マツの胸ぐらをつかみ、あたしは声を荒げる。マツは唇を噛みしめた。
「……そうかもな。俺が死んでも、誰も泣いてくれる人間なんていねぇから」
　言ってしまったあとで、後悔した。

この世に死んでいい人間なんて、いるわけがない。
「……ごめん。そんなこと言いたいんじゃないんだよ。あんたまで、死なないで」
「わかってるから。俺まで死んだら、あんたはほんとにひとりになるだろ？」
　マツの前でも泣き続けることしかできない。
　死ぬことも生きることもできなくて、あたしにはどうしていいか全然わからなかった。
　マツは、隼人みたいに悲しそうに疲弊した顔で、ずっとあたしを見ていた。

手紙

「……部屋、最悪だな」

さんざん泣いて、疲れ果てたあたしの傷の手当てをしながら、マツがぼそりとつぶやいた。

「悪かったと思ってる。俺は葬式にも出られなかった……」

涙が頬をつたって答えられず、首を振ることしかできない。

「全部、処分しといたから。あとは、この部屋だけだ」

「……そう。ありがとね」

ほんとは、マツだってお別れを言いたかったはずなのに。

あたしのために、すべてを片づけてくれていたんだ。アパートも、トランクルームも、車も。

「あの写真、最高の笑顔だな。やっぱ、あんたは愛されてるんだよ」

あたしのバッグの口からのぞく遺影を見たマツは、少しだけ笑った。その言葉にまた涙があふれ、楽しかった日々を思い出す。

「……手紙、渡そうと思って。隼人さんから預かってたんだ。あんたがもし、隼人さんと一緒に生きる道を選ばなかったときに渡すはずだったヤツだ」

そう言って渡された紙袋。

そこには1通の封筒と、ジュエリーボックスが入っていた。ゆっくりと、箱を取りだす。

「……これっ……！」

入っていたのは、ペアリング。

シンプルなだけのそれがふたつ、まっ黒な箱の中で輝きを放っていた。

あたしは言葉を失う。

ふるえる手で封を開けると、中からは便せんにつづられた隼人の文字。

ちーちゃんへ

ちーちゃんが、俺と一緒に来ないという道を選んだことは、正しいことだよ。自分を責めることなんてないからね？

ちーちゃんのこと、ほんとに愛してた。

気付いたら、ちーちゃんが俺のすべてだった。ちーちゃんがいなくなるのはつらいけど、ちーちゃんは俺なんかといちゃダメだったんだよ。

ちーちゃんは、汚れきってた俺に唯一残された、白い部分だったから。

だから、ちーちゃんだけは守りたかったんだ。

赤ちゃん、ほんとはすげぇうれしかった。

産んでほしかったんだ。

だけど、俺はただの犯罪者だから。そんなヤツの子供を

産ませるなんて、できなかった。
　それに、こんな父親を持った子供がかわいそうすぎるから。

　俺の父親は、ヤクザだった。
　組のために人を殺して、刑務所に入ってしまった。
　そして、母親は自殺した。
　それから俺は、疎まれながら親戚中をたらい回しにされたよ。

　畳が嫌いって言ったことあったろ？
　ほんとは、昔を思い出すからなんだ。
　だから俺は、なんとしても成りあがりたかった。
　なのに、選んだ道は父親と大差ない。結局、俺もこんな道でしか生きられなかった。
　俺が墨を入れるのだけは拒んだ理由は、父親へのちっぽけな反抗心からだったんだ。
　ちーちゃんが聞いたら笑うよな？

　こんぺいとう、ちーちゃんは多分なにもかも気付いていたと思います。
　それでもなにも言わず、俺のそばにいて笑っててくれた。
　正直、つらかったよ。
　ちーちゃんを苦しめたいわけじゃないのに。
　いつも、ちーちゃんのこと、泣かせることしかできなかった。

……笑ってるちーちゃんが好きだった。
　でも、ムリして笑ってるちーちゃんを見るのは耐えられなかった。
　……アンパン喰ってたのも、怖くて逃げたかっただけなんだ。
　俺はほんとに弱い人間だから。
　こんぺいとうなんかで償えるとは思ってないけど、忘れたくないから。

　それから、ちーちゃんのお母さんの居場所は、マツが知ってます。会うか会わないかは、ちーちゃんが決めて？

　俺は、ちーちゃんからお母さんを取りあげた。
　"工藤浩一郎"の名前を聞いて、すぐに居場所はつかめたよ。
　金払ってお母さんと工藤を別れさせたのは、この俺です。
　そして、お母さんにすべてを押しつけた。
　ちーちゃんに"帰る場所"があることが、怖かったんだ。
　それに、ちーちゃんを保証人にしたお母さんのことが許せなかった。
　ただ、ちーちゃんを俺だけにつなぎとめておきたかった。
　ちーちゃんの昔の仲間を殺したのも、ちーちゃんに"過去"なんて必要ないと思ったから。

　そんな俺に、ちーちゃんはなにも言わなかったね。
　俺は、ちーちゃんからすべてを奪ったんだ。恨まれても

仕方ないと思ってるよ。

『俺になにも聞かないで。あと、なにも言わないで』

　ちーちゃんは、この罰ゲームをずっと続けてくれてたね。

　俺はただ、なにも言わないちーちゃんに甘えてただけなんだ。

　ちーちゃんを失うのが怖かった。

　ちーちゃんを失えば、俺はなんにもなくなるから。

　だから俺は、俺のワガママで、ちーちゃんを縛り続けてた。

　なのに、ずっとそんな俺に付き合ってくれてありがとう。

　それから、最後のお願いを聞いてください。

　金庫の中にある500万は、マツに渡して？

　アイツにも、迷惑かけたからな。

　それと、ちーちゃん名義の通帳に2000万入ってます。

　なにも言わずに受け取ってください。

　俺は結局、金でしか償えないから。

　ちーちゃんが、そういうの嫌いなこともわかってるよ？

けど、金はあって困るものじゃないから。

　暗証番号は、1226。

　ちーちゃんが俺のモノになった日。

　ちーちゃんは俺なんか忘れて、別の誰かと幸せになって

ください。

　……頭ではわかってても、書いててくやしいよ。

　ほんとは、俺のこと忘れてほしくない。

　ちーちゃんと別の誰かの未来を想像するだけで、押しつぶされそうになるよ。

　俺はこれからもきっと、ちーちゃんを想い続けると思う。

　俺にはちーちゃんを忘れることなんてできません。

　海に行く約束、守れなくてごめんな。

　俺が飛ぶ日がなんで明日だったかわかる？

　それは、ちーちゃんと出会った日だから。

　ちーちゃんには、あの雨の日からすべてをやり直してほしかった。

　できるなら、俺と出会う前の生活に戻ってほしかった。

　明日も雨になるかな？　ちーちゃんは、雨が嫌いだったよね？

　でも俺は、ちーちゃんと出会わせてくれた雨に感謝しています。

　ほんとに偶然だったよな。

　まさか、こんなことになるとは思わなかったけど。

　昔、猫が捨てられてたのに、俺は親戚の家にいたから飼うことができなかった。

　だから、捨てられたみたいに歩いてたちーちゃんを放っ

とくことができなかったんだ。
　猫と一緒にしたら、ちーちゃんは怒るかな？

　一緒に入れてあるペアリングは、ずっと車の中に隠してました。ほんとは、すっげぇかっこいいプロポーズと一緒に贈りたかったんだ。
　だけど、そしたらほんとにちーちゃんは戻れなくなるから。

　ちーちゃんを閉じこめ続けてた俺が言えるセリフじゃないのもわかってる。
　ちーちゃんを想ったら、別れた方がいいことは、ずっとわかってたんだ。
　愛してるからこそ、手放せなかった。
　だけど、ほんとは俺がひとりになるのが怖かっただけなのかもしれない。

　ちーちゃんには、謝ることしかできません。
　ほんとに、ほんとに、ごめんな。
　そして、ありがとう。
　すげぇ愛してた。
　これからも、それはずっと変わらない。

　　　　　　　　　　　　　　　　　　　　　　小林隼人

「……隼、人……」
　手紙を抱きしめるようにして、隼人の名前を呼び続けた。
　ああ。あたしは、こんなにも隼人に愛されていたんだね。
『ごめんな、ちーちゃん』
『ありがとな、ちーちゃん』
　隼人はいつも優しく言ってくれたね。
　こんなに愛してたのに、なんで死んじゃったの？
　あたしを残して、逝かないでよ。

「隼人さんは、あんたの代わりに死ねて、多分幸せだったと思うよ。あんたを責めるような人じゃねぇから」
　マツの言葉に、また涙があふれてくる。
「……マツ、あたしを抱いてよ！」
「なに言ってんだよ!?」
「そしたら隼人は、あたしを怒りにきてくれる！　なんでもいいから隼人に会いたいんだよ！」
　ただ、こんな風に声を荒げることしかできない。
「できるわけねぇだろ！　他のオトコのこと考えてるヤツなんか抱けるかよ！」
　そして、マツは唇を噛みしめた。
「第一、俺があの世に行ったとき、また殴られそうだから」
　悲しい目をして言うマツに、なにも言えなくなった。

海の見える町

　握りしめたままの手紙は、端がくしゃくしゃになっていた。
　箱に入っていた指輪は、前もらったダイヤの指輪と一緒に重ねづけする。
　隼人の方の指輪は、今あたしがしているネックレスに付けることにした。そっとチェーンに指輪を通す。
　そうして、ふたつの指輪を身につけたあたしは、ふたたび込みあげてきそうになる涙をこらえる。
　泣いてちゃ隼人に合わせる顔がないから。
　マツはそんなあたしに、少し言いづらそうな顔をしながらも、
「これからどうする？　もう、ここにも住めねぇぞ？　警察が何度も来てるし、騒ぎになってる」
　と、聞いてきた。
　あたしは遺影を見つめて、口を開く。
「……あたし、行きたいところあるんだ」
　また、ふたりで行きたいんだ、あの場所に。
「海に行きたい。隼人との約束だから」
「……わかったよ。連れてってやるから。あんたひとりで行かせて、自殺でもされたら困るしな」
　あたしの言葉に、マツはそう言ってくれた。
「あんた、優しいんだね」

マツのメンソールのタバコは隼人のものとはちがう。
　そのにおいばかりが鼻につき、ここに隼人がいないことをイヤでも感じさせられた。
　ふたりで部屋を出る。駐車場に行くと、マツの車がいつのまにか変わっていることに驚いた。
「俺の車も盗品だったからな。隼人さんの車を海に沈めたときに、一緒に俺の車も沈めたよ。……心配しなくても、これは正規の車だから」
　マツはあたしの表情に気付いたのか、説明してくれる。
「……そう」
　目線を落とすと、左手の薬指の、さっき重ねづけした指輪が目に入った。思わず、ネックレスにも触れる。
　あたしには、これだけあれば十分だ。
　車に乗りこむあたしを確認したマツは、シフトをドライブに入れた。
「ねぇ、あんたのほんとの名前って、なに？」
「松本幸成(ゆきなり)」
「……そう。"幸成"って顔してないね」
　マツのタバコを抜きとりながら、あたしは力なく笑った。
「よく言われるよ、それ」
　自分のタバコをくわえたマツも、同じように笑う。
「つーかあんた、自分のタバコ吸えよ」
「マツはケチだね。隼人は怒らなかったのに」
　……それどころか、隼人はあたしのために家にあるタバコのストックを切らしたことがなかった。

そんな小さなことでも、隼人の優しさを思い出すと胸が痛い。
「俺は、隼人さんとはちがうから」
「……そうだね」
　隼人は、もうこの世にはいない。そんな現実を突きつけられることが苦しい。
「っていうか、"あんた"ってやめてよ。イヤな人のこと思い出すからさ」
　"あんた"っていうのは、母親があたしを呼ぶ言い方だ。
「俺、あんたの名前知らねぇから」
「千里だよ。……名字は、ないから」
　"隼人のオンナ"になったとき、名字は捨てたんだ。
「そう。でも、"ちーちゃん"って呼んだら、怒るんだろ？」
　その瞬間、胸が苦しくなる。隼人の笑顔を思い出すと、また涙があふれてしまう。
「……泣くなよ。悪かったから」
　あたしを見て、マツは頭をかかえた。
「じゃあ、千里でいいだろ？」
「……うん」
　隼人が死んでしまった今、あたしの呼び名なんかどうでもいい。
　隼人は、もうあたしのことを"ちーちゃん"って呼びながら笑ってはくれないから。

　着いた場所は、前に一度だけ隼人と来た海。

その場所に、隼人の遺骨の一部をまいた。
　ゆっくり海でも見てね？
　隼人は灰になって空に舞い、風と一緒に消えていった。波がおだやかで、まるで隼人が笑ってるみたい。
「なんで、海なんだ？」
「隼人はゆっくり海なんか眺めたことがないんだって」
「そう。でも今は、俺といるあんた見て、気が気じゃないかもな」
　風に舞う灰を見ながら、マツは少しだけ笑って空を見あげた。
「ははっ、そうかもね」
　沈みゆく西日が、やけにまぶしい。いつかのあの日とまったく同じ景色なのに、となりに立つのは隼人じゃない。
　それが、なんだか不思議な気がした。
「……もう、一緒に死にたいって思わねぇの？」
「いいよ、さんざん待たされたんだし。少しくらい待たせたって、あの人怒らないよ」
　マツは、それ以上なにも言わなかった。
　隼人、そっちはさびしい？　あたしもさびしいけどさ、もうちょっとだけ待っててよ。
　あたしがそっちに行ったら、いっぱい相手してあげるから。
　死ぬことは簡単だけど、あたしはもうちょっと生きてみようと思うんだ。
　こんなこと言ったら、あたしのこと怒る？

心の中で、隼人に語りかける。
　海を眺めていると、自然と死にたいと思うことはなくなった。
　あたしが死んだら、マツはほんとにひとりになってしまうから。
　ひとりのさびしさは痛いくらいにわかるから、あたしにはそんなことできない。
　ごめんね、隼人。
「ペアリングな、『なんで置いていくんだ？』って聞いたんだよ。そしたら、なんて言ったと思う？」
　マツの問いかけに、ゆっくりと首を横に振った。
「『ちゃんとした金で買いたいから』だってさ。『堅気になって、安物でもいいからちゃんとしたの買ってやる』って言ってたよ。それ聞いて笑ったもんな。あの人が堅気になるなんて、想像できなかったもん」
　そして、マツはゆっくりとこちらに顔を向ける。
「一緒に逃げて、堅気になって、一生あんたを守るつもりだったんだよ」
　マツの言葉に、また涙があふれて。
　海風があたしの髪の毛を揺らすたび、隼人がそこにいる気がした。
「昔のあの人は、ほんとに狂犬みてぇでさぁ。飲み屋のオンナなんか手当たり次第だったし」
　マツは思い出したように笑う。
「でもな、ある日から、あの人変わったんだよ。金入った

ら一目散に飲みにいくような人が、『家帰る』とか言いだすし。ほとんど寝るためだけにあるような部屋だったのに、いつのまにか家具まで買って。どんなオンナがあの人を変えたのか、すっげぇ気になった」

　マツはポケットから、タバコを取りだした。
「あんたのこと、"あったかいオンナ"って言ってたぞ？あんたの笑った顔が、一番好きだって」

　そして、火をつけて深く吸いこみ、吐きだす。

　あたしはただ、その言葉をひと言たりとも聞きもらさないようにマツを見つめた。
「見てビビッたよ。隼人さんの前で、すげぇ優しく話すオンナだって。あんた、隼人さんの前で、母親が子供に絵本読んで聞かせるように話すんだよ。気付いてなかっただろ？」

　また煙を吐きだしながら言ったマツの言葉に、ただ驚く。

　ゆっくり沈んでいく太陽が水面を朱の色に染めて、海の果てを教えてくれてるようだった。
「ああ、だからこの人変わったんだ、って思ったよ。多分、あの人を包みこんでたのはあんたの方だ。だから、手放せないのもわかる気がする」

　マツは最後の煙を吐きだすと、タバコを足もとに投げた。
「まぁ、俺はてっきり化粧の濃いオンナが好きなんだと思ってたけどな。でも、あんた、すげぇキレイだと思うよ。あんたみたいなオンナ、どこに落ちてんの？」

　そう言ったマツは、少しだけあたしに笑いかける。

あたしはマツが優しいヤツなんだって、そのとき初めて気付いたんだ。
「ははっ！　あんたになんか見つけられないよ」
「うわっ！　ムカつく！」
　マツは歯を見せて笑った。
　そのとき、やっとあたしも少しだけ笑うことができた。
「隼人、化粧の濃いオンナ嫌いって言ってたよ？　あたしが飲み屋のオンナみたいな格好したら、すっごい怒るの！」
「あんたは他のオンナとちがうってことだろ？　あの人多分、まともにオンナ愛したことなんて、ねぇんじゃねぇの？　だから、あんたを閉じこめることしかできなかったんだよ」
　ため息混じりに言って、マツはしゃがみこむ。
「……あたしも隼人も、狂ってたと思う……？」
　そう聞いたあたしも同じようにマツのとなりにしゃがみこんだ。そんなあたしを横目にとらえ、マツはまた水面に視線を戻す。
「俺から見ればな。けど、ふたりがそれでよかったんなら、他人が口はさむことじゃねぇから。あの人の執着心とか独占欲は、ハンパじゃなかった。なんかもう、そのためなら人でも殺しそうなほどだよ」
　……ほんとにそうだ。実際、隼人はあたしの昔の仲間を殺した。
「……あたしは、それでもよかったよ」
「じゃあ、あんたも相当狂ってるな」
　マツは悲しそうに遠くを見つめるばかり。

「そろそろ帰らねぇ？　こんなとこで語り合ってたら、カゼひくだろ？」
「……そうだね。隼人に怒られるもんね」
　そして、一緒に立ちあがった。
　歩きだしたマツは、振り返って聞いてくる。
「これからどうすんの？」
「あんたは帰りなよ。あたしはこの海の近くに住もうと思う」
　あたしの言葉に、マツは驚いた顔をした。
「ここにいると、隼人のこと思い出せるから。やっぱりあたしには、隼人しかいないんだ」
「……そう。じゃあ、俺も付き合ってやるよ」
　あきらめたように言うマツに、今度はあたしの方が驚いてしまう。
「あんた、なに言ってんの!?」
「監視しとかないと、また自殺でもされたら困るだろ？　それに、俺も行く場所ないしさ。"小林隼人"を知ってるの、俺とあんたしかいないだろ？　酒でも飲みながら、一緒に思い出話に付き合ってやるよ」
　あたしって、そこまで心配されてるんだろうか。
「……マツ、あんた、優しいね……」
　堅気に戻ったマツに行く場所はない。それは、あたしも同じことだけど……。
　マツの優しさが、あたしの胸を締めつける。
「あんた、顔はイカついけど、笑ってる方がいいよ？」

「……イヤミかよ」
　陽が沈みきってまっ暗になった海で、また少しだけ笑った。

　それからマツは、あたしのためにホテルを取ってくれた。安いビジネスホテルだけど、あたしにはちょうどいい。
「あんた、どうすんの？」
「俺は一旦戻って、あの部屋片づけるよ。明日、朝イチで適当な部屋探しとけよ。引っ越し業者に運ばせるから」
「……うん」
　マツのことを尊敬してしまう。なにか言う前に、すべて手配してくれてるんだから。
　隼人がマツをそばに置いてたわけが、なんとなくわかる気がするよ。
「急性アルコール中毒とかで死ぬなよ？」
　あたしの頭に缶ビールを乗せたマツは、困ったように笑いかけた。ひんやりとしたその感覚が、あたしがまだ生きて、ここにいることを教えてくれる。
「ははっ！　あたし、そこまでバカじゃないから」
　だからこそ、マツがいてくれてほんとによかった。

　その日の晩、ビジネスホテルのベッドの上で、隼人の遺影と一緒に酒を酌み交わした。
　まだ、あの日から４日しかたってないなんてね。
　そして、初めて泣かずに眠りについた。

ねぇ、隼人。
　あたしはこれから、ひとりでどうやって生きればいい？
　マツから、お母さんが無事だって聞いたよ？
　だけど、今さら会いたいなんて思わないんだ。あたしはとっくの昔に捨てられたし。
　あたしは今も、隼人だけいればいいのにね。

　次の日、あたしが借りたのは海が見えるマンション。
　広くはないけど、日当たりはいい。もちろん、畳のないところ。あたしは今も、"隼人のオンナ"だから。
　——ピリリリリ、ピリリリリ。
　マツからの電話が鳴る。
「はーい」
「もうすぐそっち着くから。部屋、借りた？」
「借りたよー。でも、荷物入んないわ」
　ここは隼人のマンションみたいに広くないから、デカいテレビも白のソファも、置くことはできない。
「そっか。じゃあ、適当にトランクルーム借りて、ぶちこんどいてやるよ。どれ運ばせればいい？」
「ガラステーブルだけでいいよ」
　前にふたりで一緒に選んだガラステーブルだけあれば、それでいい。
「それからさぁ。隼人のロレックスとか、マツにあげる」
「形見だろ？　あんたが持ってた方が喜ぶんじゃねぇの？」
「あたし、フランクミューラーあるからいいよ。それに、

ロレックスつけてる頃の隼人、あたし知らないから」
「……わかった」
 少しの沈黙のあと、すべてを悟ったようにマツはそれだけ言った。
 電話を切り、隼人のフランクミューラーを棚の上に飾る。
 ……隼人、これでいいんだよね？
 あたしが必死で働いて貯めたお金は、家具やカーテンを買ったら、あっという間に消えてしまった。
 敷金や礼金も自分のお金で出したから、さすがに、もうあんまりお金がない。
 だけど、隼人にもらったお金には、手をつけないでいた。

 それから2ヵ月があっという間に過ぎた。
 マツは知らない間に、あたしの家の近くに部屋を借りていた。
 相変わらず、毎日一緒にご飯を食べ、お酒を飲んでくれる。
 今日もまた、マツに食事に誘われた。
 いつものように、ふたりで他愛ないことを話していると、不意に箸を止めたマツは、あたしを見る。
「……墨、入れたんだって？」
「うん、今日ね」
 今日、あたしは自らの足にバラの花と"隼"の文字を入れた。バラのようにトゲを持ち、誰も隼人との思い出に触れられないように。

「もったいねぇな。せっかくのキレイな体なのに」
「……あんた、いつ見たの？」
　マツの言葉に、あたしの口もとが引きつるのがわかる。
「写真」
　一緒にホテルに泊まったとき、隼人がセックスの間に撮ったもの。いまだにあたしは見ることができない。
「あんな写真見せられたら、なんも言えねぇよ。お前がどんな風に愛されてたか、手に取るようにわかるから」
　鼓動が速くなる。
　そうだ、あれは決して、見て悲しくなるような写真じゃない。
「っていうか、あんたが勝手に見たんじゃん」
　今までつらくて見られなかった写真だけど、マツの言葉になんだか安心してしまった。
　あの写真には、隼人があたしを愛してくれた、確かな証拠があるんだね。……ずっと見られなくてごめんね。
　あたしはふぅっと息を吐き、椅子の背もたれに身を預ける。
「それよりさ、あたしもそろそろ仕事、見つけようかと思って。ずっとこんなままじゃダメだって、隼人の名前を彫ってるときに思ったの」
「いいんじゃね？　働いてたら少しは気も紛れるだろ。俺も堅気になったことだし、仕事するわ」
「なんの仕事すんの？」
「会社でもしようと思う」

「マジ!?　マツが人間使うの!?」
　マツが言うには、建設系の会社らしい。
「お前、バカにすんなよ。俺、昔は族仕切ってたんだぞ？　人間使うのは、隼人さんより得意だっつーの！」
「へぇ、マツが族ねぇ。まぁ、隼人は怒るばっかりだもんね」
　少しだけ笑い、セブンスターに火をつけた。
　あきらめたようにマツもタバコをくわえ、ため息を煙に混じらせる。
「そうだよ、あの人すぐ殴るんだもん。よく耐えたよ、俺は」
　そして……思い出話に、文句ひとつ言わずに付き合ってくれるんだ。
「隼人、あたしの前では怒ったことなかったのに」
「そりゃ、愛されてるからだよ」
「知ってるー！」
「うぜぇ！」
　そう言って笑い合いながら、脳裏をよぎる残像を振り払った。

　　　　　　　　＊　＊　＊

　あの日、香澄は、別れ話を切りだした隼人に逆上し、あたしを脅すつもりで、朝から店の前にいたらしい。
　だけど、あたしが隼人とふたりでいるのを見つけ、いてもたってもいられなくなってしまった……。刺すつもりなんかなかった、と供述しているらしい。

でも、あの雨でぬかるみに足を取られ、気付いたときには、ナイフが隼人のお腹に突き刺さっていた。
　逃亡していた香澄は、3日後に警察に捕まったみたい。
　マツにニュースを見せてもらえなかったせいで、あたしは結局、事件から1週間後に、それだけをマツから教えられた。
　そしてその頃には、さんざん騒がれた"犯罪者の死と影の女"の話題も、いつのまにか芸能人の泥沼離婚に取って替わられ、マスコミの話題から消えていた。
　なにより隼人が死んだことで、隼人の犯罪はうやむやのまま、警察は立件を見送ったらしいから。
　もちろん、その影には河本が起こした内部抗争があり、警察はそのことで人員を割かれたために捜査ができなかったという背景もある。
　……河本は、ほんとにあたしとの約束を守ってくれたんだ。

　あの日から数ヵ月が過ぎたころ、マツから1枚のCD-ROMを渡された。
　隼人が死ぬまでの間に、香澄を使って命を懸けて集めた情報が記されたもの。
　あたしと隼人が飛んだあとで、マツがそれを警察に持っていく手はずになっていたらしい。それが、あたしたちが獅龍会から狙われずに済む唯一の方法だったって。
　だって、獅龍会に捜査のメスが入れば、容易にあたした

ちに手出しはできなくなるから。それどころか、逮捕者だって出るだろう。

　……隼人は、あたしを守るために、そこまで考えてくれてたんだ。

　だけど、隼人が死んでしまった今、もうそれはなんの意味もないものになってしまった。

　結局あたしは、渡されたそのCD-ROMをマツに返した。だって、あたしには必要ないから。

　そんなあたしに、マツは『俺が保管しておくから』って言ってくれた。

　そして、安西香澄……。

　もしかしたら彼女もまた、かわいそうなオンナだったのかもしれない。

　マツの話だと、香澄は隼人の口車に乗せられて、ヤりたくもない男と寝てまで情報をつかんできたらしい。

　……獅龍会の組長が流した、ウソの情報を手に入れるために。

　そして、"本田賢治のオンナ"として、あたしの代わりに獅龍会の人間にレイプまでされていた。

　……香澄がそんなことになっていたなんて、知らなかった。

　たとえ、香澄がどんなオンナだったとしても、あたしも同じ女だからレイプされるということがどんなにつらいものか、わかるつもりだ。

だけど、そのあとも、結局また、隼人は言葉巧みに香澄をつなぎとめたらしい。
『あんなオンナは、どうなったって構わない。ちーちゃんが無事でよかった』
って言っていたそうだ。
だって、一歩まちがえば、あたしがヤられてたかもしれないから。
『結局、最初から最後まで、隼人さんはお前しか見えてなかったんだよ』
と、マツも言っていたけど、ほんとに隼人らしいと思う。
たとえ、それがどんなことだろうと、隼人はあたしのためならなんでもするんだ。……それが、隼人の愛し方だから。
あたしたちが一緒に生きるために引き返せる道なんて、なかった。
あたし以外の人の前では絶対弱音なんか吐かない隼人でさえ、最後には、
『自信がない。俺らの間には、もう埋められない溝ができてるから』
などと、マツに言っていたらしい。
たとえ、あたしになにかプレゼントしたところで、機嫌とりだと思われて怒らせるだけだし、なにより、あたしがなにをほしがってるのかもわからないから、と。
……隼人は死ぬことすらも望んでいたらしい。
だけど、そしたら、あたしを他のオトコに取られるから。

だからそれもできない、って。
　隼人が獅龍会に狙われて、ひとりで飛ぶって決意したときも、
『ちーちゃんにあんなにひどいことをしたのに、それでも俺のそばにいてくれてるのは、他に行くところがないからなんだ』
　という想いで……あたしが隼人についていくことはないってあきらめていたからこそ、マツに手紙を託したそうだ。
　人の心なんて、誰にもわからない。けど、きっと不安にさせていたのは、あたしのせい。
　もっと信じてあげてれば、よかった。
　……でも、あたしだって不安だったから。
　隼人に愛されてる自信なんて最後までなかった。なんで、あたしだったのかもわからない。
　あたしは隼人のために、なにができた？
　今では、そんなあの頃のことを後悔してばかりだよ。
　できることなら、ふたりで一生、あの部屋に閉じこもっていたかった。
　だけど、結局、生きるためにはお金が必要で、隼人はああいうことしかできなかった。
　それが、悲しい。

　そして、あの日の前日。
　昼頃、迎えにきたマツと一緒に出ていった隼人は、日雇

い労働の外国人にお金を握らせ、河本を狙わせた。
　でも、結局はそれも、失敗に終わったらしい。
『飼い犬だと思ってた野郎に手ぇ噛まれるなんて』って河本も、あたしを送ってくれた車の中でも言ってたけど。
　証拠はなくても、隼人がやったことだとバレるのは時間の問題だった。
　まぁ、河本を狙ってる人間なんてたくさんいたから、飛ぶまでの時間を稼ぐことくらいはできたらしいけど。
　そんなとき、なにも知らない香澄から『会いたい』と電話があったそうだ。
　隼人は香澄に会いにいった。一緒に行ったマツが言うには、そのときの隼人の目は、人でも殺しそうなほどだったらしい。
　そこで、隼人は香澄に、
『タップリ利用させてもらったよ。いつか必ずお前を殺す』
と吐き捨てた。あたしとの"約束"のために……。
　香澄は、そのとき初めて、隼人の本性を知った。
　それでも、香澄は隼人にすがりついた。泣きながら、
『あたし、あなたの子供がいるの。だから、千里ちゃんと別れてよ！　今の言葉、ウソでしょ!?』
　って。
　隼人は、そんな香澄のお腹を蹴りとばし、キレたように殴りかかったらしい。
　あたしが最後に見た香澄の姿がボロボロだったのは、そのせい。

だけど……香澄は流産なんてしなかった。赤ちゃんがいるなんて、まっ赤なウソだったから。
　きっとそれは、香澄なりの、最後のあがきだったんだろう。
　ここからは、あたしの推測でしかないけど。
　犯罪者の子供を産ませるなんてできないって、あの手紙に書いてあったのも、隼人は子供に自分と同じ道をたどらせたくなかったんだと思う。
　……そのせいで、自分の母親が自殺したから。
　もしかしたら、あたしが死ぬとでも思ったのかもしれない。
　だからこそ、あたしとの子供は堕ろしたのに、香澄が身ごもったことが許せなかったんじゃないかな。
　こんなことにならなければ、きっと香澄だって犠牲にならなかった。
　初めから、あたしたちが別れてれば、誰も傷つかなかったのに……。
　あたしを守るために、隼人に都合よく利用された、香澄。
　それで、勝手に傷ついたあたしと、罪悪感からシンナーを吸いだした隼人。
　マツは、そんなあたしたちをなにも言わずに見守ることしかできなくて。
　……みんな、それぞれ深く傷ついた。
　なのに結局、集めた情報は真実じゃなかったんだから……ほんとに、あたしたちはなにをやっていたんだろう。

……あたしと隼人は、愛し合ってただけ。
　いったい、なにが悪かったのかな。
　今も、罪悪感に苦しめられる。
　出会わなければ、きっとこんなことにはならなかったんだ。
　だけど、そんな世界、あたしはいらない。
　なにが悪くて、どこから狂ったかなんてわからない。
　あたしたちが愛し合ったことが罪なら、最初から出会わせなければよかったのに……。
　隼人のことは、相変わらず今も、思い出すばっかりだよ。
　どうしようもなくて泣いてばっかだけど、でも、『ちーちゃんは笑ってて』って言ってくれた隼人のために、精いっぱい、がんばってるんだ。

　ねぇ、隼人。
　見ててくれてる？

粉雪

　雪が舞う。決して積もることはない、落ちたら溶けて消えてしまう、粉雪が。
　今日は、隼人の1周忌。
　吐きだした息は白くにじみながら、吹き抜ける風にかき消される。
　海辺のこの町は、あたしが生まれ育った街より少しだけ寒い。
　潮風の吹く高台へと向かうあたしの足は、寒さと悲しみでふるえていた。
　過去を思い出しながら階段をあがる足どりは、重い。
　……ここは、隼人が眠る場所。
　あたしは墓石のくぼみを指でなぞりながら、「ごめんね」とつぶやいた。
　空を見あげる。
　隼人がいない日常にあきらめを感じるようになったのは、いつの頃からだろう？
　それでもあたしは、隼人のことを忘れたくなかった。
　……忘れることなんか、できるはずがない。
　さびしがりやのあの人のことを、あたしまで忘れてしまったら、きっとほんとに誰も隼人を知る人がいなくなる。
　あの人が存在したことを証明できるのは、きっともう、あたしとマツだけだろうから。

その夜、マツが家にやってきた。
　テーブルの上に置いていたガラス瓶を見て、マツは怪訝そうに眉を寄せる。
「これ、なに？」
　マツは、あたしがそのそばに転がしていた、こんぺいとうをひと粒、持ちあげた。
「……あたし、隼人の赤ちゃんできてたんだ。でも、堕ろしてって言われたから堕ろした」
　一瞬で目を見開いたマツは、
「……なんだよ、それ……」
　と、困惑した表情になる。
「……このこんぺいとうは、赤ちゃんのためなんだ」
「わけわかんねぇよ」
　だけど、それには答えず、あたしは、
「マツ、ありがとね。あたしより先に、お墓参り行ってくれたんでしょ？　お花、あったから」
　と言って、マツを見あげた。
　でも、マツはなにかを言いたげな顔で、押し黙る。
「……べつに、お前のためじゃねぇよ」
　だけど、そういう言い方をするのが、マツらしいと思う。
　あたしはクスリと笑った。
「いつかこうなること、わかってたのかもね。それでも隼人は、あたしのこと手放したくなかったんだろうね」
　こんぺいとうを見つめていると、隼人の笑顔を思い出す。
　なんで、こんな風になったのかな？

「……隼人さんが、こういうことするなんてな」
　同じように、こんぺいとうを見つめて、マツもつぶやいた。
　きっと、隼人は今もどこかであたしのことを見てるんだろうな。
　なのに、あたしだけ隼人の姿が見えないなんて……。
「……隼人、ほんとにもういないんだね」
　こんぺいとうを指で転がしながら、あたしはつぶやく。
　やっとこんな風に、口に出して言えるようになった。
　あたしが思うよりずっと、月日は流れてるのかもしれない。
「……今も、愛してるんだな」
「これからも、ずっとだよ」
　ガラス瓶のコルクのふたを外し、黄色いこんぺいとうをひと粒だけ取ってそれに入れた。
　カラン、とキレイな音が響く。
　そして、ガラス瓶をもとの棚の上に戻した。
　寄りそうように並んだ、白とピンクと黄色の、3つのこんぺいとう。
　……去年はたしか、隼人が死んだあと、ひとりっきりでこれを入れたんだっけ。
　思い出すことはたくさんある。なにひとつ、忘れたことなんてない。
　それでも徐々に隼人といた記憶や、隼人のぬくもりが、うすれていくことが悲しかった。

だから、せめてもう一度だけ。
　隼人に会いたい。

　ねぇ、隼人。
　隼人は粉雪みたいに、知らない間にあたしの中に入りこんでたね。そして、溶けてなくなるように死んでしまった。
　あとには、なにも残らない。誰も、"小林隼人"のことなんか知らない。
　……でもね、あたしの中で、雪が降った、って事実は消えないんだ。
　たしかに、隼人はあたしと一緒に過ごしてたんだよ。
　３年という月日は、短いもの。だけど、あたしにはすごく濃くて、まるで何十年も一緒にいたみたいな気がするんだ。

　あたしたちはお互いに愛し、そして愛された。
　こんなことになるなら、忘れる方法くらい教えといてよ。
　……でも、もしそんな方法があっても、隼人は絶対に教えてくれなかっただろうね。
『俺のこと、忘れてほしくない』
『ちーちゃんは、俺の言うこと聞いといて？』
　……そんな風に、言うんだろうね。

　犯罪者でも、殺人犯でもいいよ。
　誰からも祝福なんてされなくていい。

幸せな家庭も、かわいい赤ちゃんもいらない。
　ただ、隼人と、なにもない町でも一生変わることなく愛し合いたかった。

【END】

単行本あとがき

『粉雪』を手に取っていただき、ありがとうございます。

『粉雪』は、本当にたくさんの方々に支えられ、この書籍として発売される運びになりました。

編集担当者である水野さんとも、不思議な縁で結ばれていると感じることだらけです。

なにより発売日が、私の誕生日であったこと。それを、偶然という言葉だけで片づけたくはありません。

だからこそ、『粉雪』は我が子のようで、私自身のようにも思えます。

ひとつだけ、この作品の中で、犯罪に関する記述が多くありますが、決してそれを肯定するつもりで書いたわけではありませんので、真似だけはしないでください。

ストーリーのすべてが実話というわけではないし、ところどころフィクションの部分もあります。

とはいえ、あの頃の私は、本当にどうしようもない生き方をしていました。それでも、今は少しだけ、大切なものを大切にできるようになった気がします。

私は強くないし、崇高な人生を歩んだわけでもない。けれど、優しい人間になることはできると知りました。

迷って、もがいて負った無数の傷跡。今はそれさえ、私の中では、ほろ苦くて少しヒリヒリとしたような、だけど、優しい思い出です。そして、そのすべてのおかげで今の私が存在し、形成されているのだと思います。

　よくばりはしないから、ちっぽけなことでいい、となりや、目の前にいる人が笑顔でいてくれるなら、私は幸せなのだと感じられる。

　生きてさえいるなら、それでいいじゃないかと、やっと思えるようになったとき、わずかばかりですが、自分を好きになれました。

　出会いも別れも、必ずなにかしらの運命なのだと、どこかで聞いたことがあります。だからこそ、私は、人に感謝しています。

　最後になりましたが、いつも応援してくださっている皆様をはじめ、書籍化の声をかけてくれたスターツ出版様、書籍化するにあたり、ご尽力いただいたすべての皆様に深く感謝します。

　本当に、本当に、ありがとうございました。

2011.1.26　ユウチャン

文庫あとがき

『粉雪』文庫版を手に取っていただき、ありがとうございます。

2009年に野いちごで限定販売された『粉雪』は、2011年に単行本化、2013年に電子書籍化、そして今回の文庫化に至りました。

こんなにも形を変えながらもなお、受け入れられ、受け継がれていくのは、皆様に愛していただけているから。その上で、またこうやって、あとがきという形で感謝の想いをお伝えできることは、私自身、本当に幸せなことだと思っています。

日々、生きていると、楽しいことやうれしいことがあるのと同じくらいに、つらいことや悲しいこともありますが、それでもやっぱり、私は、生きて、誰かを愛していれば、強くなれるし、乗り越えていけると信じています。

どんなに困難なことが起ころうとも、優しさを忘れずにいたいという想いは、今も変わりません。

無理に過去を忘れる必要なんてない。思い出として、一緒に生きていけばいいだけなのだから。

あの頃をともに過ごした十字架は、少しくすみながらも、

今も私の首元で輝いています。

　そして、あれから、こんな私にも、たくさんの友達ができました。まだまだ人付き合いは苦手ですが、小さなことですら、支えられているなと思うことばかりです。
　だからこそ、「ありがとう」の言葉を大切にしたいと思っています。

　最後になりましたが、数えきれないほどの皆様からのたくさんの愛をいただき、感謝の言葉しかありません。この想いが届くなら、声が嗄れるまで叫んでもいい。

　本当に、本当に、ありがとうございました。

2013.11.25　ユウチャン

新装版あとがき

　新装版『粉雪』を手に取っていただき、ありがとうございます。

　今回、編集担当者さんから、「『粉雪』をもう一度、世に出したい」というお声をいただき、新装版の発売に至りました。
　まさか、再び『粉雪』と向き合う日がくるとは思っておらず、驚きとともに、あの頃のことがよみがえってきました。

　忘れたくないと思いながらも、日々の忙しさの中で、過去は次第に薄れていく。
　それを悲しいと思う余裕すらなかった私に、立ち止まるきっかけを与え、向き合う時間をいただけたことを、本当に感謝しています。
　長い時間を経ても、『粉雪』を愛してくださる方々がたくさんいるということに、私自身がどれだけ救われているか、言葉には尽くせません。

　誰かを愛し、そして愛されること。
　過去の私は、それを夢物語のように思っていました。しかし、つまらない冗談を言い合って笑ったり、ときには互

いを励まし合って涙を流すことが、もう、それそのものなのだと気づきました。
　傍にいる人を大切に想うことこそが、愛なのだ、と。

　だから、私はこれからも、人を愛していきたいです。そして、それこそが、生きるということなのだと思います。
　たとえ、どんなにつらいことがあったとしても、愛を忘れずに、私は生きていきたいです。

　最後になりましたが、新装版『粉雪』発売に際し、いつも支えてくださっている方々をはじめ、スターツ出版様、関係各位、多くの愛をくださった、たくさんの皆様に、深く感謝いたします。

　本当に、本当に、ありがとうございました。

2017.12.25　ユウチャン

この作品は2011年1月弊社より単行本として
刊行されたものを文庫化したものの新装版です。

この物語はフィクションです。
実在の人物、団体等とは一切関係がありません。
一部、喫煙・飲酒等に関する記述がありますが、
未成年者の喫煙・飲酒等は法律で禁止されています。
物語の中に、犯罪行為や非合法な事柄に関する記述がありますが、
このような行為を行ってはいけません。

♥

ユウチャン先生への
ファンレターのあて先

〒104-0031
東京都中央区京橋1-3-1
八重洲口大栄ビル7F

スターツ出版(株)書籍編集部 気付
ユウチャン先生

新装版　粉雪
2017年12月25日　初版第1刷発行

著　　者	ユウチャン
	©Yuchan 2017
発行人	松島滋
デザイン	カバー　高橋寛行
	フォーマット　黒門ビリー&フラミンゴスタジオ
ＤＴＰ	朝日メディアインターナショナル株式会社
発行所	スターツ出版株式会社
	〒104-0031 東京都中央区京橋1-3-1　八重洲口大栄ビル7F
	TEL 販売部03-6202-0386（ご注文等に関するお問い合わせ）
	http://starts-pub.jp/
印刷所	共同印刷株式会社
	Printed in Japan

乱丁・落丁などの不良品はお取替えいたします。上記販売部までお問い合わせください。
本書を無断で複写することは、著作権法により禁じられています。
定価はカバーに記載されています。

ISBN 978-4-8137-0371-6　C0193

ケータイ小説文庫　2017年12月発売

『お前だけは無理。』*あいら*・著

大好きだった幼なじみの和哉に突然「お前だけは無理」と別れを告げられた雪。どうしても彼をあきらめきれず、彼と同じ高校に入学する。再会した和哉は変わらず冷たくて落ち込む雪。しかし雪がピンチの時には必ず助けてくれる彼をどうしても忘れられない。和哉の過去に秘密があるようで…。

ISBN978-4-8137-0369-3
定価:本体590円+税

ピンクレーベル

『新装版 地味子の秘密』牡丹杏・著

みつ編みにメガネの地味子・杏樹の家は、代々続く陰陽師の家系。美少女の姿を隠して、学校の妖怪を退治している。誰にも内緒のはずなのに、学校イチのモテ男子・陸に正体がバレてしまった！そんな中、巨大な妖怪が杏樹に近づいてきて…。大ヒット人気作が新装版として登場！

ISBN978-4-8137-0370-9
定価:本体550円+税

ピンクレーベル

『逢いたい夜は、涙星に君を想うから。』白いゆき・著

過去のいじめ、両親の離婚で心を閉ざしてしまった凛は、高校生になっても友達を作れず、1人ぼっちだった。そんな凛を気にかけていたのは、同じクラスで人気者の橘くん。修学旅行の夜、星空の下で距離を近づける2人。だけど、凛には悲しい運命が待ち受けていて…。一途で切ない初恋ストーリー。

ISBN978-4-8137-0372-3
定価:本体590円+税

ブルーレーベル

『イジメ返し　恐怖の復讐劇』なぁな・著

正義感の強い優亜は、イジメられていた子を助けたことがきっかけでイジメの標的になってしまう。優亜への仕打ちはどんどんひどくなるけれど、担任は見て見ぬフリ。親友も、優亜をかばったせいで不登校になってしまう。孤立し絶望した優亜は、隣のクラスのカンナに「イジメ返し」を提案され…？

ISBN978-4-8137-0373-0
定価:本体590円+税

ブラックレーベル

ケータイ小説文庫　好評の既刊

『また、キミに逢えたなら。』miNato・著

高1の夏休み、肺炎で入院した莉乃は、同い年の美少年・真白に出会う。重い病気を抱え、すべてをあきらめていた真白。しかし、莉乃に励まされ、徐々に「生きたい」と願いはじめる。そんな彼に恋した莉乃は、いつか真白の病気が治ったら想いを伝えようと心に決めるが、病状は悪化する一方で…。
ISBN978-4-8137-0356-3
定価：本体590円+税　　　　　　　　　**ブルーレーベル**

『あの日失くした星空に、君を映して。』桃風紫苑・著

クラスメイトに嫌がらせをされて階段から落ち、右目を失った高2の鏡華。その時の記憶から逃れるために田舎へ引っ越すが、そこで明るく優しい同級生・深影と出会い心を通わせる。自分の世界を変えてくれた深影に惹かれていくけれど、彼もまた、ある過去を乗り越えられずにもがいていて…。
ISBN978-4-8137-0355-6
定価：本体590円+税　　　　　　　　　**ブルーレーベル**

『この想い、君に伝えたい』善生菜由佳・著

中2の奈々美は、クラスの人気者の佐野くんに密かに憧れを抱いている。そんなことを知らない奈々美の兄が、突然彼を家に連れてきて、ふたりは急接近。ドキドキしながらも楽しい時間を過ごしていた奈々美だけど、運命はとても残酷で…。ふたりを引き裂く悲しい真実と突然の死に涙が止まらない！
ISBN978-4-8137-0338-9
定価：本体590円+税　　　　　　　　　**ブルーレーベル**

『この胸いっぱいの好きを、永遠に忘れないから。』夕雪＊・著

高校に入学した緋沙は、ある指輪をきっかけに生徒会長の優也先輩と仲良くなり、優しい先輩に恋をする。文化祭の日、緋沙は先輩にキスをされる。だけど、その日以降、先輩は学校を休むようになり、先輩に会えない日々が続く。そんな中、緋沙は先輩が少しずつ記憶を失っていく病気であること知り…。
ISBN978-4-8137-0339-6
定価：本体570円+税　　　　　　　　　**ブルーレーベル**

ケータイ小説文庫 好評の既刊

『叫びたいのは、大好きな君への想いだけ。』 晴虹・著

転校生の冬樹は、話すことができない優夜にひとめぼれする。彼女は、双子の妹・優花の自殺未遂をきっかけに、声が出なくなってしまっていた。冬樹はそんな優夜の声を取り戻そうとする。ある日、優花が転校してきて冬樹に近づいてきた。優夜はそれを見て、絶望して自ら命を断とうとするが…。
ISBN978-4-8137-0322-8
定価:本体580円+税

ブルーレーベル

『恋結び』 ゆいっと・著

高1の美桜はある事情から、血の繋がらない兄弟と一緒に暮らしている。遊び人だけど情に厚い理人と、不器用ながらも優しい翔平。美桜は翔平に恋心を抱いていたが、気持ちを押し殺していた。やがて、3人を守るために隠されていた哀しい真実が、彼らを引き裂いていく。切なすぎる片想いに涙！
ISBN978-4-8137-0323-5
定価:本体590円+税

ブルーレーベル

『さよなら、涙』 稀音りく・著

アキという名前の男の子に偶然、助けてもらった美春。だんだん彼に惹かれていくが、彼の過去の秘密が原因で、冷たくされてしまう。そんな中、美春の親友の初恋の人が、彼であることがわかる。アキを好きなのに、好きと言えない美春は…。切なすぎる「さよなら」の意味とは？ 涙の感動作！
ISBN978-4-8137-0305-1
定価:本体590円+税

ブルーレーベル

『いつかすべてを忘れても、きみだけはずっと消えないで。』 逢優・著

中3の心咲が違和感を感じ病院に行くと、診断結果は約1年後にはすべての記憶をなくしてしまう、原因不明の記憶障害だった。心咲は悲しみながらも大好きな彼氏の瑠希に打ち明けるが、支える覚悟がないとフラれてしまう。心咲は心を閉ざし、高校ではひとりで過ごすが、優しい春斗に出会って…？
ISBN978-4-8137-0306-8
定価:本体540円+税

ブルーレーベル

ケータイ小説文庫　好評の既刊

『きみに、好きと言える日まで。』ゆいっと・著

高校生のまひろは、校庭でハイジャンプを跳んでいた男子にひとめぼれする。彼がクラスメイトの耀太であることが発覚するが、彼は過去のトラウマから、ハイジャンプを辞めてしまっていた。まひろのために再び跳びはじめるが、大会当日に事故にあってしまい…。すれ違いの切なさに号泣の感動作！

ISBN978-4-8137-0290-0
定価：本体590円＋税

ブルーレーベル

『世界から音が消えても、泣きたくなるほどキミが好きで。』涙鳴（るいな）・著

高２の愛音は耳が聞こえない。ある日、太陽みたいに笑う少年・善と出会い、「そばにいたい」と言われるが、過去の過ちから自分が幸せになることは許されないと思い詰める。善もまた重い過去を背負っていて…。人気作家・涙鳴が初の書き下ろしで贈る、心に傷を負った二人の感動の再生物語！

ISBN978-4-8137-0291-7
定価：本体640円＋税

ブルーレーベル

『もし明日が見えなくなっても切ないほどにキミを想う。』柊湊（ひいらぎみなと）・著

片目の視力を失い、孤独な雪那は、毎日ただ綺麗な景色を探して生きていた。ある日、河原で携帯を拾い、持ち主の慧斗と出会う。彼は暴走族の総長で、雪那に姫になるように言う。一緒にいるうちに惹かれあう二人だけど、雪那はもうすぐ両目とも失明することがわかっていて…。切ない恋物語！

ISBN978-4-8137-0274-0
定価：本体590円＋税

ブルーレーベル

『涙があふれるその前に、君と空をゆびさして。』晴虹（はるな）・著

咲夜は幼い頃、心臓病を抱える幼なじみの麗矢が好きだった。しかし、咲夜は親の再婚で町を去ることになってしまい、離れ離れに。新しい家庭は父の暴力により崩壊し、母は咲夜をかばって亡くなった。ボロボロになった15歳の咲夜は再び町に戻り、麗矢と再会するが、麗矢には彼女がいて……。

ISBN978-4-8137-0273-3
定価：本体590円＋税

ブルーレーベル

ケータイ小説文庫　好評の既刊

『手をつないで帰ろうよ。』嶺央・著

4年前に引っ越した幼なじみの麻耶を密かに思い続けていた明菜。再会した彼は、目も合わせてくれないくらい冷たい男に変わってしまっていた。ショックをうけた明菜は、元の麻耶にもどすために、彼の家で同居することを決意！ときどき昔の優しい顔を見せる麻耶を変えてしまったのは一体…？

ISBN978-4-8137-0353-2
定価：本体 590 円＋税

ピンクレーベル

『地味子の"別れ!?"大作戦!!』花音莉亜・著

高2の陽菜子は地味子だけど、イケメンの俊久と付き合うことに。でも、じつは罰ゲームで、それを知った陽菜子は傷つくが、俊久と並ぶイケメンの拓真が「あいつ見返してみないか？」と陽菜子に提案。脱・地味子作戦が動き出す。くじけそうになるたびに励ましてくれる拓真に惹かれていくけど…？

ISBN978-4-8137-0354-9
定価：本体 550 円＋税

ピンクレーベル

『ほんとのキミを、おしえてよ。』あよな・著

有紗のクラスメイトの五十嵐くんは、通称王子様。爽やかイケメンで優しくて面白い、完璧素敵男子だ。有紗は王子様の弱点を見つけようと、彼に近付いていく。どんなに有紗が騒いでもしつこく構っても、余裕の笑顔。弱点が見つからない上に、有紗はだんだん彼に惹かれていって…。

ISBN978-4-8137-0336-5
定価：本体 590 円＋税

ピンクレーベル

『日向くんを本気にさせるには。』みゅーな**・著

高2の雫は、保健室で出会った無気力系イケメンの日向くんに一目惚れ。特定の彼女を作らない日向くんだけど、素直な雫のことを気に入っているみたいで、雫を特別扱いしたり、何かとドキドキさせてくる。少しは日向くんに近づけてるのかな…なんて思っていたある日、元カノが復学してきて…？

ISBN978-4-8137-0337-2
定価：本体 590 円＋税

ピンクレーベル

ケータイ小説文庫　2018年1月発売

『ほんとはずっと、君が好き。』善生茉由佳・著

高1の雛子は駄菓子屋の娘。クールだけど面倒見がいい蛍と、チャラいけど優しい光希と幼なじみ。雛子は光希にずっと片想いしているけど、光希には「ヒナは本当の意味で俺に恋してるわけじゃないよ」と言われてしまう。そんな光希の態度に雛子は傷つくけど、蛍は不器用ながらも優しくて…？

ISBN978-4-8137-0386-0
予価:本体 500 円+税

ピンクレーベル

『俺だけのプリンセス (仮)』青山そらら・著

お嬢様の桃果は16歳の誕生日に、学園の王子様の翼を婚約者として紹介される。普通の恋愛に憧れる桃果は、親が決めた婚約に猛反発！　優しい系やか男子の翼に次第に心を動かされていくものの、意地っぱりな桃果は自分の気持ちに気づかないふりをしていた。ある日、美人な転校生がやってきて…。

ISBN978-4-8137-0387-7
予価:本体 500 円+税

ピンクレーベル

『大切なキミの一番になりたかった。』田崎くるみ・著

知花と美野里、美野里の兄の勇心、美野里の彼氏の一馬は幼なじみ。ところが、美野里が中2の時に事故で命を落とし、ショックを受けた3人は高校生になっても現実を受け入れずにいたけど…。大切な人を失った悲しみから立ち直ろうと、もがきながらそれぞれの幸せを見つけていく青春ストーリー。

ISBN978-4-8137-0388-4
予価:本体 500 円+税

ブルーレーベル

『それは、きみと築く砂の城 (仮)』涙鳴・著

心臓病の風花は、過保護な両親や入院生活に息苦しさを感じていた。高3の冬、手術を受けることになるが、自由な外の世界を知らないまま死にたくないと苦悩する。それを知った同じく心臓病のヤンキー・夏樹は、風花を病院から連れ出す。唯一の永遠を探す、二人の命がけの逃避行の行方は…？

ISBN978-4-8137-0389-1
予価:本体 500 円+税

ブルーレーベル

書店店頭にご希望の本がない場合は、
書店にてご注文いただけます。

恋するキミのそばに。
♥野いちご文庫♥

感動のラストに大号泣

本当は、何もかも話してしまいたい。
でも、きみを失うのが怖い——。

おはよう、きみが好きです。
The message I want to tell you first when I wake up

涙鳴・著
本体：610円＋税
イラスト：埜生
ISBN：978-4-8137-0324-2

高校生の泪は、"過眠症"のため、保健室登校をしている。1日のほとんどを寝て過ごしてしまうこともあり、友達を作ることができずにいた。しかし、ひょんなことからチャラ男で人気者の八雲と友達になる。最初は警戒していた泪だったが、八雲の優しさに触れ、惹かれていく。だけど、過去、病気のせいで傷ついた経験から、八雲に自分の秘密を打ち明けることができなくて……。ラスト、恋の奇跡に涙が溢れる——。

感動の声が、たくさん届いています！

何度も何度も
泣きそうになって、
すごく面白かったです！
（♡Haruka♡さん）

八雲の一途さに
キュンキュン来ました!!
私もこんなに
愛されたい…
（捺聖さん）

タイトルの
意味を知って、
涙が出てきました。
（Ceol_Luceさん）